Paul Harding ist das Pseudonym
eines bekannten Historikers.

Paul Harding

Der Zorn Gottes

Historischer Roman

Aus dem Englischen von
Rainer Schmidt

Knaur

Von Paul Harding sind außerdem erschienen:

Galerie der Nachtigallen (Band 63010)
Das Haus des roten Schächters (Band 63021)
Der Prinz der Finsternis (Band 63038)
Sakristei des Todes (Band 63044)

Vollständige Taschenbuchausgabe Dezember 1997
Droemersche Verlagsanstalt Th. Knaur Nachf., München

Titel der Originalausgabe: »The Anger of God«

Umschlaggestaltung: Agentur Zero, München
Umschlagfoto: AKG, Berlin
Gemälde von Pierre Salmon
Bibliothèque Nationale, Paris
Satz: Ventura Publisher im Verlag
Druck und Bindung: Elsnerdruck, Berlin
Printed in Germany
ISBN 3-426-63078-8

2 4 5 3 1

Prolog

Der Mann, der in der Ecke des verlassenen Friedhofs zwischen der Poor Jewry und der Sybethe Lane wartete, zuckte zusammen, als eine Eule in der alten Eibe über ihm mit klagendem Ruf ihre Geisterschwingen ausbreitete und wie ein dunkler Engel über wucherndes Gras und Dornengestrüpp davonschwebte. Der Beobachter sah, wie der Vogel sich auf sein kreischendes Opfer stürzte und dann wieder mühelos wie eine Rauchwolke zum sternenklaren Himmel aufstieg. Den Mann schauderte, und er fluchte. Geschichten aus seiner Kindheit fielen ihm ein, Geschichten von Gestaltwandlern, jenen Hexen und alten Weibern der Finsternis, die ihr Aussehen verändern konnten und dann solche verlassenen, einsamen Orte heimsuchten. Die Nacht war warm, aber dem Mann war kalt. Die Zeiten waren unruhig. Tagsüber lachte er über die Klatschgeschichten von einem Anker an einem Seil, der aus einer Wolke herabhing und in einem Erdhügel bei Tilbury steckte. Oder vom König der Pygmäen mit seinem großen Kopf und feurigen Antlitz, den man gesehen hatte, wie er auf einer Ziege durch die Wälder im Norden der Stadt geritten war. Lachende Teufelchen, so klein wie Spitzmäuse, sprangen wie Fische im Netz im Gras um den Galgen zu Tyburn herum. Solche Geschichten waren nur ein Spiegel der Zeiten, Widerhall des Prophetenwortes: »Wehe dem Königreich, dessen König ein Kind ist!«
Eine Prophezeiung, die jetzt in England wahr wurde: Der goldhaarige Richard war nur ein Knabe, und die Staatsgeschäfte lagen in den Händen seines raffgierigen Onkels, des Regenten John von Gaunt, des Herzogs von Lancaster, der unfähig schien,

Balsam in die Wunden des Reiches zu gießen. Französische Galeeren überfielen und plünderten die Städte an der Kanalküste. Im Norden drängten die Schotten über die Grenze und feierten Orgien des Brandschatzens und Plünderns, und in den Grafschaften rings um London protestierten die Bauern, unter der Steuerlast ächzend und an die Scholle gefesselt, erbittert gegen die Herren des Landes und planten blutige Aufstände.
Gaunt aber war glitschig wie ein Fisch: Außerstande, dem rebellischen Volk noch weitere Steuern abzupressen, hatte er jetzt das Wunder vollbracht, die in Auseinandersetzungen verstrickten Gilden von London zu einen, um Geld von den reichen Bürgern und Kaufleuten zu bekommen. Dem mußte ein Ende gemacht werden. Der Beobachter im Dunkel wünschte nur, es gäbe einen leichteren Weg, das zu bewerkstelligen. Er nagte an seiner Unterlippe. Gaunt mußte vernichtet werden, das war das Wichtigste. Mit der Revolte würde im Königreich eine neue Ordnung errichtet werden, und die »Große Gemeinschaft«, wie die Bauernführer sich selbst nannten, würde entscheiden, wer leben und wer sterben sollte, wer Macht bekommen und wer Handel treiben würde. Die Umsichtigen in der Stadtregierung machten bereits Anstalten, mit diesen Männern Freundschaft zu schließen.
»Ich bin hier.«
Der Mann schrak zusammen. Hörte er Gespenster?
»Ich bin hier«, wiederholte die Stimme, leise und kehlig.
»Wo bist du?«
»Wir haben dich umzingelt. Beweg dich nicht. Lauf nicht weg. Höre, was ich dir zu sagen habe.«
»Wie heißt du?« fragte der Mann und versuchte, seinen rasenden Herzschlag zu bremsen und die Panik, die ihm die Gedärme zusammenknotete.
»Ich bin Ira Dei«, antwortete die Stimme aus der Dunkelheit des Friedhofs. »Ich bin der Zorn Gottes. Und Gottes Zorn wird sich

ergießen über jene, die ernten, wo sie nicht gesät haben, die Gewinne sammeln, wo sie kein Recht dazu haben, und die die Armen der Erde unterdrücken, als wären sie Würmer und sonst nichts.«
»Was wollt ihr?«
»Alles neu machen. Dieses Königreich in ein Zeitalter der Unschuld führen, denn

als Adam grub und Eva spann,
wo war da der Edelmann?«

Der Mann nickte. Er hatte diesen Knittelvers schon von den Bauern gehört, die ihn wie eine Hymne beständig sangen; sie wollten auf London marschieren, die Stadt in Schutt und Asche legen, den Onkel des Königs ergreifen, ihm den Kopf abschlagen und auf eine Stange stecken und dann eine Prozession veranstalten.
»Bist du für uns?« fragte die Stimme.
»Natürlich!« stammelte der Mann.
»Und machen die Pläne des Regenten Fortschritte?«
»Das Bankett ist morgen abend.«
»Dann mußt du handeln. Tu, was wir wollen, und wir betrachten dich als Freund.«
»Ich habe einen Plan«, antwortete der Mann. »Hört zu ...«
»Still!« schnarrte die Stimme. »Wenn du zu uns gehören willst, dann mußt du Gaunts Pläne durchkreuzen. Wie du das tust, ist uns gleich, aber wir werden dich beobachten. Adieu.«
Der Mann spähte angestrengt in die Dunkelheit. Ein Zweig knackte, eine Eule schrie, aber als er rief, hallten seine Worte hohl durch die Stille.

Eine Meile weiter südlich glitt über das schwarze, stinkende Wasser der Themse ein kleines Ruderboot mit einer verhüllten

Gestalt zwischen die Strombrecher der London Bridge. Der Mann band die Leine sorgfältig an einen rostigen Ring und kletterte dann den Balken hinauf zu dem blutgetränkten Gitter, wo auf Stangen die abgeschlagenen Häupter blicklos über den Fluß starrten. Der Mann fluchte und grinste dann.

»Wie kann man sich eine solche Nacht aussuchen?« wisperte er. Der Fluß stank wie ein Abort, weil die Müllbarken voller Dreck und menschlicher Abfälle den ganzen Abend fleißig ihre Jauchemassen ins Wasser gekippt hatten; der Gestank würde tagelang nicht vergehen. Dennoch mußte der Dieb rasch handeln: Der französische Pirat war am Nachmittag hingerichtet worden, sein Kopf noch frisch, die Haut sauber, die Augen noch nicht von den Krähen ausgehackt. Vorsichtig sein mußte er trotzdem. Schon ging das Gerücht, die Verwaltungsbehörden und ganz besonders dieser dicke Riese, Sir John Cranston, der königliche Coroner der Stadt, seien mißtrauisch geworden angesichts der vielen Gliedmaßen und abgeschlagenen Köpfe, die von der London Bridge verschwanden.

Der Dieb, ganz in Schwarz gekleidet und mit schweren Stiefeln, die ihm auf dem glitschigen Holz besseren Halt gaben, hatte jetzt den Vorsprung unter den blutverschmierten Stangen erreicht. Er kauerte im Dunkeln und spitzte die Ohren, um die verschiedenen Geräusche zu unterscheiden: Eine Barke mit ausgelassenen Männern, die betrunken wie die Lords von den Bordellen in Southwark nach Botolph's Wharf zurückfuhren; das Plätschern und Murmeln des Flusses und fernes Rufen an den Ufern; der Lärm von Schiffen, die zum Auslaufen mit der morgendlichen Flut klargemacht wurden – und vor allem die schweren Schritte der Wachen, die am Aufgang der Brücke hin und her gingen.

Der Dieb wartete eine Weile und atmete geräuschlos; endlich schienen die Wachen müde zu werden und kehrten zu ihrem kleinen Kohlenbecken zurück, um sich aufzuwärmen. Da kletterte er auf die Brücke und tappte leise wie eine Katze zu den langen Stangen, die mit ihrer grausigen Zier in den Himmel ragten. Er spähte hinauf in die Dunkelheit. Er mußte achtsam sein. So viele Hinrichtungen, so viele abgeschlagene Köpfe – er wollte nicht den falschen nehmen. Er war am Abend dagewesen, als die Köpfe aufgestellt wurden, aber seitdem konnten sie vertauscht worden sein. Dann sah er die kleine Blutpfütze am Fuße einer Stange. Er lächelte, hob sie behutsam aus ihrer Halterung, nahm den Schädel von der Spitze, steckte ihn in einen Beutel und kletterte am Balkenwerk hinunter in sein Boot.

Am Südufer der Themse, im Labyrinth der tristen, schmutzigen Gassen von Southwark, waren die Schenken noch hell erleuchtet, während die Meisterdiebe mit ihren Gaunerbanden ihrem üblen Geschäft nachgingen: Fälscher, Betrüger, Taschendiebe und Räuber wollten die Nacht möglichst gewinnbringend nutzen. Auch andere arbeiteten: Katzenfänger, die auf der Jagd nach billigem Pelz waren und Fleisch, das sie verkaufen konnten, Hundekotsammler, die Säcke mit stinkender Ware an die Gerber verkaufen wollten, und die Gelegenheitsarbeiter, die von Bierschenke zu Bierschenke zogen und Arbeit suchten, noch ehe der Tag begann. In den Straßen herrschte geschäftiges Treiben, aber in einem großen, dreigeschossigen Fachwerkhaus, das ganz offensichtlich bessere Zeiten gesehen hatte … war es dunkel und still.

Der Hausbesitzer und seine Frau standen stumm und wie versteinert in der Tür zur Kammer ihrer Tochter. Sie sahen sie im Licht einer einzelnen Kerze aufgerichtet in den Polstern sitzen. Die Bettvorhänge waren weit zurückgezogen. Die beiden warteten darauf, daß das Grauenvolle begann, und der Mann schaute das Mädchen beschwörend an.

»Elizabeth, wird es wiederkommen?« fragte er flehentlich.

Seine bleiche Tochter starrte ihn nur an; ihre Augen waren glasig und blicklos.
»Oh, Elizabeth«, hauchte der Mann, »warum tust du uns das an?«
»Du weißt, warum!« kreischte das Mädchen plötzlich und beugte sich vor. »Du hast meine Mutter umgebracht, um diese Hure zu heiraten.« Ihre Hand schoß vor und deutete auf die goldblonde, hübsche zweite Frau ihres Vaters.
»Das ist nicht wahr«, antwortete er. »Elizabeth, deine Mutter ist krank geworden und gestorben. Ich konnte nichts dagegen tun.«
»Lügen!« kreischte das Mädchen.
Sprachlos vor Entsetzen starrten der Mann und seine Frau das Mädchen an, das immer, wenn es dunkel wurde, ein anderer Mensch wurde, ein wahres Zankweib, eine Hexe der Nacht, die behauptete, daß der Geist ihrer Mutter sie besuche, und beide als Mörder, Attentäter und Giftmischer beschimpfte.
»Hört nur!« zischte sie. »Mutter kommt wieder!«
Der Mann ließ den Arm von den Schultern seiner Frau sinken; ein Schauer lief ihm über den Rücken, und seine Nackenhaare sträubten sich angstvoll. Und richtig, im ganzen Haus begann es zu tappen und zu klopfen. Erst im Erdgeschoß, dann immer weiter oben, als krieche etwas zwischen Wand und Täfelung herauf; langsam und vorsichtig wie eine von der Hölle ausgespuckte Kreatur, bahnte es sich seinen scheußlichen Weg zu dieser Schlafkammer. Immer lauter wurde das Klopfen und erfüllte bald den ganzen Raum. Der Mann hielt sich die Ohren zu.
»Aufhören!« schrie er. Er riß sich das Kruzifix vom Gürtel und streckte es seiner bleichen Tochter entgegen. »Im Namen Jesu Christi, ich befehle dir, aufzuhören!«
Aber das Klopfen ging weiter – ein ratterndes Geklapper, das ihn um den Verstand zu bringen drohte.

»Ich kann nicht mehr«, flüsterte die Frau an seiner Seite. »Walter, ich kann nicht mehr.«
Sie rannte die Treppe hinunter und ließ ihren schreckensstarren Mann stehen. Plötzlich hörte das Klopfen auf. Das Mädchen beugte sich vor, und ihre Gesichtshaut war nicht nur weiß, sondern so straff, daß ihr Kopf wie ein Totenschädel wirkte; ein Eindruck, der durch das rabenschwarze, am Hinterkopf zu einem festen Knoten gebundene Haar noch verstärkt wurde. Der Mann tat einen Schritt nach vorn und schaute seiner Tochter in das fahle Gesicht. Ihre Augen waren leblos, zwei kleine Punkte aus schwarzem Obsidian, die ihn haßerfüllt anfunkelten, und die roten, weichen Lippen kräuselten sich in bitterem Hohn.
Er wollte noch einen Schritt machen, als das Rattern wieder begann, ein kurzer, heftiger Lärm, der gleich wieder erstarb. Der Mann roch den furchtbaren Gestank, an den er sich noch gut erinnern konnte. Sein Mut verließ ihn; er fiel auf die Knie und starrte seine Tochter mitleidheischend an.
»Elizabeth!« flehte er. »Im Namen Gottes!«
»Im Namen Gottes, Walter Hobden, du bist ein Mörder!«
Der Mann hob den Kopf. Seine bleiche Tochter starrte ihn an; ihre Lippen bewegten sich, aber die Stimme war die seiner toten Frau – genau ihre Intonation, die Art, wie sie das »R« in seinem Vornamen betonte.
»Walter Hobden, Fluch über dich für den Wein, den du mir gegeben hast, und das rote Arsen, das er enthielt – ein tödlicher Trank, der meinen Magen zerfraß und mein Leben vorzeitig beendete, damit du dich ungehindert deinen schmutzigen Gelüsten und heimlichen Wünschen hingeben konntest. Ich war deine Frau. Ich *bin* deine Frau. Und ich komme aus dem Fegefeuer, um dich zu warnen. Solange deine Seele mit meinem Blut besudelt ist, werde ich dich heimsuchen. Glaube mir, ich habe den Ort gesehen, der in der Hölle auf dich wartet. Du mußt

gestehen! Ich will Gerechtigkeit – erst dann bekommst du deine Absolution.«
Walter Hobden duckte sich, zitternd vor Angst.
»Nein! Nein! Nein!« murmelte er. »Das ist nicht wahr! Es ist eine Lüge!«
»Keine Lüge!« kreischte die Stimme.
Hobden konnte nicht mehr. Er drehte sich um, kroch wie ein geprügelter Hund aus dem Raum und rannte die Treppe hinunter, während seine Tochter erzitterte, die Augen schloß und in die Kissen zurücksank.
Hobden schloß seine Kammertür von innen, lehnte sich dagegen, atmete tief ein und starrte mit wildem Blick in das angsterfüllte Gesicht seiner zweiten Frau. Sie reichte ihm einen Becher Wein.
»Trink, Gemahl.«
Er taumelte auf sie zu, riß ihr den Becher aus der Hand und stürzte den schweren, süßen Wein hinunter.
»Was soll ich tun?« fragte er mit rauher Stimme. »Warum tut Elizabeth mir das an?«
Er setzte sich neben sie auf die Bettkante, und sie hielt seine Hand, während er den Wein schluckte; seine Finger waren kalt wie Eiszapfen.
»Eleanor?« Er starrte über den Becherrand. »Was sollen wir tun? Ist sie besessen? Hat irgendein Dämon von ihrer Seele Besitz ergriffen?«
Eleanors scharfe Augen flackerten verachtungsvoll. »Sie lügt und verstellt sich!« versetzte sie. »Deine Tochter hat sich mit einer eingebildeten Krankheit ins Bett gelegt.« Sie wischte ihrem Mann den Schweiß von der Stirn. »Walter, sie täuscht dich. Sie spielt ein übles Spiel mit dir.«
»Wie kann das sein?« antwortete er. »Du hörst doch das Klopfen. Ich habe ihre Hände beobachtet. Sie liegen auf der Decke. Wie soll sie das einfädeln, hm? Und wie bringt sie den gräßlichen

Geruch zustande und die Stimme? Ich habe ihr Zimmer durchsucht, als sie schlief. Ich kann nichts finden.«
»Wenn das so ist«, sagte Eleanor scharf, »dann ist sie besessen und gehört zusammen mit dieser alten Hexe, ihrer Amme, an einen anderen Ort. In ein Spital, oder in ein Haus für Irrsinnige. Oder …«
»Oder?« fragte er hoffnungsvoll.
»Wenn das stimmt, wenn der Geist ihrer Mutter wirklich zurückkommt, dann muß es ein verkleideter Dämon sein, der solche Lügen ausspuckt. Dann müssen sie und die Kammer einem Exorzismus unterzogen und gesegnet werden.«
»Aber wer kann das übernehmen?«
Eleanor entwandt seinen starren Fingern den Weinbecher. »Pfaffen gibt es zwei für einen Penny.« Sie legte ihm die Arme um seinen Hals und küßte ihn sanft auf die Wange. »Vergiß diese Geister. Deine Tochter ist eine Betrügerin«, flüsterte sie. »Und ich werde sie als Lügnerin entlarven!«

1

Sir John Cranston saß auf der Fensterbank eines Schlafgemachs in einem Haus an der Milk Street am Rande von Westchepe. Er starrte aus dem Glasfenster, das einen guten Blick auf die Kirche von St. Mary Magdalen bot, und beobachtete einen wohlhabend aussehenden Reliquienhändler, der seinen Stand aufbaute und die Kunden zusammenrief. Cranston lächelte ohne Heiterkeit, als er den Burschen krähen hörte; leise klangen die Worte von der Straße herauf.

»Schaut her, ich habe hier Jesu Milchzahn, den er mit zwölf Jahren verlor! Einen Finger vom hl. Sylvester! Ein Stück von dem Sattel, auf dem Christus nach Jerusalem einritt! Und in dieser schön beschlagenen Kiste den Arm des hl. Polycarp – das einzige, was von ihm übrigblieb, nachdem die Löwen ihn in Rom in der Arena in Stücke gerissen hatten. Ihr guten Leute, diese vom Heiligen Vater gesegneten Reliquien können Wunder wirken und tun es auch!«

Cranston sah, wie sich leichtgläubige Zuschauer um ihn drängten. Ein Gauner, dachte er. Er schaute hinüber zu dem Leichnam, der auf dem Vierpfostenbett aufgebahrt lag, sorgsam in ein Leichentuch gewickelt; nur das Gesicht schaute hervor, das mit offenem Mund und halb geschlossenen Augen auf dem Kissen ruhte.

»Es tut mir leid«, murmelte Cranston in das stille Zimmer. Er stand auf, trat an das Bett und betrachtete das graue, eingefallene Gesicht seines ehemaligen Kameraden.

»Es tut mir leid«, wiederholte er. »Ich, Sir John Cranston, des Königs Coroner in London, ein Mann, der mit Fürsten speist, der Gemahl der Lady Maude aus Tweng in Somerset, Vater der beiden Kerlchen, meiner geliebten Söhne Francis und Stephen, ich bin traurig, weil ich dir nicht helfen konnte. Dir, meinem Waffenbruder, meiner rechten Hand in unseren Schlachten gegen die Franzosen. Jetzt liegst du da, ermordet, und ich kann es nicht einmal beweisen.«

Cranston schaute sich in dem Schlafgemach um und betrachtete die kostbare Einrichtung: silberne Becher, ein fein geschnitztes Lavarium, Schränke und taftgepolsterte Stühle, seidene Kissen und Baldachine und einen Kandelaber aus Goldfiligran.

»Was nützt es einem Mann«, murmelte Cranston, »wenn er die ganze Welt gewänne – nur um dann von seiner Frau umgebracht zu werden?«

Er fischte zwei Pennies aus seiner Börse und legte sie dem Toten auf die Augenlider; dann bedeckte er das Gesicht mit dem Leichentuch. Er seufzte und ging zum Fußende des Bettes. Als es plötzlich hinter ihm raschelte, schrak er zusammen.

»Verfluchte Ratten!« knurrte er, als er den geschmeidigen, langschwänzigen, fetten Nager sah, der unter einen Schrank glitt und an der Holztäfelung scharrte. Ein zweites Tier kam unter dem Lavarium hervor und wich mühelos dem Kerzenleuchter aus, den der wütende Cranston nach ihm schleuderte.

»Verdammte Ratten!« wiederholte er. »Die Stadt ist verseucht von ihnen. Die Hitze lockt sie heraus.«

Er betrachtete den einsamen, verhüllten Leichnam seines Freundes. Als er gekommen war, hatte Sir Oliver Ingham schon seit Stunden tot dagelegen, und zwei Ratten nagten an seiner Hand. Cranston hatte Inghams hübsches junges Weib lautstark beschimpft, aber sie hatte nur verschlagen gelächelt und gesagt, sie habe ihr Bestes getan, den Leichnam ihres Gatten zu schützen, seit er vor einer Weile von einem Diener gefunden worden sei.

»Er hatte ein schwaches Herz, Sir John«, hatte sie gelispelt und dabei eine zarte, weiße Hand auf den Arm ihres »guten Vetters« Albric Totnes gelegt.
»Ein feiner Vetter!« knurrte Cranston. »Ich wette, die zwei haben zwischen den Laken getanzt, während Oliver im Sterben lag. Verdammte Mörderbande!«
Er wühlte in seiner Börse und förderte einen kurzen Brief zutage, den Oliver Ingham ihm am Tag zuvor geschickt hatte. Er setzte sich und las ihn noch einmal, und seine großen, vorquellenden Augen füllten sich mit Tränen.

Ich sterbe, alter Freund. Ich habe die größte Torheit begangen, die ein alter Mann begehen kann: Ich habe eine Frau geheiratet, die vierzig Jahre jünger ist als ich. Eine Ehe zwischen Mai und Dezember, fürwahr, aber ich glaubte, sie liebt mich. Ich mußte feststellen, daß sie es nicht tut. Aber ihr Lächeln und ihre Berührung haben mir genügt. Jetzt merke ich, daß sie mich betrogen hat und womöglich meinen Tod plant. Wenn ich plötzlich sterbe, alter Freund, und wenn ich allein sterbe, dann wurde ich ermordet. Meine Seele wird zu Gott um Rache schreien und zu Dir um Gerechtigkeit. Vergiß mich nicht.
Oliver

Cranston faltete das Pergament säuberlich zusammen und steckte es ein. Noch hatte er es niemandem gezeigt, aber er glaubte, daß sein Freund recht hatte. Etwas in seinem Blut flüsterte »Mord!«, aber wie sollte er das beweisen? Sir Oliver war am Vormittag von einem Diener tot in seinem Bett gefunden worden, und man hatte nach Cranston geschickt, weil er sein Freund war und noch dazu der Coroner. Bei seiner Ankunft hatte er Inghams junge Frau Rosamund zusammen mit ihrem »Vetter« auf dem Söller beim Essen vorgefunden, und der Arzt der Familie, ein kahlköpfiger, frettchengesichtiger Mann in stinkenden Gewändern, hatte schlicht erklärt, Sir Olivers schwaches Herz habe versagt und seine Seele sei zu Gott gegangen.

Cranston stand auf und ging wieder zum Bett; dort lag noch immer der Krug, den Oliver im Todeskampf vom Tisch gestoßen hatte.

Auf sein Drängen hatte der Arzt zuerst am Krug, dann an Olivers liebstem Becher geschnuppert und feierlich verkündet: »Nein, Sir John. Nichts als Rotwein und vielleicht ein bißchen von dem Fingerhut, den ich Sir Oliver zur Kräftigung des Herzens verschrieben habe.«

»Könnte jemand mehr davon hineingetan haben?« hatte Cranston gefragt.

»Natürlich nicht!« war die schroffe Antwort gewesen. »Was wollt Ihr damit andeuten, Sir John? Eine größere Dosis Fingerhut, und Becher und Krug würden danach stinken.«

Sir John hatte sich gefügt und nach Theobald de Troyes geschickt, seinem eigenen Arzt – einem Mann, der sich auf seine Kunst verstand und so viele bei Hofe zu seinen Patienten zählte. Theobald hatte Leichnam, Becher und Krug auf das gründlichste untersucht.

»Der Arzt hat recht«, hatte er schließlich gesagt. »Wißt Ihr, Sir John, wenn Sir Oliver zuviel Fingerhut abbekommen hätte, würde sein Leichnam Spuren davon aufweisen. Aber ich kann nur die Wirkung eines plötzlichen Anfalls entdecken, und der Becher enthält nichts als Spuren von Wein und ein wenig Fingerhut, aber nicht mehr, als ein guter Arzt verschreiben würde. Der Krug riecht auch nicht nach Fingerhut.«

»Irgendwelche Spuren von Gewalt?« hatte Cranston gefragt.

»Nicht die geringsten, Sir John.« Theobald hatte den Blick gesenkt. »Nur die Rattenbisse an den Fingern der rechten Hand, Sir John. Als Sir Oliver gestern abend zu Bett ging, fühlte er sich nicht wohl. Seine Diener hörten, wie er über Schwäche, Schwindel und Schmerzen in der Brust klagte. Er schloß seine Kammertür ab und ließ den Schlüssel im Schloß stecken. Die Fenster waren mit Vorhängeschlössern gesichert. Niemand konnte hinein, um ihm etwas anzutun.«

Sir John hatte gegrunzt und ihn verabschiedet. Nun saß er seit zwei Stunden in diesem Gemach und fragte sich, wie der Mord begangen sein mochte.

»Ich wünschte, Athelstan wäre hier«, seufzte er. »Vielleicht würde er wissen, was hier nicht stimmt. Der verdammte Mönch! Und ich wünschte, er würde den verflixten Kater mitbringen!«

Cranston dachte an Athelstans wild aussehenden Kater Bonaventura, den sein Freund und Sekretär für den besten Rattenfänger von ganz Southwark hielt. Cranston seufzte, bekreuzigte sich, senkte den Blick und sprach ein Gebet für den Toten.

»Gewähre meinem Freund Oliver die ewige Ruhe«, murmelte er, und seine Gedanken wanderten um Jahre zurück ... Groß und stark stand Oliver an seiner Seite, als die französischen Ritter die Reihen der Engländer bei Poitiers durchbrachen. Das Schlachtgetöse, das Wiehern der Streitrösser, das Klirren der Schwerter, das leise Schwirren der Pfeile, das Stechen und Hauen, als sie und ein paar andere die ganze Wucht eines letzten Verzweiflungsangriffs der Franzosen auffingen. Der Boden unter ihren Füßen war glitschig vom Blute. Cranston stand breitbeinig da und ließ sein Schwert kreisen wie eine mächtige Sense, als die französischen Ritter zum letzten Schlag herandrängten.

Ein ungeheurer Riese stürmte auf ihn zu; sein Helm hatte die Form eines Teufelskopfes mit breit geschwungenen Hörnern, und die gelbe Feder wogte im Abendwind. Cranston sah stahlumhüllte Arme mit einer gewaltigen Streitaxt ausholen; er sprang beiseite, glitt aus und fiel in den Schlamm. Er erwartete

den tödlichen Hieb, aber da stand Oliver über ihm, fing die Wucht der Axt mit seinem Schild auf, griff dann den Feind an und stieß ihm seinen kleinen Hirschfänger zwischen Küraß und Helm.
»Ich schulde dir mein Leben«, hatte Cranston später bekannt.
»Eines Tages wirst du die Schuld zurückzahlen können!« Oliver hatte gelacht, als sie auf dem Schlachtfeld saßen und einander mit zahllosen Bechern von dem Rotwein zuprosteten, den sie im französischen Lager erbeutet hatten. »Eines Tages *wirst* du diese Schuld zurückzahlen.«
Cranston öffnete die tränennassen Augen. Er hob seine rechte Hand und schaute den Toten an. »Verflucht, das werde ich!« knurrte er. Und noch einmal betrachtete er die erbarmungswürdige Gestalt in dem Leichentuch.
»In unseren goldenen Tagen«, flüsterte er, »da waren wir Greyhounds auf der Jagd! Junge Falken, die auf ihre Beute niederstießen! Ah, was für Zeiten!«
Cranston klopfte sich auf den umfangreichen Wanst, zog die Bettvorhänge zu und stapfte aus der Kammer; im Gehen warf er noch einmal einen Blick auf das aufgebrochene Schloß.
Wie ein Koloß stampfte er die Treppe hinunter und marschierte in den Söller, wo Lady Rosamund und ihr »Vetter« Albric auf der Fensterbank saßen und das Maschenspiel spielten. In ihrem schwarzen Damastkleid mit dem sorgfältig geordneten Schleier von gleicher Farbe sah Rosamund jetzt noch schöner aus; ihr schmales Gesicht war zu einer Art Trauermiene verzogen. Cranston funkelte sie nur an, und noch verächtlicher betrachtete er ihren jungen Liebhaber mit seinem glatten Gesicht, den schlaffen Lippen und dem kraftlosen Blick.
»Ihr seid fertig, Sir John?« Rosamund erhob sich, als der glatzköpfige, rotgesichtige Riese auf sie zukam. Sie erwartete, daß er zumindest ihre Hand küssen würde, aber Cranston packte sie

und Albric bei den Handgelenken, zog beide von der Bank und mit harter Hand dicht zu sich heran.
»Ihr, Madam, seid ein mordendes Miststück! Nein, Ihr braucht nicht die Augen aufzureißen und um Hilfe zu schreien! Und Ihr, Sir …« Albric wich seinem Blick aus. »Sieh mich an, Kerl!« Cranston drückte noch fester zu. »Sieh mich an, du mieser Hurensohn!«
Albric hob den Blick.
»Du hast mitgemacht. Wenn du den Mut dazu hättest, würde ich dich zu einem Duell herausfordern und dir den Kopf abschlagen. Vergiß nicht, das Angebot wird bestehenbleiben.«
»Sir John, das ist doch …«
»Klappe!« grollte Cranston. »Da oben liegt der treueste Kamerad, den ein Mann sich nur wünschen kann. Ein guter Soldat, ein schlauer Kaufmann und der allerbeste Freund. Oliver mag ein schwaches Herz gehabt haben, aber er hatte den Mut eines Löwen und den Großmut eines Heiligen. Er hat dich angebetet, du bleiche Stute, und du hast ihm das Herz gebrochen. Du hast ihn betrogen. Ich weiß, daß du ihn ermordet hast. Gott allein weiß, wie du es gemacht hast, aber ich werde es herausfinden.« Cranston stieß die beiden zurück auf ihre Fensterbank. »Glaubt mir, ich werde euch beide tanzen sehen: in Smithfield, am Ende eines Stricks.«
Er machte auf dem Absatz kehrt und ging zur Tür.
»Cranston!« rief Rosamund.
»Ja, du Bestie?« antwortete er, ohne stehenzubleiben.
»Ich bin unschuldig am Tode meines Gemahls.«
Der Coroner machte ein unhöfliches Geräusch mit den Lippen.
»In zehn Tagen wird das Testament meines Gatten verlesen werden. All sein Besitz und Reichtum werden mir gehören. Ich werde diesen Reichtum dazu nutzen, Euch vor Gericht zu bringen, wegen Verleumdung und übler Nachrede.«

»In zehn Tagen«, versetzte Cranston, »sehe ich euch beide in Newgate. Den Toten dürft ihr hinausbringen, aber sonst nichts anrühren. Ich habe eine Liste von allem, was da ist!«

Cranston ging in den Korridor hinaus und bemühte sich, seinen Zorn im Zaum zu halten, als er das höhnische Gelächter hinter sich hörte. Inghams alter Gefolgsmann Robert stand an der Haustür; er war bleich wie die Wand.

»Sir John«, flüsterte er, »wie könnt Ihr beweisen, was Ihr da sagt?«

Eine Hand am Türriegel, blieb Cranston stehen und schaute dem Diener in das faltige, müde Gesicht.

»Ich kann und werde es tun«, brummte er. »Aber erzähle mir noch einmal, was gestern passiert ist.«

»Mein Herr war seit Tagen krank und erschöpft, er klagte über Schwindelgefühle im Kopf und Schmerzen in der Brust. Gestern abend stand er vom Essen auf und nahm seinen Weinbecher mit. Ich sah, wie er in die Speisekammer ging und eine kleine Dosis Fingerhut in den Krug gab, die er später mit Wein mischen wollte, wie sein Arzt es ihm verordnet hatte. Dann ging er zu Bett. Er verschloß seine Kammertür, und weil ich mir Sorgen machte, stand ich davor Wache.« Die Stimme des Mannes zitterte. »Ich dachte, ich lasse ihn ausschlafen, aber als die Glocken von St. Mary Magdalen zum Vormittagsgebet läuteten, versuchte ich doch, ihn zu wecken. Ich rief die Diener, wir brachen die Tür auf. Den Rest kennt Ihr.«

»Konnte niemand ihn vor den Ratten bewahren?« fragte Cranston erbost.

»Sir John, das Haus ist voll von ihnen. Lady Rosamund haßt Katzen und andere Tiere.«

Sir John klopfte ihm auf die Schulter. »Deinem Herrn wird Gerechtigkeit werden, dafür sorge ich. Jetzt bete für seine Seele und kümmere dich um seinen Leichnam. Einer meiner Amtsdiener wird kommen und das Zimmer versiegeln.«

Sir John trat auf die Milk Street hinaus. Er ging in die Kirche von St. Mary Magdalen und zündete fünf Kerzen vor der lächelnden Jungfrau mit dem Kinde an.
»Eine für Maude, zwei für die Kerlchen«, flüsterte er und dachte an die prächtigen, stämmigen Söhne, die jetzt schon sechs Monate alt waren. »Eine für Athelstan«, fuhr er fort, »und eine für Sir Oliver, Gott schenke ihm die ewige Ruhe.«
Sir John kniete nieder, schloß die Augen und sagte drei Ave-Maria auf, bevor er merkte, wie durstig er war.
Schwerfällig wanderte er aus der Kirche, die Milk Street hinunter und in die verlassene Cheapside. Die Standbesitzer hatten für heute geschlossen, ihre Waren in die Vorderräume ihrer Läden geschafft, die Stände abgebaut und die breite Straße den Knochen- und Lumpensammlern überlassen. Eine Hure hielt träge nach Kundschaft Ausschau, Köter balgten sich, und fette Straßenkatzen konnten ihr Glück kaum fassen, als Myriaden von Ratten die Berge von Müll und menschlichem Abfall plünderten. Ein paar Kesselflicker und Hausierer versuchten immer noch, Geschäfte zu machen; sie brüllten Sir John gutmütige Schmähungen zu, und der zahlte es ihnen mit gleicher Münze heim, während er schnurstracks seiner Lieblingsschenke zustrebte, dem »Heiligen Lamm Gottes«.
In der stickigen, anheimelnden Wärme des Schankraums hellte Sir Johns Miene sich auf. Ein Büttel saß auf Cranstons Lieblingsstuhl mit der hohen Lehne am offenen Fenster mit Blick auf einen freundlichen Garten. Sir John hustete nur, und der Bursche huschte davon wie ein erschrockenes Kaninchen. Sir John setzte sich, klopfte auf den Tisch und betrachtete beifällig das dunkel polierte Holzwerk und die weiß verputzten Wände seiner allerheiligsten Trinkstätte. Er schmatzte und stieß das rautenförmige Gitterfenster ein Stück weiter auf, um den Duft der Kräuterbeete zu genießen. Manche Leute mieden das »Heilige Lamm«; sie behaupteten, es sei über

einem alten Leichenhaus erbaut, und angeblich spukten hier Geister und Gespenster. Aber für Cranston war es sein zweites Zuhause, und die Wirtsfrau verehrte ihn beinahe wie einen Heiligen.

Vor Jahren war sie einmal von einem Betrüger übers Ohr gehauen worden, der behauptete, er könne Rotwein und Weißwein aus demselben Faß zapfen. Dummerweise hatte sie einer Vorführung zugestimmt. Der Mann hatte ein Loch in die Wand des Fasses gebohrt und sie aufgefordert, es mit dem Finger zuzuhalten, während er das zweite Loch bohrte, aus dem der Weißwein kommen sollte. Und dann hatte die unglückselige Frau dagestanden und beide Löcher im Faß zuhalten müssen, während der Gauner sich aus ihrer Geldbörse bediente. Sie war vor Schreck wie gelähmt gewesen, denn wenn sie die Finger herausgezogen hätte, wäre das ganze Faß ausgelaufen und hätte den Schankraum knöcheltief unter Wein gesetzt, und außerdem wäre sie zum Gespött der Leute geworden.

Zum Glück war Sir John gekommen. Er hatte dem Schurken eine Kopfnuß verpaßt, ihr geholfen, das Faß zu verstopfen, und als der Kerl wieder zu sich gekommen war, hatte Cranston ihn mit heruntergelassener Hose draußen vor die Schenke gestellt und ihm ein Schild um den Hals gehängt, das ihn als Lügner und Betrüger bezeichnete.

Eben diese Wirtin kam jetzt geschäftig auf ihn zu mit einem großen Becher Rotwein in der einen und einer Schüssel Zwiebelsuppe in der anderen Hand. Geistesabwesend lächelnd dankte Sir John ihr. Er nahm einen Schluck Wein und überlegte, wie er eine andere Betrügerin, die mörderische Rosamund, ihrer gerechten Strafe zuführen könnte. Olivers einsamer Leichnam dort oben in der trostlosen Kammer ging ihm nicht aus dem Kopf, dazu die kichernde Ehefrau und der speichelleckerische »Vetter« im Söller darunter.

Cranston hörte Stimmen und hob den Kopf, als der Reliquienhändler, den er in der Milk Street gesehen hatte, hereingeschlichen kam.

»Ein sündiger Gauner«, brummte er bei sich.

Der Reliquienhändler war alt und hinkte ein wenig, aber er hatte ein durchtriebenes, kaltes, schmales Gesicht, einen bohrenden Blick und einen Mund, so hart und gespannt wie eine Schraubzwinge. Er war gut gekleidet, trug eine teure Samttunika und weiche rote Lederstiefel, und in der Börse an seinem bestickten Gürtel klimperte schwer das Geld. Grinsend winkte er dem Coroner zu, aber der schaute ihn nur wütend an und senkte den Blick auf seinen Becher. Eigentlich sollte er heimgehen und sich auf den Abend vorbereiten, aber das Haus war leer, denn Lady Maude war mit den beiden Kerlchen zu Verwandten im West Country gereist.

»Oh, komm doch mit, John«, hatte sie gebettelt. »Die Ruhe wird dir guttun. Und du weißt, wie sehr Bruder Ralph sich freuen wird, dich zu sehen.«

Cranston hatte betrübt den Kopf geschüttelt und seine zierliche Frau in seine Bärenarme genommen.

»Ich kann nicht, Lady«, hatte er mißmutig erwidert. »Der Rat und der Regent bestehen ausdrücklich darauf, daß ich in London bleibe.«

Lady Maude hatte sich von ihm gelöst und ihn streng angeschaut.

»Ist das auch wahr, Sir John?«

»Bei den Zähnen Gottes!«

»Nicht fluchen«, hatte sie gemahnt. »Sag's mir nur.«

Sir John hatte bei seiner Ehre geschworen, aber es hatte doch eine Lüge daringesteckt. Er konnte Bruder Ralph nicht ausstehen; dieser Mann war so ganz anders als seine Schwester. Ehrlich gesagt, Ralph war der langweiligste Mann, den Cranston je kennengelernt hatte. Seine einzige Leidenschaft war der Ackerbau, und Sir John hatte einmal trocken zu Athelstan ge-

sagt: »Wenn du einmal zwei Stunden lang Ralph bei seinem Vortrag über die Zwiebelzucht zugehört hast, dann reicht das für die Ewigkeit.«
Trotzdem hatte Cranston ein schlechtes Gewissen. Ralph hatte ein gutes Herz, und Sir John vermißte seine Frau und die beiden Kerlchen, wie sie dick und rund auf stämmigen Beinchen ihrem Vater entgegenstapften, damit er ihnen die kleinen Kahlköpfe streichelte. Er wunderte sich, weshalb Athelstan immer lachte, aber wenn er den Ordensbruder fragte, machte der immer gleich ein ernstes Gesicht, biß sich auf die Lippe und erklärte kopfschüttelnd: »Es ist nichts, Sir John, gar nichts. Sie sind Euch nur so ähnlich.«
»Sir John! Sir John! Wie geht es Euch?«
Cranston erschrak und blickte auf. Athelstan stand vor ihm; das olivfarbene Gesicht war verschwitzt, das schwarzweiße Habit mit dem schwarzen Strick um den Leib staubig.
»Bei den Zitzen des Satans!« schnaufte Cranston. »Was machst du denn hier, Mönch?«
»Ordensbruder, Sir John.« Grinsend zog Athelstan einen Schemel heran und setzte sich. »Ich bin über die London Bridge gegangen, um meinen Pater Prior in Blackfriars zu besuchen. Er läßt mich wichtige Passagen aus Roger Bacons Werk über die Astronomie abschreiben. Ich war bei Euch daheim, und die Magd sagte, Ihr wäret nicht da. Ach, übrigens frißt Leif, der Bettler, gerade Euer Abendessen.«
Cranston starrte den Bruder an. Du lügst, dachte er. Ich wette, du bist hergekommen, weil du mich suchst. Ich weiß, daß Lady Maude darum gebeten hat. Dennoch war Athelstans Fürsorglichkeit herzerwärmend.
»Du willst mich bestimmt zu einem Becher einladen.«
Geschäftig kam die Wirtin heran.
»Ich habe schon bestellt«, sagte Athelstan. »Rotwein für Mylord Coroner, und einen Humpen vom kühlsten Ale für mich.« Athel-

stan nippte an dem Schaum und lächelte. »Ihr habt recht, Sir John. Im Himmel muß es Schenken geben.«
»Was machen die Halunken in deiner Pfarrei?« wollte Cranston wissen.
»Sie sind Sünder wie wir alle, Sir John«, antwortete Athelstan. »Bonaventura fängt die Ratten dutzendweise. Benedicta bereitet ein Erntefest vor. Ich habe angeboten, Brot zu backen, bevor mir einfiel, was für ein hoffnungsloser Koch ich bin. Watkin, der Mistsammler, liegt sich immer noch in den Haaren mit Pike, dem Grabenbauer.« Athelstan grinste. »Watkins Frau hat Pike im Kirchenvorraum umgerannt. Sie behauptet, er war betrunken und ist gestolpert. Was beide nicht wissen, ist, daß eine von Watkins Töchtern Pikes ältesten Sohn heiraten will.«
»Wissen die Familien es denn?«
»Noch nicht. Aber wenn sie es erfahren, werdet Ihr das Geschrei bis in die Cheapside hören. Cecily, die Kurtisane, hat einen neuen Beau und deshalb auch täglich ein neues Kleid. Und Huddle bemalt jetzt im neuen Altarraum die Wände.« Athelstan stellte seinen Humpen hin und machte ein ernstes Gesicht. »Da sind noch zwei Angelegenheiten«, fuhr er leise fort und verfiel dann in ein ärgerliches Schweigen.
O nein, dachte Cranston, du willst doch wohl nicht das Rattenloch von Pfarrgemeinde verlassen, das du so sehr liebst? Oder hat man dich etwa von deinem Amt als mein Schreiber entbunden?
Cranston musterte den verträumt blickenden Ordensbruder. Wegen früherer Torheiten war Athelstan zum Gemeindepriester von St. Erconwald und zu Cranstons Secretarius ernannt worden. Als Novize hatte er Blackfriars verlassen und war mit seinem heldengläubigen kleinen Bruder nach Frankreich in den Krieg gezogen. Der Junge war gefallen, und Athelstan war heimgekehrt zu dem Schmerz seiner Eltern und dem wütenden Tadel seiner Ordensoberen.

»Nun, was gibt's denn?« fragte Cranston gereizt.
»Glaubt Ihr an den Satan, Sir John?«
»Jawohl, und da drüben sitzt der Scheißer.« Cranston deutete auf den Reliquienhändler, der mit einem anderen Gauner ins Gespräch vertieft in einer Ecke der Schenke saß. Athelstan lächelte und schüttelte den Kopf.
»Nein, Sir John, ich meine den echten Satan.« Die Worte sprudelten aus ihm hervor. »Glaubt Ihr, daß er jemanden in Besitz nehmen kann?«
Sir John richtete sich auf. »Ja, Pater, das glaube ich. Ich glaube, daß es eine Geisterwelt gibt, in der Wesen gegen Christus und seine Heiligen wüten. Ich glaube allerdings auch, daß der normale Dämon auf seinem Fels in der Hölle hockt und weint, wenn er sieht, zu welchen Schlechtigkeiten der Mensch sich versteigt. Warum fragst du?«
Athelstan spielte mit seinem Humpen. »Vielleicht ist der Satan nach Southwark gekommen. Heute morgen nach der Messe kam eine Frau zu mir und behauptete, ihre Tochter sei besessen. Jede Nacht spreche der Teufel aus ihr und beschuldige ihren Vater, seine erste Frau, ihre Mutter, ermordet zu haben.« Athelstan betrachtete blinzelnd seinen Humpen. »Die Frau hat mich um einen Exorzismus gebeten.«
Sir John bedachte ihn mit einem seltsamen Blick. »Aber Athelstan, mit solchen Dingen hast du doch jeden Tag zu tun.«
»Oh, das weiß ich«, sagte der Bruder und grinste. »Pemel, die Flamin, behauptet, daß Dämonen, so groß wie ihr Daumen, in den dunklen Ecken ihres Hauses lauern und kichern und über sie reden. Vor zwei Jahren glaubten Watkin, der Mistsammler, und seine Frau plötzlich, das Ende der Welt sei nahe; sie setzten sich mit der ganzen Familie auf das Dach ihres Hauses, und jeder hielt ein Kreuz vor sich, um den Dämon abzuwehren. Aber es passierte weiter nichts, nur das Dach stürzte ein. Watkins Knöchel war verstaucht und sein Stolz verletzt.« Athelstan

wischte sich mit dem Handrücken über den Mund. »Nein, Sir John, diesmal ist es etwas anderes. Ich sehe dieser Frau an, daß in der Familie etwas Böses im Gange ist.«
»Und wirst du den Exorzismus vornehmen?«
»Das kanonische Recht schreibt vor, daß jede Diözese einen offiziell ernannten Exorzisten hat, aber er kann nur im Namen des Bischofs tätig werden und ist für sehr ernste, öffentliche Angelegenheiten zuständig. Es kann Monate dauern, bis seine Dienste zur Verfügung stehen.« Athelstan nahm einen Schluck aus seinem Humpen. »Ich habe Pater Prior um Rat gebeten, und er hat gesagt, daß es meine Pflicht ist, Trost zu geben, so gut ich kann.« Der Bruder zog ein Gesicht. »Sir John, ich glaube, ich habe Angst. Als die Frau mit mir sprach, spürte ich, wie das Böse mir das Mark gefrieren ließ.«
Cranston klopfte ihm mit seiner Bärenpranke auf die Schulter. »Bestimmt wird alles gut«, meinte er. »Und vergiß nicht, Bruder: Kaum etwas kann dem alten John Cranston Angst machen. Zum Teufel!« donnerte er plötzlich, packte Athelstans halbvollen Humpen und schleuderte ihn durch die Schankstube nach einer langschwänzigen, fetten Ratte, die unter einem Faß hervorgeschlüpft war. Der Humpen traf nicht, und die Ratte huschte davon.
»Sir John, das hatte mir gut geschmeckt.«
Cranston murmelte eine Entschuldigung und rief nach einem neuen Humpen.
»Entschuldige, Bruder, aber die Stadt ist verseucht von dem verdammten Ungeziefer. Ich würde mich gern mal mit einem deiner Pfarrkinder unterhalten.«
»Mit Ranulf, dem Rattenfänger?«
Athelstan lächelte und dankte der Wirtsfrau, als sie ihm einen neuen Humpen brachte; brummelnd entschuldigte sich Sir John auch bei ihr.
»Da habt Ihr eine Auswahl von Rattenfängern«, sagte Athelstan.

»Ranulf gründet gerade eine Gilde der Rattenfänger. Sie haben gefragt, ob St. Erconwald nicht ihre Zunftkirche sein kann. In ein paar Tagen wollen sich alle dort treffen, um die Messe und die Zunftbruderschaft zu feiern. Ihr habt recht«, fügte er hinzu, »das warme Wetter hat Eure pelzigen Freunde in wimmelnden, alles verschlingenden Horden hervorkommen lassen.« Er trank und setzte seinen Humpen ab. »Aber warum so aufbrausend, Sir John? Daß Ihr mit einem guten Getränk nach einer Ratte werft, sieht man selten.«

Cranston trank seinen Weinbecher leer und brüllte nach einem zweiten; dann beugte er sich vor und erzählte Athelstan von dem geheimnisvollen Tod seines Kameraden Oliver Ingham. Aufmerksam betrachtete Athelstan den Coroner. Er sah, daß der sonst so freundliche Mann tief verletzt und betrübt über den Tod seines Freundes war. Anfangs sprach Sir John stockend, wurde aber immer wortgewaltiger, als er berichtete, was er im Hause Inghams erlebt hatte. Als er fertig war, schnaubte er geräuschvoll durch die Nase und trommelte mit stämmigen Fingern auf seinem dicken Bauch.

»Ihr seid sicher, daß es Mord war, Sir John?«

»So sicher, wie ich auf meinem Arsch sitze.«

Athelstan nagte an der Unterlippe und schaute sich in der mittlerweile vollen Schenke um. »Wenn ich Euch helfen kann ...?« erbot er sich.

»Du brauchst nur nachzudenken«, sagte Sir John. »Ich kenne dich, Athelstan. Du spazierst davon, setzt dich irgendwo hin und glotzt die blöden Sterne an, und schon kommt dir irgendeine Idee. Wenn das passiert, komm bitte und sag es mir.« Cranston schlürfte geräuschvoll aus seinem Becher und schmatzte dann. »Du sagtest, es ist noch eine zweite Sache, Bruder?«

Athelstan zog seinen Schemel näher heran. »Sir John, Ihr habt doch sicher von der wachsenden Unruhe auf dem Lande rings um London gehört? Daß die Bauernführer sich zur ›Großen Gemeinschaft‹ zusammenschließen und zum Marsch auf London verschwören? Sie sagen, sie wollen die Stadt bis auf die Grundmauern niederbrennen, alle Bischöfe und Lords umbringen und Gaunts Kopf auf eine Stange stecken.«

Cranston beugte sich noch weiter vor, denn was sie da redeten, war Hochverrat.

»Ich weiß, Bruder«, raunte er. »Die Steuerlast ist groß und die Ernte noch nicht eingefahren, die Gefängnisse sind voll, die Galgen ebenfalls. Jede Woche kommt neue Kunde von Unruhen in den Dörfern und Angriffen auf königliche Beamte. In Hertford ist ein Steuereintreiber totgeschlagen und an den Galgen gehängt worden, und daneben eine tote Katze, die sie kahlgeschoren und wie einen Bischof angezogen haben.« Er schnaufte. »Aber was kümmert dich das, Bruder?«

»Oh, um Gottes willen, Sir John! Geht durch die Gassen von Southwark, und Ihr seht eine ganze Armee, die nur auf das Zeichen wartet: die Unterdrückten, die Gauner, die Halsabschneider und Diebe. Die leiseste Provokation, und sie strömen über die London Bridge; dann wird die Stadt wochenlang in Flammen stehen.« Athelstan senkte die Stimme noch mehr und spielte mit einem Holzsplitter an der Tischplatte. »Einige meiner Gemeindekinder sind beteiligt. Pike, der Grabenbauer, Tab, der Kesselflicker ... dauernd schleichen sie wie die Wiesel zu dieser oder jener Versammlung aufs Land hinaus.«

»Wenn sie erwischt werden«, sagte Cranston leise, »hängt man sie auf.«

»Ich weiß, ich weiß, und das macht mir Sorgen. Es wird einen Aufstand geben und Tote, Mord und grausame Unterdrückung.« Er hielt kurz inne. »Sir John, habt Ihr schon einmal von einem Mann gehört, der sich Ira Dei nennt, der Zorn Gottes?«

Cranston nickte. »Jeder hat schon von ihm gehört«, flüsterte er.

»John von Gaunt hat einen furchtbaren Eid geschworen: daß dieser Mann gehängt, gestreckt und gevierteilt werden soll. Weißt du, Athelstan, die Bauern haben recht mit ihren Klagen, und weiß Gott, ihre Lage muß erleichtert werden. Ihre Anführer sind wilde Männer – Jack Straw, der Priester John Bull –, aber hinter ihnen lauert der Führer des geheimen Rats der Großen Gemeinschaft, die Schattengestalt, die sich selbst Ira Dei nennt. Sein Arm reicht weit und ist sehr stark. Hast du gehört, was in Aldersgate passiert ist?«

Athelstan schüttelte den Kopf.

»In einem schäbigen Haus dort drang eine Grabesstimme aus den Wänden. Hunderte von Bürgern drängten hinzu, um dieser, wie sie meinten, Stimme eines Engels zuzuhören. Als sie schrien: ›Gott schütze unseren Regenten, Herzog John!‹, antwortete ihnen das eingemauerte übernatürliche Wesen nicht. Als dann einer rief: ›Gott schütze unseren jungen König Richard!‹, da antwortete die Stimme: ›So soll es sein.‹ Und als man fragte: ›Was erwartet Herzog John in der Zukunft?‹, da antwortete die Stimme spöttisch: ›Tod und Vernichtung.‹ Die Garde wurde geholt, und sie fand eine junge Frau in den Mauern, die so tat, als sei sie der Engel. Sie mußte tagelang mit kahlgeschorenem Kopf am Pranger sitzen. Aber Gaunt glaubt«, Cranston klopfte mit dem Finger auf dem Tisch, »daß Ira Dei dahintersteckte. Das zeigt, wieviel Macht und Einfluß er hat, mein guter Bruder.«

»Und was hat Lord Gaunt vor?«

Cranston legte den Kopf schräg, denn die Glocken der nahen Kirche von St. Mary Le Bow läuteten jetzt zum Abendgebet. »Oh, Gaunt macht sich Sorgen. Er kann kein Parlament einberufen, denn das Unterhaus ist ihm feindselig gesonnen. Aber heute abend veranstaltet er ein großes Bankett im Rathaus, und ich muß auch hin.« Cranston holte tief Luft. »Gaunt hofft, zwischen den streitenden Parteien der Gilden Frieden zu stiften. Er ist zum Freund der Londoner Kaufmannsfürsten und ihrer Anführer geworden: Thomas Fitzroy, Philip Sudbury, Alexander Bremmer, Hugo Marshall, Christopher Goodman und James Denny. Sie werden ihre neue Freundschaft in einer Orgie von Leckereien, Wein und falscher Freundlichkeit feiern.« Er räusperte sich. »Du mußt wissen, mein lieber Bruder, daß einer der fähigsten Handlanger Gaunts, der Lord Adam Clifford, sich für seinen Herrn dieser Sache angenommen hat. Jeder der Gildemeister hat einen großen Goldbarren in eine Truhe gelegt, die in der Rathauskapelle steht – zum Zeichen ihres guten Willens und der Unterstützung für den Regenten.« Cranston leerte seinen Becher und stand auf. »Und ich, mein Bruder, muß als Zeuge dieser Farce dabeisein.«

Athelstan blickte in banger Sorge auf. »Es wird also Frieden geben, Sir John?«

»Frieden!« Cranston beugte sich über ihn. »Mein guter Bruder«, flüsterte er heiser, »sag deinen Pfarrkindern, sie sollen sich vorsehen. Gaunt hat vor, Truppen aufzustellen, und glaub mir: In den Straßen von London wird bald Blut fließen, dick, dunkel und rot wie der Wein aus der Kelter!«

Athelstan stellte seinen Humpen hin und stand auf. »Glaubt Ihr das wirklich, Sir John?«

»Ich weiß es! Zu dieser Stunde trifft Gaunt mit den Kaufmannsfürsten im Rathaus zusammen. Der junge König und sein Tutor, Sir Nicholas Hussey, haben dort heute morgen die Messe besucht. Am Nachmittag hat Gaunt mit dem Sheriff, Sir Gerard Mountjoy, über Maßnahmen gegen die Verschwörung der Bauern und ihre Anhänger in der Stadt beraten.« Cranston wischte sich den weißen Bart. »Und zur Buße für meine Sünden«, flüsterte er in einer Wolke von Weindunst, »muß ich heute abend an dem Bankett teilnehmen, das Gaunt seinen neuen Verbündeten gibt.« Er grunzte. »Als ob ich nicht schon genug Probleme hätte.«

»Was denn für Probleme, Sir John?«
»Nun, abgesehen von Olivers Tod sind Regent und Behörden erbost über einen Schurken, der den hingerichteten Verrätern auf der London Bridge und anderswo die Gliedmaßen stiehlt. Was hat es schließlich für einen Sinn, Leute hinzurichten, mein guter Bruder, wenn man ihre abgehackten, blutigen Glieder nicht als Warnung für andere Möchtegern-Verräter zur Schau stellen kann?« Er schob seinen Arm unter den des Ordensbruders, und sie verließen die Schenke. »Nun, in meiner Abhandlung über die Verwaltung dieser Stadt ...« Er schnalzte, und Athelstan schloß die Augen und betete um Geduld. Cranstons großes Werk über die Regierung der Stadt London war fast fertig, und er ließ sich keine Gelegenheit entgehen, Vorträge über seine Theorie zur Sicherung von Recht und Ordnung in der Stadt zu halten.
»In meiner Abhandlung werde ich von solchen Praktiken abraten. Verbrecher sollte man innerhalb der Gefängnismauern hinrichten, und die Krone sollte gegen derartige Barbarei ihr Veto einlegen. Die alten Sumerer ...« Cranston zog den widerstrebenden Athelstan über die Cheapside. »Also, die alten Sumerer ...«, wiederholte er.
»Mylord Coroner! Bruder Athelstan!«
Die beiden drehten sich um. Ein verschwitzter Diener in der Livree der Stadt London stützte sich auf einen leeren Verkaufsstand und rang nach Luft.
»Was ist denn, Mann?«
»Sir John, Ihr müßt rasch kommen. Und du auch, Bruder. Der Regent ... Seine Gnaden der König ...«
»Was ist?« blaffte Cranston.
»Ein Mord, Sir John. Sir Gerard Mountjoy, der Sheriff, wurde im Rathaus ermordet!«

2

Als Cranston und Athelstan ins Rathaus kamen, war alles seltsam still. Bewaffnete säumten die Gänge und Korridore und bewachten die Ein- und Ausgänge zu den verschiedenen Höfen. Der Diener führte sie hindurch und schüttelte auf Cranstons bohrende Fragen immer nur den Kopf. Er brachte sie in den Garten mit seinen Kräuterbeeten, dem Springbrunnen und dem Kanal, den Holz- und Steinbänken, der Laube und den weichen, grünen Rasenflächen, einen der angenehmsten Orte um das Rathaus. Ein paar Männer standen am Springbrunnen und sprachen miteinander. Sie verstummten und drehten sich um, als Cranston und Athelstan näher kamen.

»Mylord Coroner, wir warten schon auf Euch.«

»Euer Gnaden«, antwortete Cranston und schaute den dunklen, goldbärtigen Regenten an, John von Gaunt, den Herzog von Lancaster. »Wir sind gekommen, sowie der Bote uns gefunden hatte.«

Cranston blickte rasch in die Runde, während Gaunt die anderen vorstellte. Er kannte sie alle: Sir Christopher Goodman, rotgesichtig und froschäugig, war der Bürgermeister. Die übrigen prächtig gekleideten Männer mit den stolzen Gesichtern waren die Gildemeister: Thomas Fitzroy von den Fischhändlern, der Cranston mit seinen vorgewölbten Lippen und den glasigen Augen immer an einen Karpfen erinnerte; Philip Sudbury von den Eisenwarenhändlern mit seinem roten Gesicht und roten Haaren, ein eingefleischter Trinker; Alexander Bremmer von den Tuchhändlern, mager und mit niederträchtigem Blick, ein habsüchtiger, raffgieriger Mann; Hugo Marshall von den Gewürzhändlern, dessen Kopf so kahl war wie ein Taubenei; schließlich Sir James Denny von den Kurzwarenhändlern, ein Mann mit fleischigem Gesicht, gekleidet wie ein Hofgeck in seiner engen Hose und der gesteppten, am Halse offenen Jacke.

Cranston nickte allen zu, und auch dem Hauslehrer des Königs, Sir Nicholas Hussey, der trotz silbergrauem Haar und Bart noch jung aussah. Der letzte war Sir Adam Clifford, Gaunts wichtigster Helfer; er trug ein braunes Gewand, das gut zu seinem glattrasierten, sonnenverbrannten Gesicht und seinem akkurat frisierten schwarzen Haar paßte. Gaunt beendete seine Vorstellung.

»Mylord?« Cranston war erbost über das beleidigende Benehmen des Regenten, der Athelstan nicht einmal zur Kenntnis genommen hatte. »Mylord, ich denke, Ihr kennt meinen Secretarius und Schreiber Bruder Athelstan, den Pfarrer von St. Erconwald in Southwark?«

Gaunt lächelte herablassend und nickte. Cranston warf dem grinsenden Denny einen erbosten Blick zu.

»Ihr habt uns rufen lassen, Mylord Regent. Man hat uns gesagt, Sir Gerard Mountjoy sei ermordet worden. Wo, wann und wie?«

Mit einer Handbewegung deutete Gaunt zu dem kleinen Laubengang am anderen Ende des Gartens; die offene Rathaustür und ein hohes, efeubewachsenes Spalier verdeckte ihn vor Cranstons Blicken.

»Dort?« fragte Cranston.

»Ja. Da liegt Sir Gerard.«

Gaunt klang zornig, aber auch sarkastische Heiterkeit schwang mit. Er bedeutete ihnen hinzugehen.

»Ihr habt hoffentlich mehr Glück als wir.«

Verwundert gingen Cranston und Athelstan am Zaun entlang und schauten über ein kleines Tor in den Laubengang hinein. Beide machten einen Satz rückwärts, als zwei große Wolfshunde

sich knurrend und bellend gegen die Pforte warfen, die Lefzen hochzogen und beißwütig die gelben Zähne fletschten.
Die Laube war geschickt angelegt, ein Garten im Garten. Vor dem Spalierzaun stand eine Rasenbank, ein schmaler, gepflasterter Weg führte zu einem Tisch, der auch als Vogelbad diente, und auf Hochbeeten wuchsen duftende Kräuter: ein friedlicher, freundlicher Ort für einen Spätsommertag, hätte da nicht der Mann am Zaun gelegen, dem ein schmaler Dolch tief in der Brust steckte. Ein grotesker Anblick: Der Mund stand offen, und die Augen blicken ein wenig scheel, als starre der Tote verblüfft auf die blutige Wunde, die sein rostbraunes Gewand befleckte.
Cranston studierte das stumpfnasige, brutale, tote Gesicht eines der gefürchtetsten Sheriffs von London, dann ging er zu der Gruppe am Springbrunnen zurück.
»Wann ist das passiert, Mylord?«
Gaunt zuckte elegant die Schultern und wischte sich die Hände an seinem blauen Samtmantel ab.
»Heute morgen waren wir in der Messe und hatten dann eine Versammlung im Ratssaal. Wir bereiteten uns alle auf das Bankett heute abend vor; anscheinend hatte sich Sir Gerard in seine Privatlaube begeben, um ein bißchen frische Luft und einen Becher Rotwein zu genießen. Dort fand ihn die Wache so vor.« Er verzog das Gesicht. »Die verdammten Köter lassen uns nicht in seine Nähe.«
»Wenn sie Euch nicht lassen«, sagte Cranston und wies auf eine Gruppe von Armbrustschützen, die in der Livree von Lancaster geduldig warteten, »dann muß man sie abschießen.«
Athelstan stand neben Cranston und musterte diese mächtigen, reichen Männer. Zusammen mit Gaunt beherrschten sie nicht nur London, sondern das ganze Königreich. Ihr Silber unterhielt die königliche Armee, versorgte die Flotte und kontrollierte das Parlament. Er spürte, daß sie über Mountjoys Tod erschrocken, aber im stillen auch erfreut waren, einen mächtigen Rivalen

abtreten zu sehen, denn Mountjoy, selbst ein Kaufmann, war machthungrig gewesen wie sie. Der Regent aber, ein Mann mit einem Gesicht aus Marmor und einem Herzen aus Stahl, hatte große Mühe, seine Wut im Zaum zu halten, denn sein Plan, diese mächtigen Kaufleute unter seine Kontrolle zu bringen, war durch Mountjoys Tod rüde durchkreuzt worden.

»Nun«, bellte Goodman, »Sir John, Ihr seid des Königs Coroner hier in der Stadt. Sir Gerard wurde ermordet, und zwar auf abscheuliche Weise. Wir wissen, wer es getan hat; also schafft die Hunde beiseite.«

»Ach?« Sir John lächelte ungerührt. »Ihr habt den Mörder auf frischer Tat ertappt?«

»Um Gottes willen, Mann!« schnarrte Goodman. »Schaut Euch die Laube an. An zwei Seiten ist der Gartenzaun, die hintere Mauer ist die Rathausmauer, und die vierte wird durch das Schirmdach geschützt.«

Cranston und Athelstan betrachteten das langgestreckte, schmale Schrägdach, das an die Pfeiler des Rathauses angebaut und mit alten Schilden gedeckt war; es bildete einen überdachten Gang zwischen der Küche und dem eigentlichen Rathaus.

»Wie sollte irgend jemand«, fuhr Goodman langsam fort, als wären Athelstan und Cranston schwer von Begriff, »den Garten betreten, Sir Gerard erstechen und in aller Ruhe wieder fortgehen können, ohne von den Hunden in Stücke gerissen zu werden?«

»Was der Bürgermeister sagen will«, warf Clifford ein, »ist, daß die beiden Hunde Sir Gerards ständige Begleiter waren. Mountjoy war Junggeselle. Sie ersetzten ihm Weib und Kinder, Familie und Anverwandte. Nur einer konnte sich dem Sheriff nähern, ohne die Hunde zu stören: sein Diener und Amtmann, Philip Boscombe.«

Cranston nickte und schaute wieder zu der Laube hinüber.

»Sir Gerard«, fuhr Clifford fort, »hatte immer Angst vor Attentaten. Niemand – kein Beamter, kein Ratsherr, kein Bürger – konnte sich ihm nähern, wenn der Sheriff seinen Hunden nicht befohlen hatte, freundlich zu sein. Boscombe war die einzige Ausnahme. Er muß es gewesen sein. Die Diener haben die Hunde nicht einmal bellen hören.«

Cranston ging zurück. Aus sicherem Abstand spähte er in die blutbespritzte Laube hinein. Die beiden großen Hunde lagen ihrem Herrn zu Füßen; ab und zu blickten sie zu ihm hoch, als erwarteten sie, daß er gleich aufwachen und sie rufen würde. Sie spürten, daß etwas nicht stimmte, und der Blutgeruch machte sie nur noch aggressiver. Knurrend wandten sie ihre Aufmerksamkeit dem Gartentor zu.

»Clifford muß recht haben«, flüsterte Athelstan, der auch herangekommen war. »Das Messer kann nicht geworfen worden sein. Es gibt keine Stelle, von der aus das möglich wäre. Und seht nur, wie tief es steckt, Sir John.«

Cranston nickte. »Wo ist Boscombe jetzt?« fragte er.

»Er beteuert seine Unschuld«, antwortete Goodman. »Er sitzt im Verlies unter dem Rathaus. Sir John, wir warten! Habt Ihr Angst vor den Hunden?«

»Bringt mir zwei Stücke rohes Fleisch!« rief Cranston. Diese aufgeblasenen Leute warten zu lassen machte ihm Spaß. »Und einen Napf Wasser.«

Goodman ging ins Rathaus, die anderen hörten ihn drinnen seine Anweisungen brüllen. Nach kurzer Zeit kam ein Diener heraus; er trug ein Tablett mit zwei blutigen Fleischstücken und einem Wassernapf, reichte es Cranston, warf einen furchtsamen Blick zu dem Laubengang hinüber und rannte zurück ins Rathaus.

»Bleibt, wo Ihr seid!« rief der Coroner. »John Cranston hat vor niemandem Angst. Und diese Hunde sind zu edel, als daß man sie umbringen dürfte.« Er trat an das Tor und sprach ruhig auf die knurrenden Hunde ein. Sie legten die mächtigen Pfoten auf das Tor und richteten sich auf; ihre großen, zottigen Köpfe überragten das Gartentor um ein ganzes Stück. Cranston trat zurück und redete weiter leise auf sie ein. Die Hunde bellten wild, verstummten aber schließlich. Sie legten sich hinter dem Tor nieder und schauten zu diesem Mann mit der sanften Stimme hoch, der das köstlich duftende Fleisch und den Wassernapf in den Händen hielt. Athelstan kam langsam näher. Sir John flüsterte mit den Bestien, als wären sie alte Freunde.

»Siehst du, Bruder«, murmelte er aus dem Mundwinkel, »kein Lebewesen, mit Ausnahme des Menschen, kann sich der Freundlichkeit verschließen.«

Vorsichtig öffnete er das Gartentor. Die beiden Hunde standen still und wedelten mit den Schwänzen. Cranston pfiff leise und lockte sie mit Fleisch und Wasser in den Garten hinaus. Dort legte er ihnen das Fleisch hin. Während sie es hinunterschlangen, ließen sie sich von Cranston die mächtigen Schädel streicheln und die Ohren liebkosen.

»Brave Jungs«, flüsterte er. »Seid gute Freunde vom alten John.«

Einer der Hunde hörte sogar auf zu fressen und leckte ihm die Hand. Cranston ging zurück in die Laube. Die Hunde erhoben sich.

»Platz!«

Beide Hunde gehorchten, und, gefolgt vom grinsenden Athelstan, betrat Cranston die Laube.

»Mach die Augen zu, Bruder.«

Athelstan gehorchte, und er hörte das unverwechselbare Geräusch, als Cranston den Dolch aus der Leiche zog. Athelstan öffnete die Augen wieder und sah sich um.

Der Leichnam war umgekippt und lag mit dem Gesicht nach unten auf der Rasenbank. Ein Weinbecher lag unter dem Efeu, der an der Rathausmauer emporwuchs, und als Cranston den

Dolch im Gras abwischte, wurde Athelstan klar, wie rätselhaft dieser Mord war. Mountjoy hatte unmittelbar gegenüber des mit dem Schrägdach überdeckten Ganges gesessen. Der Zaun war aus Holzplanken und die Lücken dazwischen zu schmal, als daß jemand ein Messer mit solcher Wucht hätte hindurchschleudern können. Die Mauer des Rathauses war eine unüberwindliche Barriere, und um das Messer vom Garten aus zu werfen, hätte man dazu am Tor stehen müssen. Athelstan schüttelte den Kopf. Sir Gerard und seine Hunde hätten nicht zugelassen, daß jemand mit einem gefährlich aussehenden Dolch dort stand; sie hätten geschrien und angegriffen.
Athelstan blickte auf den Kiesweg, der unter seinen Sandalen knirschte. Niemals hätte sich ein Attentäter lautlos über diesen Pfad zum Tor schleichen können, ohne daß die Hunde wie rasend gebellt hätten. Er schaute an der Stützmauer des Rathauses hoch, an die das Schrägdach angebaut war. Die einzigen Fenster dort oben waren schmale Schießscharten, zu hoch und zu schmal, als daß von dort ein Messer halbwegs kräftig und zielgenau hätte geworfen werden können. Er schaute Cranston an, der die Messerklinge eingehend betrachtete.
»Es muß Boscombe gewesen sein«, sagte Athelstan leise. »Das Messer wurde nicht geworfen. Seht.« Er deutete auf das Spaliergitter, an dem Mountjoy gelehnt hatte. »Der Dolch ist ihm durch die Brust gedrungen und hat den Gitterzaun verkratzt.«
»Vielleicht ist jemand hinter Sir Gerard über den Zaun geklettert?« Clifford kam heran.
Athelstan schüttelte den Kopf.
»Das bezweifle ich, Mylord. Sir Gerard hat anscheinend gesessen, als er ermordet wurde. Der Mörder müßte auf den Zaun klettern, sich mit dem Dolch herunterschwingen und ihn dem Opfer in die Brust stoßen. Könnt Ihr Euch vorstellen, daß der Sheriff und seine Hunde das geduldig abwarten?«
Angeführt von Clifford und Gaunt, kamen die Gildemeister

vorsichtig in die kleine Laube und schauten sich immer wieder furchtsam nach den beiden großen Wolfshunden um, die jetzt mit traurigem Blick im Gras lagen.

»Sind die Hunde nicht mehr gefährlich?« fragte Gaunt leise.

»O nein«, antwortete Cranston abwesend. »Sie wissen, daß hier etwas nicht stimmt, aber uns betrachten sie nicht als Feinde.« Er lachte schnaubend. »Obwohl wir es ja vielleicht sind. Einer der Anwesenden auf jeden Fall.« Cranston schaute in die Runde. »Ich bin Sir John Cranston, Coroner des Königs in der Stadt«, erklärte er, »und dies ist mein Urteil: Ich finde Sir Gerard Mountjoy von einer oder mehreren unbekannten Personen ermordet auf.«

»Was ist mit Boscombe?« fragte Gaunt.

»Möglich, daß er es war. Aber habt Ihr diesen Dolch gesehen, Mylord?« Cranston hielt ihn in die Höhe.

Erst dachte Athelstan, es handele sich um einen ganz gewöhnlichen walisischen Stichdolch mit schmaler, langer, bösartiger Klinge und kleinem Griff und Heft. Aber unter den verschmierten Spuren von Cranstons Säuberung war etwas in die Klinge eingraviert. Athelstan nahm Cranston den Dolch aus der Hand und betrachtete ihn genauer.

»Ira Dei«, murmelte er und las die grob geritzten Zeichen laut vor.

Gaunt stampfte wütend ins Gras und stemmte die Fäuste in die Hüften. »Bei der Heiligen Messe!« Er funkelte die anderen an. »Diese Bauernschweine bedrohen uns hier in unserer eigenen Stadt, in unseren eigenen Palästen.«

»Ira Dei?« Hussey, der königliche Hauslehrer, drängte sich nach vorn. »Der Zorn Gottes? Mylord Gaunt, was hat das zu bedeuten? Man muß es dem König berichten.«

»Mein Neffe wird es beizeiten erfahren«, erwiderte Gaunt gereizt.

Athelstan spürte die tiefe Ablehnung im Ton des Regenten und

erinnerte sich an das Getuschel über zunehmende Rivalitäten zwischen ihm und dem Hauslehrer des Königs.
»Ira Dei«, wiederholte Gaunt langsam, »ist ein selbsternannter, geheimnisumwobener Führer.«
»Führer wovon?«
»Der Großen Gemeinschaft«, knurrte Gaunt. »Diesen Namen haben die Bauern dem geheimen Rat ihrer Anführer gegeben, der Verrat und Rebellion plant, in London und Umgebung. Sir, Ihr solltet besser Bescheid wissen.«
»Mylord«, antwortete Hussey geschmeidig, »wie Seine Gnaden der König weiß ich nur das, was man mir sagt.«
Verärgert wandte sich Gaunt ab. »Mountjoy ist tot«, flüsterte er. »Erstochen von seinem Diener, der offenbar gegen Bezahlung oder aus Überzeugung für die Rebellen arbeitet. Sir John, Bruder Athelstan, stimmt Ihr mir zu?«
Cranston betrachtete den Dolch, während Athelstan sich bemühte, den schweren Leichnam des Sheriffs auf die Rasenbank zu legen. Das Gewand des Mannes war dick verkrustet von Blut. Athelstan sprach flüsternd das Totengebet und untersuchte zugleich die Wunde in der Brust des Mannes, die Schramme im Zaun, an dem er gelehnt hatte, und das Blut an den Händen des Toten.
»Mylords«, erklärte der Ordensbruder schließlich schwer atmend und faltete die Hände des toten Sheriffs. »Sicher wird Sir John mit mir darin übereinstimmen, daß Sir Gerard durch einen Dolchstich in die Brust getötet wurde. Der Dolch kann nicht geworfen worden sein; die Laube ist ringsum geschlossen, und hätte der Mörder am Tor gestanden, dann hätte Sir Gerard ihn sehen müssen, von seinen Hunden ganz zu schweigen.«
»Vielleicht haben sie geschlafen, alle drei«, dröhnte Fitzroy töricht. »Sir Gerard trank gern Wein.«
»Aber die Hunde nicht«, gab Denny spöttisch zu bedenken.
»Ich bezweifle es«, sagte Athelstan ruhig. »Solche Hunde hätten

ihren Herrn vor jedem beschützt, und Sir Gerard wußte, wenigstens ein paar Augenblicke zuvor, daß er sterben mußte. Seht Ihr seine Hände? Sie sind blutig.«

»Mein Schreiber spricht aus, was ich dachte«, unterbrach Cranston ihn großspurig. Er zwinkerte Athelstan zu und ging zurück zum Tor. »Der Dolch wurde nicht geworfen. Der Mörder spazierte durch das Tor, vielleicht mit versteckter Waffe; sie ist lang und schmal und hat keinen großen Griff. Sir Gerard sitzt da und trinkt seinen Wein. Er blickt auf, und der Mörder sticht zu, rammt dem Sheriff den Dolch tief ins Herz und durchbohrt den Körper. Im Todeskampf zerrt Sir Gerard an dem Dolch, seine Hände fallen herab, er stirbt.« Cranston sah sich strahlend um. »Ich denke, als nächstes, Mylords, sollten mein Schreiber und ich den Gefangenen verhören.«

Gaunt war einverstanden, und man rief einen Bogenschützen, der Cranston und Athelstan ins Rathaus und in das klamme, muffige Kellergewölbe führte. Die Gänge waren von Fackeln beleuchtet. Vor einer Tür mit eingelassenem Eisengitter standen zwei Bogenschützen Wache. Cranston spähte durch das Gitterfenster. Das Verlies war von einer Öllampe erleuchtet, die auf einem wackligen Tisch stand. Der Gefangene lag zusammengekrümmt auf einer schmalen Pritsche. Die Wachen schlossen die Tür auf, und Cranston und Athelstan schlüpften hinein. Stöhnend richtete sich der Mann auf.

Im trüben Licht der Öllampe sah er so elend und jämmerlich aus wie nur menschenmöglich. Er war klein und dick; seine Augen verschwanden zwischen Fettwülsten und waren noch dazu vom Weinen verquollen. Sein Haar war vom Kerkerschmutz verklebt.

Athelstan hockte sich neben ihn und schaute dem Amtmann des Sheriffs in das weichliche, verzärtelte Gesicht. Der Mann verschränkte die Arme und fing an, sich vor und zurück zu wiegen. »Was kommt jetzt? Was kommt jetzt?« murmelte er, und Tränen

rollten ihm über die Wangen. »Werde ich gefoltert? Soll ich hängen? Sir, Ihr dürft mir nichts tun!« Er wimmerte wie ein Kind, und Athelstan sah den Bluterguß an seiner Wange. Sanft berührte er die Hand des Mannes und sah sich dann nach Sir John um. Der Blick des Ordensbruders ließ keinen Zweifel: Athelstan hatte bereits entschieden, daß dieser kleine dicke Mann mit der teigigen Haut und den plumpen Händen kein Mörder war.
»Wir wollen dir helfen«, flüsterte Athelstan, stand auf und lehnte sich an den Tisch. Cranston stellte sich mit dem Rücken zur Tür. »Du mußt uns nur die Wahrheit sagen.«
Immer noch schniefend schaute der Mann zu Boden, und seine Schultern bebten.
»Sir Gerard ist tot«, jammerte er. »Und ich soll hängen. Sir, ich bin unschuldig – und dabei hat der Tag so gut angefangen!«
»Dann beginne mit dem Anfang«, drängte Athelstan. »Boscombe, der Regent hört auf Sir John Cranston. Wenn du die Wahrheit sagst und deine Unschuld beweist, dann hast du diese Zelle vielleicht heute abend schon wieder verlassen.«
Der Gefangene blickte auf, und Athelstan sah Hoffnung flackern in den dunklen, tränennassen Augen des Amtmannes.
»Der Tag fing so gut an«, wiederholte der Mann; dann hustete er, und seine Stimme wurde fester. »Sir Gerard gefiel, was da geschehen sollte: Er und der Regent wollten einen Freundschaftsbund zwischen den Gilden besiegeln. Seine Gnaden, der König, der Regent und die anderen kamen am Vormittag zur Messe in die Rathauskapelle. Sir Gerard war auch dabei. Ich und die übrigen Diener standen hinten. Die Messe begann; die Gildemeister, der Regent und Sir Gerard gaben sich den Friedenskuß, sie empfingen das Sakrament, und dann wurden die Schlüssel gesegnet.«
»Was?« unterbrach Cranston.
»Als Garantie für ihre guten Absichten«, antwortete Boscombe, »haben die führenden Gilden und auch der Regent je einen

Goldbarren in einer eigens angefertigten, mit Eisenriegeln und sechs Schlössern gesicherten Truhe deponiert. Einen Schlüssel hat der Regent, die übrigen haben die Gildemeister.« Boscombe rieb sich die Wange. »Danach bekamen wir Marzipan und süßen Wein von der Kirche. Dann zog der Regent sich mit dem Bürgermeister, dem Sheriff und den fünf Gildemeistern zu einer geheimen Beratung in die Privatgemächer des Sheriffs zurück.« Boscombe fuhr sich durchs Haar, das verfilzt wie ein Wolfsfell war. »Danach löste sich die Versammlung auf, und mein Herr sagte, er wolle es sich in seinem Garten wohlsein lassen.«

»Bist du auch hingegangen?«

»Ja, ich habe ihm einen Becher Wein gebracht. Er sonnte sich und sagte, der Vormittag habe einen guten Verlauf genommen und ich solle ihn nicht noch einmal stören.« Boscombe fing wieder an zu weinen. »Ihr Herren, ich war in meiner Kammer, als ich das Geschrei hörte, und dann kamen die Soldaten mich holen. Man zerrte mich in den Garten hinunter; da sah ich den armen Sir Gerard. Und jetzt«, klagte er, »soll ich hängen.«

Athelstan berührte ihn leicht bei der Schulter.

»Sei getrost, mein Freund. Du bist kein Mörder. Sir John wird dafür sorgen, daß Gerechtigkeit geschieht. Eine Frage noch: Hatte Sir Gerard, dein Herr, irgendwelche Feinde?«

Jetzt lächelte Boscombe schmal. »Feinde?« wiederholte er. »Ich habe meinem Herrn gut gedient, aber für ihn war ich auch nur ein Hund, der einen Tritt bekommt, wenn er etwas falsch macht, und einen Knochen, wenn es gut war. Ihr fragt Euch besser, Pater, ob es jemanden gab, der *nicht* Sir Gerards Feind war – denn Freunde hatte er nicht. Lord Gaunt ertrug ihn. Sir Christopher Goodman, der Bürgermeister, hielt es kaum mit ihm im selben Raum aus, und die fünf Gildemeister ...« Boscombe verzog höhnisch den Mund. »Sie sind mächtige und gefährliche Männer und konnten Sir Gerard nicht ausstehen, nicht nur wegen seines Reichtums, sondern auch, weil er ein so hohes Amt in der Stadt errungen hatte.«

Athelstan erhob sich. »Steh auf«, befahl er.

Boscombe rappelte sich hoch.

»Trägst du dieselben Kleider wie heute morgen?«

»Ja, natürlich – heute morgen allerdings, Bruder, war das noch mein Sonntagsstaat.« Boscombe zerrte an seinem milchweißen Wams und berührte die weiche, braune Wollhose; beides war schmutzig und starrte vor Dreck.

»Seht ihn Euch an, Sir John«, sagte Athelstan. »Hat dieser Mann Sir Gerard einen Dolch ins Herz gestoßen?«

»Nun ...«, murmelte Cranston, und er packte Boscombes Handgelenke und betrachtete aufmerksam beide Ärmel. »Keine Blutspuren zu finden.« Er schlug dem Diener so herzhaft auf die Schulter, daß der arme Boscombe beinahe wieder auf das Bett gekippt wäre. »Du bist kein Mörder.« Cranston schmatzte plötzlich, und Athelstan merkte, wie lange der Coroner schon nichts mehr getrunken hatte. »Komm jetzt, mein Junge, wir gehen hinauf.«

Cranston hämmerte an die Tür. Die Wache öffnete, wollte Boscombe aber nicht gehen lassen.

»Verschwinde!« donnerte Cranston. »Wie kannst du es wagen, dich dem Coroner des Königs in den Weg zu stellen?«

Hastig wich der Mann zurück und murmelte eine Entschuldigung. Der Coroner schleifte den armen Boscombe an der Hand hinter sich her, durch den Korridor und ins Rathaus hinauf. Sie fanden den Regenten und die anderen im Garten, wo sie auf Holzbänken saßen und kühlen Weißwein tranken, als wäre es ein schöner Sommertag und alles in bester Ordnung. Den Männern des Hauses, die den Leichnam des Sheriffs in Tücher gewickelt hatten und ihn jetzt in den Keller hinunterschleppten, um ihn zwischen Weinfässer zu legen, wo er kühl bleiben und nicht stinken würde, schenkten sie keinen Blick.

Cranston und Athelstan traten beiseite, als die Bediensteten, unter ihrer grausigen Bürde fluchend und murrend, vorüberhasteten. In der hinteren Ecke des Gartens lagen die beiden großen Wolfshunde einsam im Gras, als wüßten sie, daß ihr privilegiertes Leben nun vorbei war. Sir John trat schwungvoll vor die sitzenden Männer, den bleichen Boscombe immer noch bei der Hand. Goodman sprang auf, und die übrigen beobachteten Sir John mit schmalen Augen und mißbilligenden Mienen. Eine unangenehme Bande, dachte Athelstan: Männer, die sich der Anhäufung von Macht und Reichtum verschrieben hatten, dunkle Seelen mit unheimlichen Gedanken und gewaltigem Ehrgeiz. Sie erinnerten ihn an Falken in einem Burghof, die an ihren Fesseln zerrten, bereit, ihren Sitz zu verlassen und zum Töten auf ihre Beute herabzustoßen. Goodman trat Sir John mit großer Geste entgegen.
»Dieser Mann ist ein Gefangener der Stadt!«
»Und ich bin der Coroner der Stadt«, antwortete Cranston. Er hatte Mountjoy auch nie leiden können, aber Goodman verabscheute er als einen Mann, der seine eigene Mutter verraten würde, solange der Preis stimmte.
»Ihr seid aber nicht ermächtigt, ihn freizulassen«, stammelte Goodman.
»Was gibt's, Sir John?« fragte Lord Adam Clifford, der neben dem Regenten saß, in trägem Tonfall. Der junge Mann beschirmte seine Augen vor der Spätnachmittagssonne, als er aufblickte. »Gütiger Gott, Mann, Ihr wollt ihn doch jetzt nicht hängen, oder? Ich habe noch nichts gegessen, und dieser Garten hat für einen Tag genug Gewalttätigkeit gesehen.«
Cranston wandte sich an den Regenten. »Mylord, ein kleines Theaterspiel – wenn Ihr gestattet?«
Ohne eine Antwort abzuwarten, machte Cranston kehrt, zwinkerte Athelstan zu und schob den armen Boscombe in Mountjoys Laube. Achselzuckend stellte der Regent seinen Weinbe-

cher auf den Boden und folgte Cranston. Lord Adam lächelte Athelstan zu.

»Ein feines Theaterspiel«, murmelte er. »Tja, Gentlemen, ich denke, wir sollten Seiner Gnaden folgen.«

In der Laube wurde Boscombe wieder nervös. Er zitterte wie ein Aspik, als Cranston ihn zu der blutbefleckten Rasenbank führte. »So!« Cranston strahlte Gaunt und die übrigen an, die am Tor standen. »Nun, Master Boscombe« – er zog seinen eigenen langen Dolch –, »jetzt sollst du mich ermorden.« Cranston ließ sich auf die Rasenbank fallen, ohne auf das geronnene Blut zu achten, und schaute grinsend zum Bürgermeister hinüber. »Sir Christopher, seid so gut – einen Becher von dem Wein, den Ihr da trinkt?«

Der Coroner wischte sich die Stirn und befeuchtete seine Lippen. Goodman wollte protestieren, aber Gaunt schnippte mit den Fingern. Der Bürgermeister eilte davon und kam mit einem randvollen Becher zurück, den er dem Coroner in die große Pranke drückte. Wortlos prostete Cranston dem Regenten zu und starrte dann den jämmerlichen Boscombe an, der mit spitzen Fingern den Dolch festhielt, als fürchte er, sich daran zu schneiden, von Sir John ganz zu schweigen.

»Also!« blaffte Cranston und nahm einen Schluck aus seinem Becher. »Erstich mich, Boscombe!«

Athelstan trat vor. »Na los, Mann«, murmelte er. »Mach schon.« Mit vorgestrecktem Dolch tappte Boscombe auf Sir John zu. Was dann geschah, hätte Athelstan nicht genau sagen können. Cranston trank weiter von seinem Wein, Boscombe stieß zu – aber im nächsten Augenblick hatte der Coroner ihm den Dolch aus der Hand geschlagen und den Diener der Länge nach ins Gras geschleudert. Cranston trank seinen Becher leer und stand auf.

»Der Lord Coroner hat klargemacht, worauf es ihm ankam«, stellte Athelstan taktvoll fest. »Boscombe kann einen Dolch nicht einmal richtig halten. Genau wie Sir John war Sir Gerard ein feuriger Mann. Er hätte Widerstand geleistet, von den Hunden ganz zu schweigen. Und was noch wichtiger ist, Mylord«, fügte Athelstan hinzu, an Gaunt gewandt, »wenn Boscombe ihm den Dolch so tief in die Brust gestoßen hätte, dann müßte er Blutflecken an Händen und Ärmeln haben. Aber«, schloß er und half Boscombe auf die Beine, »solche Flecken gibt es nicht.«

Gaunt starrte erst Athelstan, dann Boscombe an. Seufzend blies er die Wangen auf; dann wühlte er eine Münze aus seinem Beutel und warf sie Boscombe zu, der sie trotz seiner Nervosität geschickt auffing.

»Master Boscombe, dir ist schweres Unrecht geschehen. Warte dort drüben.«

Flink wie ein Kaninchen huschte Boscombe davon und ließ sich bei den großen Wolfshunden nieder. Gaunt trat auf Cranston und Athelstan zu und strich mit der Fingerspitze über den Rand seines Bechers.

»Wenn Boscombe es nicht war«, sagte er leise, »wer war es dann?«

Athelstan und Cranston starrten ihn wortlos an.

»Was noch wichtiger ist«, fuhr Gaunt fort, »wie wurde der Mord vollbracht? Der Garten ist nach allen Seiten geschlossen. Mountjoy war Soldat, und seine Hunde bewachten ihn. Wir haben seinen Weinbecher untersucht, der kein Betäubungsmittel enthielt. Wie also konnte jemand so nah herankommen und den Mann umbringen?« Gaunt deutete auf Sir John. »Mylord Coroner, Ihr und Euer Schreiber werdet heute abend bei dem Bankett meine Gäste sein. Ihr habt den Befehl, diese Sache so schnell wie möglich aufzuklären.« Er schaute seine Begleiter an. »Meine Herren, wir müssen diese Angelegenheit in die fähigen Hände des Lord Coroner legen.«

»Habt Ihr denn die andere Geschichte schon aufgeklärt?« fragte Goodman boshaft.

Cranston wurde rot vor Wut über das Gelächter, das diese Bemerkung auslöste. Sir Nicholas Hussey, den Cranston insgeheim schätzte, machte ein betretenes Gesicht.
»Um was für eine Geschichte geht es?« wollte Gaunt wissen.
»Oh«, blökte Goodman und trat vor, »auf der London Bridge und anderswo werden die abgeschlagenen Köpfe und blutigen Gliedmaßen von hingerichteten Verrätern gestohlen. Schon seit Wochen versucht Sir John, den Dieb zu fangen.«
Gern hätte Athelstan dem Bürgermeister in das rote, fleischige Gesicht geschlagen; statt dessen schaute er zu Boden und hoffte, Cranston werde seinem Jähzorn nicht nachgeben. Sir John enttäuschte ihn nicht; er baute sich vor dem Bürgermeister auf, das Gesicht nur noch eine Handbreit von dem seines Widersachers entfernt.
»Ich werde diese Angelegenheit nicht nur aufklären«, flüsterte er laut genug, daß die anderen es hören konnten, »sondern versichere Euch, Sir, daß, wenn die Sache erledigt ist, auf der London Bridge neue Köpfe auf die Stangen gespießt werden.«
Alle wandten sich zum Gehen und wollten gerade das Rathaus betreten, als Boscombe gerannt kam und sich dem Regenten zu Füßen warf.
»Mylord!« heulte der Mann und wandte das tränennasse Gesicht zu John von Gaunt empor. »Was soll ich jetzt tun? Mein Herr ist tot. Und die Hunde ...?«
»Habt Ihr eine Stellung für ihn?« fragte Gaunt den Bürgermeister.
Goodman schüttelte den Kopf, und der Regent zuckte die Achseln.
»Dann, Master Boscombe, mußt du dich mit dem begnügen, was du hast. Wenigstens bist du frei.«
»Und die Hunde?« heulte der Mann.
»Vielleicht sollten sie ihrem Herrn nachfolgen. Es sei denn« –

Gaunt warf Cranston einen Blick zu –, »der Lord Coroner wollte die Kosten für euch alle drei übernehmen.«
Cranston betrachtete den erbärmlichen kleinen Mann und die beiden riesigen Wolfshunde, die sich anscheinend mit ihrem Schicksal abgefunden hatten. Schon wollte er ablehnen, aber da sah er Goodmans höhnische Miene und die traurigen Augen der Hunde.
»Ich übernehme die Kosten«, erklärte er, bevor Athelstan ihn zur Vorsicht mahnen konnte.
Cranston stellte Boscombe auf die Füße, pfiff den Hunden und marschierte durch das Rathaus davon. Er grinste boshaft von einem Ohr zum anderen, als die Hunde ihm folgten und die mächtigen, arroganten Männer auseinanderstieben ließen.

3

Lady Maude wird mich umbringen!« murmelte Sir John. Er saß mit Athelstan auf einer Gartenbank und schaute zu, wie die beiden großen Wolfshunde, die dem Cranstonschen Haushalt bereits eine Heidenangst eingejagt hatten, im Garten herumtollten. Ab und zu kamen sie gerannt, legten dem Coroner die großen Pfoten auf die fetten Beine und leckte ihm das Gesicht, bis der Garten von Cranstons wüstesten Flüchen widerhallte.
Boscombe hatte keine zweite Einladung gebraucht; er hatte seine kläglichen Habseligkeiten in ein Bündel geschnürt und war Sir John nach Hause gefolgt. Jetzt stand er in der Haustür, gewaschen, umgezogen und mit einem vollen Becher Rotwein in der Hand.
»Guter Mann! Braver Mann!« brummte Cranston. »Du stehst bereits hoch in meiner Gunst.« Er hob einen runden Zeigefinger und schaute seinen neuen Diener an. »Fünf Dinge sind mir wichtig«, knurrte er. »Erstens: Lady Maude. Ihr muß immer und überall gehorcht werden. Zweitens: Die Sorge um meine Söhne, die beiden Kerlchen. Drittens: Bruder Athelstan hier, mein Freund.« Sanft klopfte er dem Ordensbruder auf die Schulter. »Viertens: Mein Arbeitszimmer, in dem ich meine große Abhandlung aufbewahre, ist mein Heiligtum. Und fünftens: Mein Weinschlauch. Genau gesagt, gibt es zwei. Der eine hängt hinter der Tür zur Speisekammer, der andere in meiner Kammer. Sie müssen jederzeit gefüllt sein, aber Lady Maude darf niemals erfahren, daß es zwei gibt.«
»Selbstverständlich, Sir John.« Boscombe verschwand so lautlos, wie er gekommen war.

Cranston nahm einen Schluck Wein. »Er wird sich machen«, stellte er fest. »Aber was ist mit den verdammten Hunden, hm? Beim Sack des Satans, Athelstan, die sehen aus, als könnten sie die Kerlchen und Lady Maude mit einem Bissen verschlingen.«

Athelstan nagte an der Unterlippe. Er sah Sir Johns Problem, aber nicht den Schimmer einer Lösung.

»Das alles wird davon abhängen«, sagte er langsam, »wie Lady Maude entscheidet, Sir John.« Er verbiß sich das Lachen. »Wenn Ihr Glück habt, setzt sie die beiden Hunde vor die Tür. Aber wenn sie wütend ist, müßt Ihr vielleicht mit.«

Cranston rülpste. Die beiden Hunde drehten sich um und schauten ihn an.

»Bei den Zähnen der Hölle, Jungs«, rief Cranston ihnen zu, »wie soll ich euch denn nennen? Wißt ihr, daß dieser erbärmliche Dreckskerl Mountjoy, möge Gott ihn verfaulen lassen, sich nicht mal die Mühe gemacht hat, euch Namen zu geben? Na, ich habe mir zwei einfallen lassen: Der mit dem blauen Halsband wird Gog heißen, und der mit dem roten Magog.«

Die beiden Hunde fanden offenbar, es sei an der Zeit, ihrem neuen Herrn wieder einmal zu danken, denn sie kamen auf ihn zugesprungen. Athelstans Herz tat einen angstvollen Satz, aber Cranston hob die Hand, und die beiden Hunde legten sich hechelnd vor ihn und ließen sein fettes, rotes Gesicht nicht aus den Augen.

»Woher habt Ihr dieses Talent mit Hunden? Die würden Euch aus der Hand fressen«, meinte Athelstan und zog vorsichtig die Füße unter die Bank.

»Schon als Dreikäsehoch habe ich mich mit Hunden gut verstanden«, sagte Cranston. »Mein Vater war ein harter Mann. Wenn ich etwas falsch gemacht hatte, sperrte er mich in den Hundezwinger.« Wie immer widerstrebte es ihm, über seine Jugend zu sprechen, und er deutete auf das Schreibzeug auf dem Tisch vor

Athelstan. »Aber das ist nicht so schwierig wie dieses Problem, was?«

Athelstan nahm die grobe Zeichnung des Rathausgartens zur Hand. »Wie …?« murmelte er, während Cranston ihm geräuschvoll ins Ohr atmete. »Wie konnte dieser Mord geschehen?«

»Was kümmert uns das?« grollte der Coroner. »Überlegen wir lieber, *wer* es war. Bei den Zitzen der Hölle!« knurrte er und beantwortete sich seine Frage gleich selbst. »Der Möglichkeiten sind Legion, und auch diese Hurensöhne und Hosenlätze kommen in Frage, die ein schönes Halsband aus Hanf mehr als verdient haben!«

Athelstan starrte den Coroner an. »Ich wußte nicht, daß sie Euch so wichtig sind, Sir John.«

Cranston redete sich in Rage. »Sie sind eine Bande von miesen, runzligen, doppelzüngigen, angemalten Scheißhaufen!« Er schob Athelstans Pergament beiseite und zerkrümelte die Reste eines Stücks Brot, an dem er geknabbert hatte. »Heute nachmittag im Rathaus, mein lieber Mönch …«

»Ordensbruder, Sir John.«

»Ist doch dasselbe«, murmelte er. »Heute nachmittag haben wir die wunderbarste Sammlung von Gaunern kennengelernt, die je dieses Königreich zierten.« Cranston legte ein Stück Brot auf den Tisch. »Da haben wir die Gildemeister, die Handlanger des Teufels. Voll öliger Schmiere – wenn man eine Fackel dranhält, brennen sie ewig. Sie hassen einander und verabscheuen die Krone, und jeder von ihnen würde London nur gar zu gern regieren. Jeder einzelne könnte Mountjoy ermordet haben – oder alle zusammen!

Und zweitens« – wieder legte er ein Stück Brot auf den Tisch – »haben wir Gaunts Partei. Gott allein weiß, was dieser durchtriebene Fürst im Schilde führt. Vielleicht will er die Krone, vielleicht auch nur ihr Herr sein. Er will den Londoner Pöbel beherrschen, und dazu braucht er das Gold der Gildemeister.

Und als nächstes« – ein drittes Stück Brot erschien – »haben wir die Partei des Königs. Unser junger Prinz ist noch nicht volljährig, aber seine Anhänger, Hussey zum Beispiel, würden nur zu gern die Macht des Regenten brechen und sich an seine Stelle setzen. Außerdem haben wir die Große Gemeinschaft des Reiches, die Bauernführer mit ihrem geheimen Rat und dem mysteriösen Anführer, der sich Ira Dei nennt. Und schließlich noch das Unbekannte: Wurde Mountjoy vielleicht aus persönlichen und nicht aus politischen Motiven ermordet?«

Cranston senkte die Stimme. »Wer weiß? Es könnte Boscombe gewesen sein oder jeder andere aus London. Ich wette, wenn du eine Versammlung derer einberufst, die den Sheriff gehaßt haben, dann gibt es in der St.-Pauls-Kathedrale keine Stehplätze mehr, und die Warteschlange derer, die hineinwollen, würde bis zur Themse hinunterreichen.«

»Aber, Sir John, auf der Messerklinge stand der Name Ira Dei.«

»Aber, aber, mein schlauer Ordensbruder!« dröhnte Sir John. »Spiel mir nicht den Unschuldsengel. Bestimmt tauchte irgend so ein Mörder auf, als all diese Honoratioren im Rathaus versammelt waren, und fragte nach dem Weg zum Sheriff, damit er ihn umbringen könnte! Es liegt doch auf der Hand«, stellte er fest und richtete sich auf. Sein weißer Schnurrbart zitterte. »Ich spreche nur laut aus, was diese scheinheilige Bande von Schweinehunden insgeheim weiß: Der Mörder *war* bereits im Rathaus. Weder der Regent noch dieser Fettkloß Goodman hat gesagt, daß ein Fremder in ihrem vermaledeiten Rathaus gesehen wurde.«

Athelstan grinste. »*Concedo*, o aufmerksamster unter den Coroners. Die Sache wird also um so verzwickter?«

»Natürlich.« Cranston nahm die Brotstücke vom Tisch. »Und was ist«, überlegte er, »wenn es ein Bündnis zwischen all diesen Gruppen gibt? Eine unheilige Verbindung wie zwischen Pilatus und Herodes?«

»Wenn das der Fall ist«, sagte Athelstan, »dann haben wir es mit einer Serie von komplexen Verstrickungen zu tun, die sich jeder logischen Analyse widersetzt. Die Gildemeister sind vielleicht nicht einig. Vielleicht sind sie unentschlossen, vielleicht sogar tückisch, und machen sowohl Gaunt als auch der Bauernpartei den Hof.«

»Oder, schlimmer noch«, erwog Cranston, »die Gildemeister könnten Gaunt, dem König *und* den Bauern den Hof machen.« Er wedelte die Patschhand. »Vielleicht ist nur einer der Gildemeister ein Verräter. Oder hat Gaunt den Mountjoy umbringen lassen, weil er der einzige Wurm an ihrer Rose war?«

Athelstan hob die Hände. »Ich stimme Euch zu, Sir John. Wie Sir Gerard ermordet wurde, ist ein Geheimnis. Wer ihn ermordet hat ... nun, es könnte jeder gewesen sein. Also bleibt uns die Frage: Warum?«

»Und die haben wir schon beantwortet.« Cranston stand auf, klopfte sich mit der flachen Hand auf den Bauch und strahlte seinen Schreiber an. »Vielleicht hat Sir Gerard dem Regenten zuviel Schwierigkeiten gemacht? Eines wissen wir jedenfalls. In diesem Spiel geht es um Macht, und der Sieger wird König im Schloß und kann zusehen, wie seine Feinde vernichtet werden. Ich kann nur sagen: Wir dürfen niemandem trauen.«

»Ich glaube folgendes«, sagte Athelstan. »Da der Mord just an dem Tag geschehen ist, als Gaunt seine Allianz mit der Stadt besiegeln wollte, muß ich daraus schließen, daß Sir Gerards Tod nicht auf eine Privatfehde zurückzuführen ist, sondern diese Allianz zerstören und die Saat der Zwietracht und des Mißtrauens säen soll. In diesem Fall ...«

»In diesem Fall – was?«

»In diesem Fall, teurer Coroner, wird es, ehe wir beide sehr viel älter sind, noch einen Mord geben.«

Cranston fluchte leise, fegte die letzten Brotreste vom Tisch und schaute zu, wie Gog und Magog langsam herankamen, um zu sehen, was ihr Herr ihnen da anbot. Die Glocken von St. Mary Le Bow begannen zu läuten. Sir John blickte zum Himmel; es wurde dunkler.

»Komm, Bruder. Wir sind zum Bankett des Regenten im Rathaus eingeladen.«

»Sir John, ich sollte in meine Pfarrei zurück.«

Cranston grinste. »Bei den Zitzen des Teufels! Der Regent hat dich eingeladen, und du mußt hin!«

Cranston ging ins Haus und brüllte nach Boscombe. Athelstan wusch sich an einer Wasserschüssel in der Spülküche. Unterdessen stieg Sir John in seine Kammer hinauf, kleidete sich in ein Gewand aus braunrotem Sarsenett mit goldenen Tressen und wechselte seine Stiefel gegen ein Paar höfischere, prächtigere. Als er in die Küche kam, glänzte sein rotes Gesicht, und er duftete süß wie eine Rose von dem Balsam, mit dem er sich Hände und Wangen eingerieben hatte.

»Sir John, Ihr seht vom Scheitel bis zur Sohle aus wie der Lord Coroner.« Athelstan blickte an seiner staubigen Kutte hinunter. »Ich fürchte, ich habe nichts Sauberes anzuziehen.«

»Du siehst aus wie das, was du bist«, gab Cranston zurück und klopfte ihm sanft auf die Schulter. »Wie ein armer Priester, ein Mann Gottes, ein Diener Christi. Glaub mir, Athelstan, du kannst einen Hundeköttel in ein Stück Brokat wickeln, aber ein Hundeköttel bleibt es trotzdem.«

Und mit diesem kernigen Stück hausgemachter Weisheit wandte Cranston sich ab, brüllte den Mägden etwas zu, gab Boscombe Anweisungen wegen der Hunde, holte seinen wunderbaren Weinschlauch und marschierte den Korridor hinunter. Athelstan eilte ihm nach, und Sir John öffnete die Haustür.

»Oh, hau ab!« brüllte er den rothaarigen, einbeinigen Bettler Leif an, der am Türrahmen lehnte, das schäbige Bettelbrett um den Hals gehängt. Leif sah aus, als wolle er im nächsten Augenblick vor Erschöpfung und Hunger zusammenbrechen, aber Athel-

stan wußte, daß er ein vollendeter Schauspieler war, der ebenso herzhaft aß und trank wie Sir John.
»Oh«, winselte Leif, »mein Bauch ist leer.«
»Dann paßt er ja zu deinem Kopf!«
»Sir John, eine Brotkrume, einen Becher Wasser?«
»Den Teufel!« brüllte Cranston. »Du hast schon mein Abendessen aufgefressen! Du bist ein gieriger, magerer Gauner, Leif.«
»Sir John, ich bin ein armer Mann.«
»Ach, geh schon hinein«, knurrte Cranston. »Geh zu Boscombe; er ist mein neuer Dienstmann. Nein, ich hab's mir anders überlegt. Boscombe!«
Der kleine Kerl erschien, lautlos wie ein Schatten.
»Das ist Leif«, sagte Cranston. »Er wird mich mit seiner Freßgier noch um Haus und Hof bringen. Gib ihm Wein – aber nicht von meinem Roten. Brot ist da und Suppe, und Lady Maude hat eine Pastete in der Speisekammer.«
»Oh, ich danke Euch, Sir John.« Behende wie ein Eichhörnchen hoppelte Leif in den Hausflur.
»Ach, übrigens ...« Cranston lächelte boshaft. »Leif, mein Freund, geh in den Garten. Ich habe zwei neue Gäste, die dich gern kennenlernen wollen.« Er schlug die Tür hinter sich zu und ging leise lachend die Cheapside hinunter.
»Sir John, war das vernünftig?«
»Oh, mach dir nur keine Sorgen um Leif, Athelstan«, rief Cranston über die Schulter. »Der ist flink wie ein Floh und kann schneller rennen als du oder ich. Und hat es auch schon oft getan«, fügte er hinzu.
Abgesehen von den Müllkarren, den Straßenkehrern und vereinzelten, safrangelb gekleideten Huren, die sich an den Wirtshaustüren herumtrieben, lag die Cheapside jetzt verlassen da. Sowie es erst dunkel war, würden sie und das übrige Stadtgesindel, lärmende Burschen und das, was Cranston als »das Nachtgelichter« bezeichnete, ihre Anwesenheit spürbar machen.

Als sie am Rathaus ankamen, war das ganze Gebäude von königlichen Bogenschützen und Gardesoldaten umstellt. Cranston schrie seinen Namen und drängte sich an ihnen vorbei, die Treppe hinauf und in den Audienzsaal, wo Lord Adam Clifford sie erwartete.

Das Gesicht des jungen Höflings verzog sich zu einem aufrichtigen Lächeln. »Sir John, Bruder Athelstan.« Er drückte ihnen warm die Hand. »Ihr seid mir höchst willkommen.«

Cranston warf einen Blick auf die schlichte Lederjacke des jungen Edelmannes, die wollene Hose und die hochhackigen Lederreitstiefel.

»Aber Mylord, kommt Ihr denn nicht auch zum Bankett?«

Der junge Mann zog eine Grimasse. »Der Lord Regent hat andere Aufgaben für mich.«

Athelstan sah am Blick des jungen Mannes, daß dieser sich nicht gern wegschicken ließ.

»Ihr seid der letzte Gast, Sir John«, flüsterte er drängend. »Gleich wird der König kommen, und dann beginnt das Bankett. Beeilt Euch lieber!«

Clifford übergab sie einem livrierten Diener, der sie die Treppe hinauf und durch mehrere Korridore führte, die von flackernden Fackeln erhellt waren. Gleichwohl spürte Athelstan allenthalben Unbehagen: Überall sah man Bogenschützen, entweder mit dem weißen Hirschen, dem persönlichen Wappen des Königs, oder mit Gaunts drohendem Löwen auf ihrer Livree.

»Lord Clifford scheint mir ein kluger Kopf zu sein«, bemerkte Athelstan.

»Ein guter Apfel in einem Faß voll fauler«, flüsterte Cranston aus dem Mundwinkel. »Er kommt aus dem Norden und hat seine Geschicke mit Gaunts Stern verbunden. Ich hoffe, daß das klug war. Wenn der Regent stürzt, stürzt er mit.«

Endlich erreichten sie den Rosensaal, die luxuriöse, wenn auch kleine private Banketthalle des Rathauses. Der Diener führte sie hinein, und Athelstan und Cranston mußten blinzeln, als ihnen Hunderte von Kerzen entgegenfunkelten. Die anderen Gäste saßen bereits; sie achteten kaum auf die Neuankömmlinge und tuschelten miteinander, während ein Mundschenk Cranston und Athelstan zu ihren Plätzen führte.

»Ein sehr vornehmer Ort«, flüsterte der Ordensbruder.

»Vergiß nicht, Bruder«, murmelte Cranston, als sie sich setzten, »heute abend speisen wir mit einem Mörder!«

4

Cranston saß auf seinem Stuhl im Rosensaal und umschloß einen Weinbecher liebevoll mit beiden Händen.
»Bin das erste Mal hier«, raunte er Athelstan zu.
Der Ordensbruder musterte seinen dicken Freund besorgt. Wenn Cranston einen richtigen Rausch hatte, war er beängstigend unberechenbar. Er konnte einschlafen oder auch anfangen, diesen mächtigen Männern Vorträge zu halten. Aber im Augenblick schien der Coroner ganz ruhig zu sein, und Athelstan, der sparsam gegessen und getrunken hatte, schaute sich beifällig im Rosensaal um.
Der Raum war kreisrund und erinnerte ihn an das Bild eines griechischen Tempels, das er einmal in einem Stundenbuch gesehen hatte.
Die Decke war eine Kuppel mit geschickt verzierten, blankpolierten Stichbalken, die sich in der Mitte zu einer riesigen hölzernen und mit Blattgold belegten Rose trafen. Die Wände und die dunklen Tür- und Fensternischen waren aus behauenem Stein, und zwischen den Stützpfeilern aus Porphyr spannten sich Brokatbanner mit dem Königswappen oder den Insignien des Hauses Lancaster. Auf dem Marmorboden lag ein Teppich mit einer roten Rose in der Mitte, von der purpurne und weiße Strahlen ausgingen; am Ende eines jeden stand der Name eines der Ritter aus König Arthurs Tafelrunde. Über jedem Namen saß ein Gast an einem separaten Tisch, einer kleinen, mit silberweißem Tuch bedeckten Eichenholztafel. Auf dem Platz König Arthurs saß der junge Richard. Sein goldenes Haar war kunstvoll frisiert, und er trug ein silbernes Band um die blasse Stirn.

Gekleidet war der junge König von Kopf bis Fuß in purpurroten Damast.
Athelstan achtete nicht auf die Gespräche, die ihn umschwirrten; er betrachtete Richard, der ohne mit der Wimper zu zucken in den Saal starrte. Schließlich merkte er, daß der Bruder ihn anschaute, und er lächelte und zwinkerte boshaft. Athelstan grinste verlegen und wandte den Blick ab. Er hatte keine Angst vor Gaunt, der in scharlachroten Gewändern zur Rechten des Königs saß, aber er wußte, wie eifersüchtig der Regent auf die offensichtliche Zuneigung war, die der König Sir John Cranston und auch seinem Secretarius, Bruder Athelstan, entgegenbrachte. Der junge König wandte sich Hussey zu seiner Linken zu und plauderte mit ihm. Dabei hielt er in einer freundschaftlichen Geste das Handgelenk seines Lehrers umfaßt. Cranston war inzwischen bei seinem achten Becher Rotwein angekommen, aber jetzt schaute er doch Athelstan an und zog eine Grimasse: Daß der König bei einem formellen Bankett jemanden berührte, war ein Verstoß gegen die Etikette und zugleich das Zeichen höchster königlicher Gunst.
Athelstan blickte zu Gaunt hinüber und war scharfsichtig genug, um den Hauch von Ärger zu sehen, der über das schwermütige Gesicht des Regenten huschte, obwohl Gaunt es zu verbergen versuchte, indem er sich über den sauber gestutzten, goldblonden Bart strich.
»Wie ich schon sagte«, flüsterte Cranston dem Ordensbruder ziemlich geräuschvoll ins Ohr, »da gibt's kein Liebesgesäusel mehr. Hussey ist jetzt der Favorit des Königs und noch dazu sein Lehrer. Ein Mann von der Universität«, fügte er hinzu. »Was Hussey und der König wohl von Gaunts Freundschaft mit den Gildemeistern halten? Sieh dir diese Mistkäfer nur an!«
Athelstan drückte Cranstons Arm. »Sir John, dämpft Eure Stimme. Habt Ihr gut gegessen?«

Cranston lächelte. »So würde ich's mir im Paradies wünschen! Um Gottes willen, Bruder, sieh dir bloß diesen Reichtum an!«
Athelstan betrachtete seinen Becher, den Teller und die Messer; alles war aus purem Gold und Silber. Der Becher, den er beim Essen kaum angerührt hatte, war mit einem Vermögen an Edelsteinen besetzt; sie stammten aus der Beute, die Gaunt von seinen Kriegszügen in Frankreich mitgebracht hatte.
»Was haben wir denn bis jetzt gegessen, Bruder?«
»Neunaugen, Lachs, Hirsch, Eberbraten, Schwan und Pfau«, zählte Athelstan grinsend auf. »Und der Nachtisch kommt noch.«
Er wollte Sir John weiter necken, als plötzlich Fitzroy, der Gildemeister der Fischhändler, aufsprang und an seinem pelzbesetzten Kragen zerrte; sein sonst immer rotes Gesicht war jetzt violett angelaufen, und er hustete und würgte. Die übrigen Gäste starrten ihn erstaunt an. Niemand rührte sich, als Fitzroy gegen die Tischkante taumelte, eine halbe Drehung machte und krachend zu Boden fiel.
Trotz seines vollen Bauchs sprang Cranston auf und eilte zu ihm, gefolgt von Athelstan. Fitzroy lag ausgestreckt auf der Seite; Augen und Mund standen offen, aber Athelstan fühlte kein Leben, als er an der bräunlichen Kehle nach dem Puls tastete. Er schob dem Mann den Finger in den Mund und vergewisserte sich, daß die Zunge frei lag; möglicherweise war Fitzroy ja daran erstickt. Er verbarg seinen Ekel und schob die Finger weiter hinein, aber die Kehle des Mannes war nicht blockiert. Cranston betastete Fitzroys Handgelenk, dann sein Herz.
»Er ist hinüber«, knurrte er. »Tot wie einer von seinen verdammten Fischen, Gott hab ihn selig.«
Die anderen stürzten unter Schreien und Rufen herbei, auch der junge König. Seinen jungen Jahren zum Trotz, drängte Richard sich kraftvoll vor.
»Ist der Mann tot, Sir John?«

»Gott schenke ihm die ewige Ruhe. Jawohl, Sire.«
»Und was ist der Grund?«
Athelstan zuckte die Achseln. »Ich bin kein Arzt, Euer Gnaden. Ein Schlaganfall vielleicht.«
»Neffe, Ihr solltet nicht hier sein.« Gaunt schob sich heran und legte dem jungen Richard eine beringte Hand auf die Schulter.
»Aber wir bleiben, Onkel, bis die Todesursache ermittelt ist. Du da, Mann!« Der König nickte einem der königlichen Bogenschützen zu, der an der Tür auf Posten stand. »Geh und hole Master de Troyes.«
Gaunt schluckte seinen Ärger herunter, nickte dem Soldaten zu und bestätigte so den Befehl seines Neffen. Athelstan starrte den Toten an.
»Das war kein Schlaganfall, Sir John«, sagte er leise. »Ich glaube nicht, daß Fitzroy eines natürlichen Todes gestorben ist.«
Die übrigen protestierten lautstark, aber Sir John hockte sich neben Athelstan nieder und hielt schweigengebietend einen Finger an den Mund.
Athelstan beugte sich über den Toten und schnupperte an seinem Mund. Er roch Wein, Braten und den bittersüßen Duft von etwas anderem, das ihn an eine verwelkende Rose mit einer starken Wermutnote erinnerte.
»Hat Fitzroy vor dem Essen über Unwohlsein geklagt?« fragte Sir John unvermittelt.
Bremmer, Sudbury, Marshall, Denny und Goodman standen beieinander und schüttelten die Köpfe.
»Er war bester Gesundheit«, quiekte Denny.
»Familie?« fragte Sir John, der immer noch neben der Leiche hockte.
»Eine Frau und zwei verheiratete Söhne. Aber sie sind alle nicht in der Stadt.«
Cranston nickte. Wie Lady Maude, verließen viele der Frauen führender städtischer Beamter und Kaufleute in den warmen

Sommermonaten die Stadt und zogen hinaus in die kühlen Landhäuser. Athelstan blickte auf und betrachtete diese klugen, undurchschaubaren Männer eingehend. Einer von ihnen war seiner Meinung nach ein Giftmischer. Er stand auf, stieg über den Leichnam hinweg und setzte sich an Fitzroys Tisch. Der Silberteller enthielt Fleisch und andere Essensreste. Zwei Weinbecher standen da, jeder zu etwa einem Drittel voll mit rotem oder weißem Wein. Athelstan griff nach der goldgesäumten Serviette und betrachtete sie gründlich; er roch daran und dann auch an den Bechern und den Speiseresten. Es wurde still im Saal, und als er aufblickte, stellte er fest, daß alle ihn neugierig beobachteten.

»Was ist los, Bruder?« Gaunts Stimme war von Mißtrauen erfüllt.

»Ich glaube«, sagte Athelstan, ohne sich um Cranstons warnenden Blick zu kümmern, »daß Master Fitzroy nicht an einem Anfall gestorben ist, sondern vergiftet worden ist.«

»Ermordet?« schrie Goodman.

»Unmöglich!« protestierte Marshall. »Was wollt Ihr damit andeuten, Bruder?«

»Mein Schreiber will überhaupt nichts andeuten«, erwiderte Cranston und richtete sich auf.

Athelstan legte die Serviette so auf den Tisch, daß Teller und Becher bedeckt waren.

»Wenn mein Secretarius sagt, ein Mann ist vergiftet worden«, fuhr Cranston trotzig fort, »dann ist der Mann vergiftet worden.«

»Na, na, was heißt denn das?« warf der junge König ein. »Wenn Sir Thomas hier ermordet worden ist, dann ist der Mörder noch im Raum.«

Athelstan erhob sich und ging zu einem Diener, der mit einem Krug Rosenwasser und einer Schüssel dastand; ein kleines Handtuch hing über seinem Arm. Athelstan lächelte den Mann an, streckte die Hände aus und wusch sich sorgfältig die zuckrig-süße Substanz aus Fitzroys Mund von den Fingern. Dann

trocknete er die Hände gründlich mit dem Handtuch ab und ging zurück zu den Gästen.
»Ich glaube, daß Master Fitzroy ermordet wurde«, erklärte er. »Ich habe schon Anfälle gesehen, aber so einen noch nicht. Der Tod kam zu plötzlich, und ich habe einen merkwürdigen Geruch auf den Lippen wahrgenommen.«
Die mächtigen Gildeherren starrten Athelstan an. Jetzt glaubten sie ihm, und in ihren arroganten Blicken lag ein Hauch von Angst und Mißtrauen.
»Wer hat rechts und links von ihm gesessen?« Cranston stellte die Frage, die bis jetzt niemand gestellt hatte.
»Ich«, sagte Goodman, »ich habe rechts von ihm gesessen.«
»Und ich zu seiner Linken«, erklärte Sudbury. »Wieso – was wollt Ihr damit andeuten?«
Cranston schaute zu den Dienern hinüber, die sich an der Tür zusammendrängten. »Ihr, Sir!« Ein stumpfer Finger deutete auf einen verängstigt aussehenden Truchseß. »Kommt her.«
Der Mann kam hastig herbei.
»Hat Sir Thomas etwas gegessen oder getrunken, was wir nicht bekommen haben?«
»Nein, Sir. Das ganze Essen wurde von derselben Platte serviert, und seinen Wein bekam er aus demselben Krug wie jeder hier.«
»Dafür verbürge ich mich.« Bremmer, der Meister der Tuchmachergilde, meldete sich zu Wort.
»Ich auch«, erklärte Marshall von den Gewürzhändlern. »Wißt Ihr, der alte Fitzroy hat gern gegessen und getrunken. Bremmer und ich haben gewettet, daß er von allem eine doppelte Portion verlangen und sich öfter als alle anderen nachschenken lassen würde. Ich hatte übrigens recht«, fügte der Gewürzhändler verschmitzt hinzu und warf Cranston einen kurzen Blick zu. »Er hat sogar mehr gegessen und getrunken als Ihr, Sir John.«
Cranston funkelte ihn an und rülpste laut, als sei das die einzige

Antwort, deren eine solche Behauptung würdig war. Dann sah er Bremmer an. »Dessen seid Ihr sicher?«
»Jawohl, Sir John.«
»Und Ihr?« Cranston begann leise zu schwanken, als er sich dem Diener zuwandte und ihn scharf ansah.
O Herr, betete Athelstan bei sich, laß nicht zu, daß Sir John sich jetzt hinsetzt und einschläft. Nicht jetzt! Bitte!
Aber Cranston schien störrisch zu werden, als er sich jetzt dem verängstigten Truchseß drohend näherte.
»Seid Ihr sicher, daß Fitzroy nur das gegessen und getrunken hat, was wir auch bekommen haben?«
»Natürlich, Sir John. Seht« – der Truchseß drehte sich um und verbeugte sich hastig vor dem König und dem Regenten –, »alle Speisen und Getränke wurden zuerst Seiner Gnaden dem König und Mylord Gaunt serviert, und danach allen anderen. Wenn ein Speisenaufträger zurückgekommen wäre, um neuen Wein oder neues Essen zu holen, ehe er Sir Thomas erreicht hätte, dann würde ich mich daran erinnern.«
»Ist den Dienern denn zu trauen?« stichelte Goodman.
Wütend blitzte ihn der Truchseß an. »Wie soll denn einer von uns«, fauchte er, »mit beiden Händen Speise und Trank servieren und gleichzeitig Gift daraufstreuen oder schütten, während andere, nicht zuletzt Fitzroy, ihn dabei beobachten?«
»Ich frage ja nur«, grinste Goodman.
Cranston machte ein ungezogenes Geräusch und ging zu Athelstan. Turmhoch überragte er den Bruder und funkelte auf ihn herab. »Hoffentlich hast du recht!« zischte er.
»Keine Sorge, mein guter Coroner.« Athelstan lächelte. »Ah, da kommt der Arzt.«
In einen weiten Mantel gehüllt, kam Theobald de Troyes mit großen Schritten herein; er schaute verschlafen und erbost, weil man ihn so spät noch gestört hatte. Gleichzeitig kam Lord Adam Clifford; seine Reitstiefel waren schlammverkrustet, die Sporen

saßen noch daran und klirrten und klingelten. Der Arzt kauerte sich vor den Leichnam; Gaunt winkte Clifford beiseite und tuschelte mit ihm. Athelstan beobachtete Cliffords Gesicht und wußte, daß er nicht nur in bezug auf Fitzroy recht hatte. Dieser zweite Mord war offensichtlich ein schwerer Schlag für Gaunts politische Träume; daran ließen Überraschung und Zorn im Blick des Regenten keinen Zweifel.

Clifford stellte dem Regenten eine Frage, und Gaunt schüttelte heftig den Kopf. Clifford drängte sich durch die Gruppe der Gildemeister. Ohne ein höfliches Wort befahl er dem Arzt knapp, beiseite zu treten, und durchsuchte die Tasche des Toten, ohne auf die Protestrufe der anderen zu achten. Endlich hatte er gefunden, was er suchte; triumphierend strahlte er Gaunt an und hielt einen Schlüssel in den Händen.

»Wir haben ihn, Mylord!«

»Gut!« Der Regent seufzte erleichtert. »Behaltet ihn einstweilen.« Er drehte sich um. »Master Medicus, könnt Ihr die Todesursache benennen?«

»O ja.« De Troyes erhob sich und wischte sich die Hände am Mantel ab. »O ja«, wiederholte er sarkastisch. »Also, erstens: Sir Thomas ist tot. Zweitens: Die Todesursache ist Mord. Und das bedeutet drittens, daß man ihm vermutlich weißes Arsen in sein Essen getan hat.«

»Unmöglich!« rief Goodman, und seine vorquellenden Augen funkelten den Arzt an. »Woher wollt Ihr wissen, daß er nicht etwas gegessen oder getrunken hat, bevor er herkam?«

»Aber, aber!« Der Arzt hob die schmale Hand. »Ich bin hier nur der Arzt, nicht der Giftmörder.« De Troyes wandte sich ab und zog es vor, Goodman zu ignorieren. Er lächelte und verbeugte sich vor Sir John und Athelstan. »Mylord Coroner, Bruder Athelstan, so treffen wir uns also wieder?« Genüßlich nahm der Arzt Goodmans Wut zur Kenntnis. »Ihr seid der Coroner der Stadt, Sir John. Ich wurde hergebeten, damit ich die Todesursache feststelle, und das habe ich getan. Darf ich jetzt auch eine Frage stellen? Wie lange hattet Ihr gespeist, als Fitzroy zusammenbrach?«

»Ungefähr drei Stunden«, antwortete Cranston. »Warum?«

»Nun, weißes Arsen braucht ungefähr eine Stunde, ehe es die Säfte angreift. Der Patient verspürt eventuell ein wenig Unbehagen, tut es aber wahrscheinlich als Blähung ab oder glaubt, etwas liege ihm schwer im Magen. Bald danach tritt der Tod ein.«

»Nun, beklagt hat er sich wohl«, meldete Sir James Denny sich zu Wort. »Er sagte, ihm sei nicht ganz wohl, aber bekanntlich liebte Fitzroy die Tafelfreuden und fraß wie ein Schwein.«

»Sir John«, fuhr der Arzt fort, ohne auf den Gildemeister zu achten, »Ihr habt mein Urteil: Fitzroy wurde hier vergiftet. Benötigt Ihr nun noch weiter meine Hilfe?«

»Jawohl, die brauchen wir.« Der junge König hatte mit seinem Tutor Sir Nicholas Hussey gesprochen; jetzt klopfte er leicht mit der Stiefelspitze auf den Fußboden, bis alle aufmerksam geworden waren. Richard hatte eine überraschend kräftige Stimme. »Bestimmte Fragen sind also geklärt, nicht wahr, liebster Onkel?« Er lächelte Gaunt ins mürrische Gesicht. »Erstens: Sir Thomas Fitzroy ist vergiftet worden. Zweitens: Das Gift ist hier verabreicht worden. Aber – drittens – Sir Thomas Fitzroy hat das gleiche gegessen und getrunken wie wir.«

Gaunt verneigte sich. »Euer Gnaden, teurer Neffe, Ihr seid wie immer äußerst hellsichtig. Ein kluger Kopf auf so jungen Schultern. Was ratet Ihr als nächstes?«

»Mylord Coroner soll seine Aufgabe zu Ende führen.«

Cranston verbeugte sich, ging zu Fitzroys Tisch und zog das Mundtuch weg. Er winkte den Arzt heran, und zusammen mit ihm und Bruder Athelstan untersuchte er sorgfältig die Speisereste, den Weinbecher sowie Fitzroys Serviette und Messer. Die anderen schauten zu, scharrten unruhig mit den Füßen und

redeten miteinander. De Troyes hörte sich trotz seiner Umständlichkeit aufmerksam alles an, was Athelstan zu sagen hatte, während sie alles auf dem Tisch beschnupperten, berührten und Proben davon kosteten.
»Nichts«, befand de Troyes schließlich. »Mylord Coroner, ich schlage vor, daß die Überreste all dieser Speisen mir überlassen werden. Es gibt Möglichkeiten, dergleichen zu prüfen – vielleicht, indem man sie als Rattenköder auslegt. Aber bisher muß ich schließen, daß nichts auf Sir Thomas' Tisch vergiftet ist.«
Athelstan war ratlos. Er war sicher, daß niemand etwas angerührt hatte, nachdem Fitzroy zusammengebrochen war. Er und Cranston waren als erste bei dem Liegenden gewesen, und schon, als Fitzroy aufgesprungen war und sich an den Hals gegriffen hatte, hatte Athelstan die Männer rechts und links von ihm aufmerksam beobachtet. Weder Goodman noch Denny hatten Anstalten gemacht, etwas auf dem Tisch wegzunehmen oder auszutauschen. Sir John hatte die Tasche des Toten sorgfältig durchsucht, ohne aber etwas zu finden, was Fitzroys plötzlichen Tod durch Gift erklärt hätte.
Die Atmosphäre im Saal hatte sich spürbar verändert. Die Leute nahmen Abstand voneinander, als ihnen die volle Bedeutung der Ereignisse klar wurde. Sudbury sprach für sie alle.
»Mylord Gaunt«, begann er in empörtem Ton, »wir haben diesen Tag so freundschaftlich begonnen, aber binnen weniger Stunden sind zwei aus unserer Mitte tot, gemein hingemordet.«
»Was wollt Ihr damit sagen?« fauchte Clifford. »Die Schuld an diesen Todesfällen kann man doch nicht dem Regenten in die Schuhe schieben.«
»Ich beschreibe nur, was geschehen ist«, versetzte der Gildemeister geschmeidig.
»Euer Gnaden.« Entschlossen, die Situation in den Griff zu bekommen, wandte Gaunt sich an seinen Neffen. »Euer Gna-

den«, wiederholte er, »Ihr solltet Euch zur Ruhe begeben. Sir Nicholas!« Er funkelte den königlichen Hauslehrer an.
»Wir gehen jetzt«, erklärte Richard. »Aber, liebster Onkel, im Rathaus wurden zwei Morde begangen. Jemand muß dafür zur Rechenschaft gezogen werden.« Der junge König machte auf dem Absatz kehrt und verließ den Rosensaal, gefolgt von Hussey und dem Arzt.
Gaunt wartete, bis sie gegangen waren. »Räumt den Saal!« befahl er dann dem Offizier.
»Sir«, warf der Truchseß ein, »das Bankett ist noch nicht zu Ende. Soll ich den Nachtisch auftragen lassen?«
Gaunts wütender Blick beantwortete seine Frage, und der Truchseß und die übrigen Bediensteten eilten hinaus. Leise befahl Clifford den Bogenschützen und Soldaten, ebenfalls zu verschwinden. Kaum hatte er die Tür hinter ihnen geschlossen, als ein lautes Klopfen sie ihn wieder öffnen ließ. Athelstan sah draußen einen livrierten Diener, der ein paar Worte murmelte und Clifford ein Pergament in die Hand drückte. Clifford schloß die Tür wieder, trat in die Mitte des Raumes und las, was auf dem Pergament stand; dann reichte er es dem Regenten. Gaunt studierte es, und Wut loderte in seinem Gesicht.
»Setzen!« befahl er. »Ich habe Neuigkeiten für Euch!«
Alle gehorchten, auch Cranston und Athelstan. Gaunt nahm auf dem Stuhl des Königs Platz und hielt das Stück Pergament vor sich. Sie warteten, bis vier Bogenschützen auf Cliffords Befehl hereingekommen waren, Fitzroys Leiche ohne große Umstände in ein Leintuch gewickelt und so sorgfältig wie einen Haufen Müll hinausgeschleppt hatten. Gaunt schaute in die Runde der stummen, aufmerksamen Gäste.
»Ich habe hier eine Proklamation!« Seine Stimme wurde zu einem Brüllen. »Von dem verbrecherischen Verräter, der sich Ira Dei nennt!« Er warf Clifford das Pergament zu.
Der Edelmann strich es glatt. »›Sir Thomas Fitzroy‹«, las er dann

vor, »›hingerichtet für Verbrechen wider das Volk. Gezeichnet, Ira Dei.‹« Er blickte auf, und Athelstan spürte die Angst bei allen Gästen Gaunts. Sogar Cranston, der nicht so leicht einzuschüchtern war, senkte den Kopf.

»Was ist das?« murmelte Goodman. »Wer ist dieser Übeltäter, der die Größten der Stadt niederstrecken kann?«

»Ich weiß es nicht«, sagte Athelstan und versuchte, die Atmosphäre der Angst zu vertreiben. »Aber jetzt stehen drei Dinge fest. Erstens: Fitzroy wurde ermordet. Zweitens: Der Mord wurde von dem Mann begangen, der sich Ira Dei nennt – oder in seinem Auftrag.« Er schwieg und warf Cranston einen Seitenblick zu.

»Und drittens?« fragte Gaunt.

»Euer Gnaden, es liegt auf der Hand. Fitzroys Tod ist noch nicht bekanntgegeben worden. Diese Proklamation, die an die Rathaustür angenagelt war, beweist: Entweder befindet sich Ira Dei in diesem Raum und hat den Brief von einem seiner Schergen anbringen lassen, oder einer seiner Leute ist unter uns, und dieser ›Zorn Gottes‹, wie er sich nennt, hat das Pergament selbst angebracht.«

»Was ist mit der Wache?« fragte Cranston. »Als wir kamen, haben wir doch draußen die Garde gesehen.«

»Als das Bankett begonnen hatte, wurde sie ins Rathaus zurückbeordert.«

»Dann hat mein Schreiber offenbar recht«, stellte Cranston in scharfem Ton fest. »Wie Ihr es auch deuten mögt, Euer Gnaden: In Eurer Mitte befindet sich ein mörderischer Verräter!«

Schon bei Athelstans Worten hatten alle die Brauen hochgezogen. Als der Coroner sie jetzt wiederholte, brach große Bestürzung aus.

»Was redet Ihr da?« schrie Goodman und sprang auf; alle höfische Etikette war vergessen.

»Es ist unerläßlich!« rief der stutzerhafte Denny. »Euer Gnaden,

wir müssen sofort das Gold inspizieren, das jeder von uns in der Truhe der Rathauskapelle hinterlegt hat!« Er zog den Schlüssel hervor, der an einer Silberkette an seinem Hals hing, ganz ähnlich dem, den Clifford dem toten Fitzroy abgenommen hatte.
»Der Meinung bin ich auch«, erklärte der rothaarige Sudbury, dessen Gesicht von dem Wein, den er trank, noch röter war als sein Schopf. »Euer Gnaden, das ist eine Katastrophe. In unser aller Interesse muß die Truhe sofort überprüft werden.«
Gaunt sah Clifford an, und der nickte. Der Regent nahm eine Silberkette ab, die er um den Hals trug. Der Schlüssel, der daran baumelte, blinkte im Kerzenschein.
»Es ist wohl am besten so«, pflichtete er bei.
Clifford rief die Wache, und angeführt von vier Soldaten mit Fackeln, marschierten Gaunt und seine jetzt bedrückten Gäste, dazu Cranston und Athelstan, durch die Gewölbegänge, die breite Holztreppe hinauf und in die kleine Rathauskapelle. Für einen Augenblick blieben sie im Eingang stehen, spähten in die Dunkelheit und schnupperten den Weihrauchduft; die Wache zündete Fackeln an und die Kerzen, die auf dem Hochaltar standen. Die Kapelle, ein kleines Juwel mit blankpolierten Marmorsäulen, Mosaikfußboden und bemalten Wänden, erwachte zum Leben. Der Marmoraltar war mit reinweißen Tüchern bedeckt. Sie gingen darauf zu. Gaunt zog die Tücher mit entschlossener Bewegung beiseite. Unter dem Altar stand eine lange, mit Eisenbändern verstärkte Holzkiste auf vier Säulen. Trotz der schlechten Beleuchtung konnte Athelstan die sechs Schlösser an der Seite erkennen.
»Herausziehen!« befahl Gaunt.
Zwei Soldaten zogen die Truhe vor, so daß sie vor dem Altar stand. Schon dieses Unternehmen verursachte Bestürzung, denn die Truhe war unerwartet leicht. Lautstark befahl Gaunt Ruhe, dann steckte er seinen Schlüssel ins Schloß und drehte ihn um; Clifford, der Fitzroys Schlüssel hatte, tat es ihm nach,

und die übrigen Gildemeister folgten. Die Beschläge wurden heruntergeklappt und die Truhe geöffnet. Athelstan und Cranston spähten den anderen über die Schultern.

»Nichts!« hauchte Marshall.

Flinker als der Rest drängte sich Cranston nach vorn und hob das Stück gelbes Pergament auf, das auf dem Boden der Truhe lag.

»›Diese Steuer wurde eingetrieben‹«, las er vor, »›von der Großen Gemeinschaft des Reiches. Gezeichnet: Ira Dei.‹«

»Das ist unerträglich!« schrie Denny. »Mylord Gaunt, wir sind betrogen worden!«

Aber der Regent ließ sich nur totenbleich auf den Chorstuhl fallen, starrte ins Dunkel und bewegte stumm die Lippen. Cranston, der John von Gaunt seit Kindertagen kannte, hatte ihn noch nie so verängstigt und ratlos gesehen.

»Das ist Teufelswerk«, murmelte Gaunt.

Niemand achtete auf seine Worte; die Gildemeister schrien und fluchten durcheinander. Clifford stand mit offenem Maul da und starrte in die leere Truhe. Cranston packte ihn grob an der Schulter.

»Um Himmels willen, Mann!« zischte er. »Laßt die Kapelle räumen. Das nützt doch alles nichts.«

Clifford fuhr aus seinen Gedanken hoch und klatschte laut in die Hände. »Mylord Gaunt muß über diese Sache nachdenken!« rief er in das Durcheinander.

»Über welche Sache?« kreischte Sudbury. »Mylord Gaunt streckt die Hand aus, und wir ergreifen sie. Er redet von Freundschaft zwischen ihm und der Stadt – und jetzt sind zwei von uns tot. Das Gold, das wir hier hinterlegt haben, ist gestohlen worden, und der Missetäter Ira Dei mordet und stiehlt nicht nur, sondern macht uns auch noch alle zum Gespött. Was sollen wir unseren Gilden berichten, he? Wie sollen wir unseren Brüdern beibringen, daß Tausende Pfund Sterling verschwunden sind?«

»Mylord Gaunt wird etwas unternehmen«, antwortete Cranston. »Er ist der Regent und handelt im Namen der Krone. Will irgend jemand etwa Hochverrat begehen und behaupten, Mylord Gaunt sei für all das verantwortlich?« Er starrte Bürgermeister Goodman an, der mit verdatterter Miene am Altar lehnte. »Räumt jetzt die Kapelle. Mylord Bürgermeister, Ihr solltet noch bleiben.«

Endlich hatte Cranstons Autorität sich durchgesetzt, und die Gildemeister wanderten murrend und sich noch ein paarmal umschauend hinaus. Gaunt wartete, bis sich die Tür hinter ihnen geschlossen hatte, dann hob er das Gesicht.

»Sir John, Bruder Athelstan, ich danke Euch.« Er erhob sich. »Aber was sollen wir jetzt tun? Die Gildemeister haben recht. Jeder von ihnen hat tausend Pfund Sterling verloren. Mountjoy und Fitzroy sind tot, und Ira Dei tanzt um mich herum, als wäre ich ein verfluchter Maibaum.« Er gestikulierte wild. Athelstan und Cranston setzten sich, Goodman und Lord Adam Clifford ebenfalls. Gaunt rieb sich die Augen, dann sah er Cranston an. »Was schlagt Ihr vor, Mylord Coroner?«

Cranston schüttelte den Kopf. Athelstan entging nicht, daß ein Funke von Ärger im Auge des Regenten aufsprühte. Sir John würde rasch etwas unternehmen müssen, wenn er nicht für die Wut im Herzen des Regenten den Sündenbock spielen wollte.

»Euer Gnaden.« Athelstan stand auf. Er bemühte sich, seine Müdigkeit abzuschütteln und das Verlangen nach seiner eigenen, stillen Kirche in Southwark niederzukämpfen.

»Euer Gnaden«, wiederholte er, »zwei Männer wurden niederträchtig ermordet, aber alle Mörder begehen Fehler, und wir müssen die Ereignisse dieses unheilvollen Tages noch überdenken. Wie jedoch das Gold aus einer Truhe verschwinden kann, die nur mit sechs einzelnen Schlüsseln zu öffnen ist, bleibt rätselhaft. Ich habe dazu mehrere Fragen. Erstens: Wer hat die Truhe angefertigt?«

»Peter Sturmey«, sagte Clifford, »ein vertrauenswürdiger Schlosser in Diensten der Krone. Ich bezweifle sehr, daß er in dieser Sache zum Verräter werden würde. Sein eigener Sohn ist ein Schatzbeamter, der noch vor kurzem in Colchester beim Eintreiben von Steuern in ein Handgemenge geriet.«
Athelstan hob die Hand. »Was ist mit der Truhe? Mylord Regent, dürfen wir sie vielleicht untersuchen?«
Gaunt grunzte zustimmend. Goodman schaute zu, als Athelstan, unterstützt von Cranston und Clifford, die Truhe umdrehte, die Holzwände abklopfte und die Schlösser betrachtete.
Cranston schüttelte den Kopf. »Eine solide, anständige Kiste«, sagte er leise und richtete sich auf. »Geheimfächer hat sie keine.« Er studierte Beschläge und Schlösser. »Daran hat sich niemand zu schaffen gemacht.«
Athelstan klopfte sich den Staub von der Kutte. »Damit wären wir bei meiner dritten Frage. Könnte es einen Generalschlüssel geben?«
»Unmöglich!« zischte Clifford. »Jedes Schloß ist einzigartig.« Er zog zwei der Schlüssel hervor, die die Gildemeister zurückgelassen hatten. »Ich bin kein Schlosser, Bruder, aber seht sie Euch sorgfältig an. Schaut!« Er hielt die beiden Schlüssel gegen das Kerzenlicht. »Seht Ihr die Zacken und Kerben in den Schlüsseln? Jeder ist deutlich anders als die anderen. Mylord Gaunt hat darauf bestanden, daß das so ist.«
Athelstan rieb sich die Lippen, um seine Bestürzung zu verbergen.
»Eure vierte Frage liegt auf der Hand«, sagte Clifford. »Hat Sturmey von den Schlüsseln Duplikate hergestellt? Aber dann«, fuhr er hastig fort, als er den Regent den Kopf schütteln sah, »wäre Sturmey ein Verräter, der fröhlich seine Schlüssel weitergibt, damit jemand anderes die Schlösser öffnen kann.«
»Bei den Zitzen des Satans!« murmelte Cranston. »Wie konnte es geschehen? War die Kapelle bewacht?«

Goodman zuckte die Achseln. »Nein, warum auch? Die Truhe war schwer durch das Gold, und bei sechs Schlössern ...« Er ließ den Satz unvollendet.
»Wer hat das alles geplant?« fragte Athelstan. »Ich meine, die Goldbarren, die Truhe ...«
Clifford verzog das Gesicht und sah Goodman an. »Der Gedanke, das Gold hier in eine Truhe zu legen, stammt von Mylord Gaunt«, sagte er. »Aber ich selbst und Sir Gerard Mountjoy haben Sturmey ausgesucht.« Er lächelte. »Darauf haben die Gildemeister bestanden.«
»Weil sie mir nicht trauten!« fauchte Gaunt. »Ich hatte nichts zu tun mit dem Bau der Truhe, der Herstellung der Schlösser oder der Gestaltung der Schlüssel. Ich und die Gildemeister haben entschieden, das alles lieber unseren werten Beamten zu überlassen. Sie haben Truhe und Schlüssel heute morgen geradewegs aus Sturmeys Werkstatt hergebracht.«
»Und bevor Ihr fragt«, warf Sir Adam ein, »keiner von ihnen hatte jemals alle sechs Schlüssel auf einmal in seinem Besitz. Drei hat der Bürgermeister gekauft, Mountjoy den Rest. Fitzroy und Sudbury waren Zeugen der Transaktion, und Stadtbüttel haben die Truhe hergetragen.«
Cranston spähte mit schmalen Augen ins Dunkel, wie er es immer tat, wenn er in Gedanken versunken war.
»Sir John!« rief Athelstan. »Was ist denn?«
Cranston schmatzte – ein sicheres Anzeichen dafür, daß er trotz der späten Stunde allmählich seinen Rotwein vermißte.
»Sturmey«, sagte er. »Der Name Sturmey sagt mir etwas. Wie kommt das, hm? Warum sollte ein angesehener Schlosser, dessen Dienste die großen und vornehmen Herren in Anspruch nehmen, in meiner Erinnerung eine Saite erklingen lassen?«
Athelstan grinste. Cranstons Gedächtnis war wunderbar. Er kannte die Gauner von London beim Namen und die meisten auch von Angesicht, und sogar im dichten Treiben der Cheap-

side konnte er Taschendieben und Beutelschneidern seine Warnung zubrüllen.
»Woran erinnert Euch Sturmeys Name denn?« wollte Gaunt sofort wissen.
Der Coroner schüttelte den Kopf. »Das fällt mir noch ein.« Er verbeugte sich. »Mylord Regent, wenn Ihr mich und meinen Schreiber jetzt entschuldigen wollt – wir müssen diesen Schlosser unbedingt noch heute abend besuchen. Wo wohnt er?«
»In der Lawrence Lane, Ecke Mercery«, antwortete Clifford.
Cranston grinste Athelstan an, der ihn erschöpft und wütend anfunkelte. »Dann wollen wir dem Meister Schlosser in der Lawrence Ecke Mercery einen Besuch abstatten und ihm ein paar Fragen stellen, wie?« Noch einmal verneigte er sich vor dem Regenten. Gaunt wandte den Blick ab. Cranston zuckte die Achseln und verließ die Kapelle, gefolgt von einem niedergeschlagenen Athelstan.
»Cranston!«
Sir John drehte sich um. Gaunt stand auf der Altartreppe.
»Ihr wißt, daß die Gildemeister wiederkommen werden. Oh, sie werden vernünftig sein. Sie werden eine gewisse Frist setzen, bis sie ihr Gold und die Antwort auf ihre Fragen bekommen.« Er drohte mit dem Finger. »Auch ich brauche Antworten, Mylord Coroner. Innerhalb von höchstens zehn Tagen.« Er ließ die unausgesprochene Drohung in der Luft hängen. Cranston machte auf dem Absatz kehrt und marschierte aus der Rathauskapelle.

5

Draußen blieb Cranston stehen und schaute zum Mond hinauf. »Der Teufel soll auf sie pissen!« fluchte er. »Verdammte Säcke! Was für stinkende Scheißkübel! So eine Sauerei! Diese dreckigen, käferköpfigen, fettbäuchigen, verräterischen Schweine!«
Athelstan lächelte. »Mylord Coroner, Ihr sprecht von unseren Brüdern in Christo, den Gildemeistern?«
»Jawohl, Mönch, von denen spreche ich.« Cranston zerrte seinen wunderbaren Weinschlauch unter dem Mantel hervor und trank in herzhaften Zügen. »O Gott!« schnaufte er. »Was für eine Sauerei! Wie wurde Fitzroy ermordet, Bruder? Er hat das Gift nicht vor dem Essen genommen, und an seinen Speisen und seinem Besteck fanden sich keine Spuren irgendeiner Droge.«
Athelstan schüttelte den Kopf. »Ihr seid mir voraus, Sir John. Ich denke immer noch über Mountjoys Tod nach.« Der Ordensbruder spähte über die dunkle Cheapside zu den Laternenhörnern an den großen Kaufmannshäusern, und er dachte an die Worte seines alten Lehrers Pater Paul. »Die Wurzel aller Sünden«, hatte der alte Bruder gedröhnt, »ist der Stolz. Und das Gegenteil von Liebe ist nicht Haß oder Gleichgültigkeit, sondern Macht. Macht verdirbt, und das Streben nach Macht ist ein Weg, der geradewegs in die Hölle führt.«
Und auf diesem Weg sind wir jetzt, dachte Athelstan; hier drängen sich mächtige Männer mit unstillbarer Gier nach den besten Dingen im Leben. Wir alle sind Mörder, schloß er, und ihn fröstelte trotz der warmen Nachtluft. Er fühlte sich wie ein maskierter Schwertkämpfer, der im Stockfinstern in ein Turnier

gestoßen wurde, bei dem es von Mördern wimmelte. »Ich will nach Hause«, flüsterte er, ehe er sich versah.
Cranston sah ihn verwundert an. »Aber du bist doch hier zu Hause, Bruder.«
Athelstan lächelte und schüttelte seine Gedanken ab. »Aye, Sir John, aber wir müssen noch einen Schlosser besuchen. Sagt, warum hat Euch Sturmeys Name nachdenklich gemacht?«
Cranston bekreuzigte sich und nahm noch drei Schlucke aus seinem Weinschlauch; dann verstopfte er ihn wieder, hakte sich bei Athelstan unter und führte ihn in die Poultry hinauf.
»Ich weiß es nicht«, knurrte er. »Aber der Name läßt ein Glöckchen läuten. Das braucht seine Zeit, Bruder.«
Athelstan hielt sich die Nase zu, denn in diesem Teil der Cheapside stank es immer nach totem Geflügel. Er versuchte, nicht auf die Ratten zu achten, die zwischen den Jauchegruben in der Mitte der Straße hin und her huschten und nach saftigen Bissen stöberten, nach Innereien und den abgeschlagenen Köpfen von Hühnern, Wachteln, Rebhühnern und Regenpfeifern. Zwei weiße Federn schwebten zur Erde, und Athelstan mußte an Engel denken.
»Engel gibt es hier nicht«, murmelte er.
»Da hast du verdammt recht!« bekräftigte Cranston.
Sie fuhren zusammen und sprangen beiseite, als plötzlich zwei alte Frauen mit einem Schubkarren um die Ecke kamen; auf dem Karren lag der Leichnam einer alten Vettel. Athelstan machte ein Kreuzzeichen in die Luft. Eines der beiden alten Weiber drehte sich um und kicherte.
»Hin ist sie«, krähte sie. »An der Ruhr gestorben, und jetzt ab in die Kalkgruben mit ihr.«
»Ich wünschte, ich könnte dem ein Ende machen«, bemerkte Cranston. »Sie werden die Tote irgendwo auf eine Kirchentreppe legen.«
Der Karren rumpelte davon, und die beiden gingen weiter in

Richtung Mercery. Zwei Huren standen an der Ecke einer Gasse; ihre safrangelben Kleider und roten Perücken leuchteten wie Signalfeuer in der Finsternis.

»Holla, ihr Damen!« rief Cranston. »Ihr kennt das Gesetz?«

»Welches Gesetz?« erwiderte die größere der beiden. »Wir beten hier nur.«

»Das ist Cranston!« zischte die kleinere, und die beiden Damen der Nacht flüchteten wie Glühwürmchen durch die düstere Gasse.

Athelstan und Cranston bogen in die Lawrence Lane ein, die wie ein dunkler Tunnel wirkte, weil die Häuser zu beiden Seiten so gebaut waren, daß man in den obersten Stockwerken mühelos ans Fenster gegenüber klopfen konnte.

»Gib acht, wo du hintrittst!« warnte Cranston.

Athelstan blickte zu Boden und sah, daß die Gosse in der Straßenmitte übergelaufen war und das Kopfsteinpflaster mit stinkendem Dreck überzogen hatte. Es roch nach Schwefel, den irgendein braver Bürger ausgeschüttet haben mußte, um den Gestank zu bekämpfen. Dunkle Gestalten lösten sich aus den Hauseingängen. Cranston schlug seinen Mantel über die Schulter nach hinten und zog seinen langen walisischen Spitzdolch.

»Guten Abend, ihr Böckchen! Ich bin John Cranston, der Coroner.«

Die unheimlichen Schatten verschwanden.

Sie gingen weiter; Cranston blieb hier und da stehen, um zu den Ladenschildern hinaufzuschauen, die über ihnen an Stangen hingen. Kurz bevor die Lawrence Lane in die Catte Street mündete, blieb er stehen und deutete auf eine Tafel, die an rostigen Ketten knarrte. Darauf stand »Peter Sturmey, Schlosser«. Cranston trat zurück und blickte nach oben. Er sah Kerzenschein in einem der oberen Stockwerke, und so hämmerte er an die Tür.

»Verpißt euch!« schrie jemand von der anderen Straßenseite. Athelstan und Cranston sprangen schnell beiseite, als der stinkende Inhalt eines Nachttopfes geflogen kam.
»Hau ab!« brüllte Cranston zurück. »Ich bin Beamter der Justiz!«
»Von mir aus kannst du der König selbst sein!« erwiderte die Stimme, aber man hörte, wie das Fenster zugeschlagen wurde, und Cranston hämmerte weiter an die Tür.
Endlich wurde seine Hartnäckigkeit belohnt. Sie hörten Schritte, die mit einer Kette gesicherte Tür wurde einen Spaltbreit geöffnet, und das blasse Gesicht einer Magd erschien gespenstisch im Kerzenschein.
»Wer ist da?« fragte sie. »Was gibt es? Habt Ihr Nachricht von meinem Herrn?«
»Mach auf«, sagte Cranston. »Sei ein braves Mädchen. Ich bin der Coroner der Stadt, und dies ist Bruder Athelstan. Wir haben mit deinem Herrn zu reden.«
Die Kette wurde gelöst, und die in einen Mantel gewickelte Magd trat zurück, um sie einzulassen. Der Kerzenschein im Hausflur ließ tanzende, flackernde Schattengestalten zum Leben erwachen.
»Ich will zu deinem Herrn«, wiederholte Cranston sanft.
»Sir, er ist nicht hier. Er ist heute nachmittag fortgegangen und nicht zurückgekommen.«
Athelstan schloß die Augen. »O Gott«, flüsterte er.
»Was ist denn?«
Ein zerzauster Junge mit schlaftrunkenem Blick und dem Antlitz eines Engels kam plötzlich aus einer Kammer in den Flur; in der Hand hielt er eine Laterne, die fast so groß war wie sein Kopf.
»Und wer bist du, Sir?« fragte ihn Cranston.
»Perrot«, sagte der Junge. »Master Sturmeys Lehrjunge.«
Er kam näher. Athelstan schätzte ihn auf dreizehn oder vierzehn

Sommer, und wieder fühlte er sich an einen Engel erinnert, den Huddle in St. Erconwald an die Wand gemalt hatte.
»Der Meister ist fort«, sagte der Junge ungerührt. »Er ist kurz nach Mittag weg und nicht zurückgekommen.«
»Und die Herrin des Hauses?«
»Die ist auch fort und kommt nicht wieder.«
»Wieso nicht?«
»Weil sie vor fünf Jahren gestorben ist.«
Athelstan grinste und zog einen Penny aus seiner Börse. Er ließ ihn durch die Luft wirbeln, und der Junge fing ihn geschickt auf.
»Und Sturmeys Sohn?«
»Der ist auch nicht da«, sagten Magd und Lehrling im Chor. »Er ist in York. In wichtigen Geschäften des Königs.«
Cranston nickte, als er die beiden feierlichen Mienen sah.
»Hört mal«, sagte er, »wir können das nicht hier erörtern. Junge, schläfst du in der Werkstatt?«
»Aye.«
»Dann laß uns da hineingehen.«
Der Junge blinzelte und schaute die Magd an; diese nickte.
»Dann kommt«, sagte Perrot. »Aber Ihr dürft nichts anfassen, sonst verprügelt mich der Meister.«
Er führte sie in einen Raum, der am Gang lag, zündete ein paar Kerzen an und zog zwei Schemel für seine unerwarteten Besucher heran. Athelstan nahm Platz und schaute sich um. Noch nie hatte er so viele Schlüssel gesehen. Sie hingen bündelweise an der Wand, dazu Metallstücke, Gußformen und Zangen. An der Wand sah er eine kleine Schmiedeesse. Es roch nach verbranntem Holz und Holzkohle, und alles war von feinem Staub bedeckt. Er schaute unter einen Tisch und sah das Bett des Lehrlings: eine Strohmatratze, ein Kissen, eine Wolldecke und einen ziemlich mitgenommenen hölzernen Reitersmann, vielleicht das Lieblingsspielzeug des Jungen.

»Möchtet Ihr Wein?« fragte die Magd und bemühte sich, älter zu erscheinen, als sie war.
»Nein, nein.« Athelstan lächelte. »Sir John rührt niemals Wein an – nicht wahr, Mylord Coroner?«
»Nein«, antwortete Cranston barsch und schaute Athelstan mit schmalen Augen an. Dann richtete er sich auf. »Ich gebe ein gutes Beispiel.«
Der Junge musterte den riesenhaften Coroner unter gesenkten Lidern und schien nur halb überzeugt.
»Wo ist dein Herr hingegangen?« fragte Cranston.
»Ich weiß nicht. Er ging einfach hinaus.«
»Und wie war er?«
»Sehr aufgeregt«, berichtete der Lehrjunge.
»Weshalb?«
»Oh, wegen der Truhe für die hohen Lords und wegen der Schlüssel.«
»Sag mal«, sagte Cranston, beugte sich vor und versuchte, den Weinschlauch unter seinem Mantel zu verbergen. »Hast du deinem Meister geholfen, die Truhe zu machen, die Schlösser und die Schlüssel?«
»O ja.«
»Und wie viele Schlüssel hat er gemacht?«
»Sechs.«
»Nicht mehr – für den Fall, daß mal einer verlorengeht?«
»O nein. Mein Meister hat gesagt, das sei verboten.«
»War denn Besuch in der Werkstatt?« fragte Athelstan. »Jemand Geheimnisvolles in Mantel und Kapuze vielleicht?«
»Nein.« Der Junge lachte. »Weshalb?«
Sein Blick war flackernd, und er schlug die Augen nieder. Du verbirgst uns etwas, dachte Athelstan, aber es hat nichts mit dieser Sache zu tun.
»Und wer von den hohen Herren war hier?«
»Na, gestern kamen sie alle«, sagte Perrot. »Mit ihren Mänteln,

Stiefeln und Biberpelzmützen war das ganze Haus voll. Sie mußten Truhe und Schlüssel zum Rathaus bringen. Draußen waren Soldaten mit einem Karren.«

»Ja«, fuhr Athelstan fort, »aber bevor dein Meister die Schlüssel und die Schlösser fertig hatte, hat ihn da einer der hohen Herren allein besucht?«

»Ich glaube nicht«, antwortete der Junge. »Ich wohne und schlafe hier. Der Meister bringt seine Besucher immer her, wenn er nicht gerade im Garten arbeitet. Da geht er gern allein hin. Er sagt, er liebt die Abwechslung.«

»Aber er hatte Besuch?« Athelstan blieb hartnäckig.

»Zwei große, dicke Kerle«, antwortete der Junge. »Der Bürgermeister und der Sheriff. Die kamen in den letzten Wochen ein paarmal zusammen und wollten sehen, ob mein Meister seine Arbeit tat.«

»Sonst niemand?«

»Nein, Pater.«

Athelstan sah die junge Magd an, die neben dem Jungen stand.

»Und ihr habt beide nichts Geheimnisvolles oder Ungewöhnliches gesehen?«

Sie schüttelten den Kopf.

»Was ist aus den Gußformen geworden?« Cranston scharrte mit den Füßen. »In denen die Schlüssel gegossen wurden.«

»Die wurden vernichtet«, erklärte der Junge stolz. »Als die hohen Herren kamen, um Truhe und Schlüssel abzuholen, standen sie da und schauten zu, wie ich sie mit dem Hammer zerschlug.«

Cranston schaute Athelstan an, und der schüttelte den Kopf.

Der Coroner erhob sich schwerfällig, reckte sich und gähnte. Dann fischte er zwei Pennies aus der Tasche und gab sie dem Jungen und dem Mädchen.

»Sehr gut«, brummte er. »Aber wenn euer Meister zurück-

kommt, dann sagt ihm, er soll zu Sir John Cranstons Haus in der Cheapside kommen. Ich muß mit ihm sprechen.«
Die Magd und der Lehrling nickten.
Cranston und Athelstan gingen wieder hinaus in die Lawrence Lane und hinunter zur Ecke Mercery.
»Ihr wißt, daß er niemals zurückkommen wird, Sir John?«
Cranston blies die Wangen auf. »Aye. Morgen werde ich die Behörden anweisen, unter den Toten, die in der Stadt aufgefunden werden, nach ihm zu suchen.« Er unterdrückte ein Gähnen. »Bruder, du kannst gern heute bei mir übernachten.«
Athelstan schaute hinauf zum sternklaren Himmel. »Danke, Sir John, aber ich muß zurück.«
Er sah Cranston nach, der ihm einen Abschiedsgruß zubrüllte, wie ein mächtiger Bär die Cheapside hinaufschlürfte und sich plötzlich umdrehte.
»Bruder, ich begleite dich noch zur Brücke!«
»Nein, nein, auf keinen Fall, Sir John. Mir passiert schon nichts. Wer wird einen armen Ordensbruder überfallen?«
Cranston sah den Priester die Mercery überqueren und die Budge Row hinuntergehen.
»Aye!« murrte er. »Wer wird einen armen Ordensbruder überfallen? Die Stadt ist voll von Mistkerlen, die so etwas tun!«
Er wartete, bis Athelstan außer Sicht war, und folgte ihm dann durch die Budge Row, den Walbrook hinunter in die Ropery und zur Bridge Street. Am anderen Ende standen die Wachen in einem Lichtkreis an der Zufahrt zur Brücke; sie hatten ihre Fackeln auf Stangen gesteckt. Cranston hörte ihre Stimmen, als sie den Ordensbruder befragten. Einer lachte, und sie ließen Athelstan durch. Der Coroner seufzte erleichtert, aber er spitzte noch einmal die Ohren, als er hinter sich leise Schritte hörte.
»Also, ihr Nachtvögel«, knurrte er über die Schulter, »ich bin Old John, der Coroner der Stadt. Wenn ihr euch nicht verpißt,

hänge ich euch eure Eier um den Hals.« Als er sich umdrehte, war die Straße leer. Breitbeinig stellte sich Cranston über die Gosse, um sich zu erleichtern, und als er beendet hatte, was er sein »devoir« nannte, schloß er den Hosenlatz und schmatzte. Er schlug das Kreuz und nahm einen großzügigen Schluck aus seinem wunderbaren Weinschlauch. Dann fielen ihm die beiden Hunde Gog und Magog ein, und er fragte sich, was Lady Maude wohl von ihnen halten würde. Er stöhnte und beschloß, daß ein zweiter großzügiger Schluck nicht schaden könne.

Athelstan saß an seinem Tisch im kleinen Pfarrhaus gegenüber der Kirche von St. Erconwald in Southwark. Bei seiner Rückkehr hatte er alles in guter Ordnung gefunden. Die Kirchentür war verschlossen, und jemand hatte einen kleinen Topf Honig in eine Mauernische gestellt – offenbar ein Geschenk von einem seiner Pfarrkinder. Sein altes Pferd Philomel lag auf der Seite und atmete schwer durch geblähte Nüstern, als träumte es von seiner früheren Glorie als vollblütiges Schlachtroß in den Kriegen des alten Königs. Athelstan blieb eine Weile in der Stalltür stehen und redete mit ihm, aber der alte Gaul schnarchte weiter, und der Bruder setzte seinen Rundgang über das kleine Kirchengelände fort. In seinem Garten war, soweit er sehen konnte, alles in Ordnung. Bonaventura, der große Mauser, dieser einäugige Prinz der Gassen, war offenbar unterwegs zu nächtlichem Liebeswerben oder auf der Jagd.
Jetzt schaute sich Athelstan in der kärglichen Küche um. Die Wände waren zum Schutz vor den Fliegen frisch gekälkt. Er schloß die Augen und roch den Duft der Kräuter, die mit den frischen grünen Binsen auf dem Boden verstreut lagen. Dann warf er einen Blick auf den Kessel über dem Feuer. Er erhob sich halb, um zu sehen, ob die Hafergrütze, die er kochte, nicht zu dick oder zu klumpig wurde. Seufzend ging er in die Speisekammer und holte einen Krug Milch. Sie roch noch frisch, und

so goß er sie in den Kessel und rührte die Grütze sorgfältig um, ganz so, wie Benedicta es ihm eingeschärft hatte.
»Wenn ich doch kochen könnte«, murmelte er.
Einmal hatte er Cranston zum Frühstück bewirtet, und der Coroner hatte geschworen, daß Athelstans Hafergrütze, wenn man sie mit einem Katapult schleuderte, jede Stadtmauer einreißen könnte. Er trug den Krug zurück in die Speisekammer, wischte sich die Hände an einem Handtuch ab und trat an seinen Tisch, der mit Pergamenten übersät war. Jedes Fetzchen Pergament war mit den Einzelheiten eines Mordes beschrieben.
»Was haben wir denn hier?« fragte Athelstan spielerisch. »Wie hat Rosamund Ingham Sir Johns Freund Sir Oliver getötet? Keine Spuren von Gewalt. Kein Hinweis auf Gift.« Er rieb sich die Wange. »Wurde der Mann überhaupt ermordet? Oder war Cranston nur wütend, weil er mitansehen mußte, wie sein alter Freund zum Hahnrei gemacht wurde?«
Aber nein, dachte er, trotz seines buschigen weißen Schnurrbarts, des roten Gesichts, des mächtigen Glatzkopfes und des noch größeren Bauches war Cranston schlau und verschlagen wie eine Schlange. Sir John hatte einen Riecher für Missetaten; wenn er glaubte, daß ein Verbrechen begangen worden war, dann hatte er meistens recht.
Athelstan nahm ein anderes Stück Pergament zur Hand und studierte seine Skizze vom Rathausgarten, wo Mountjoy ermordet worden war. »Wie um alles in der Welt ...?« murmelte er. Auf der einen Seite befand sich der hohe Spalierzaun, an dem der Sheriff gelehnt hatte, zu seiner Linken eine kahle Mauer, zur Rechten der von den Hunden bewachte Gartenzaun und vor ihm der Holzzaun des Ganges zwischen Rathaus und Küche. Wie hatte der Täter in einen derart umschlossenen Raum eindringen und den stämmigen Mountjoy erstechen können, ohne daß der Sheriff oder seine furchterregenden Hunde Krach geschlagen hatten?

Und schließlich war da noch Fitzroy, getötet von unsichtbarer Hand. Wer konnte Gift verabreichen, ohne zu offenbaren, wie? Wer war dieser Ira Dei? Wer von diesen mächtigen Politikern war der Verräter?
Athelstan schüttelte den Kopf und wandte sich wieder den Rechnungsbüchern seiner Gemeinde zu. Er war müde, aber nach seiner Rückkehr aus der Stadt hatte er nur ein paar Stunden geschlafen, bevor er aufgestanden war und oben in seiner kleinen Schlafkammer bei Kerzenlicht seine Gebete verrichtet hatte; dann hatte er sich gewaschen und angekleidet. Er zog die Rechnungsbücher herüber. Er hatte Mord, Intrigen und Geheimnisse satt, und die Bücher mußten abgeschlossen werden, bevor er an St. Michaelis mit dem Gemeinderat zusammenkam. Athelstan nagte an seinem Federkiel. Der Machtkampf in seinem kleinen Gemeinderat tobte genauso wild wie der der Gildeherren. Watkin, der Mistsammler, Mugwort, der Glöckner, Tab, der Kesselflicker, der Maler Huddle, Ursula, die Schweinehirtin, Cecily, die Kurtisane, und Tiptoe, der Schankbursche aus der Taverne »Zum Gescheckten«, wehrten immer noch eine erbitterte Attacke ab, die von Pike, dem Grabenbauer angeführt wurde. Auf der Seite des letzteren standen Jacob Arveld, ein freundlich blickender Deutscher mit einer hübschen Frau und einer Schar von Kindern, Clement aus der Cock Lane, die Flamin Pemel und Ranulf, der Rattenfänger. Athelstan und die Witwe Benedicta bemühten sich, währenddessen den Frieden zu erhalten.
Benedicta ... da stand sie vor seinem geistigen Auge; ihr kohlschwarzes Haar umrahmte ein glattes, olivfarbenes Antlitz, das dem Maler Huddle immer als Modell für die Jungfrau Maria diente.
Athelstan starrte in die hungrigen Flammen des Feuers und dachte an Pater Pauls Warnung: »Vergiß niemals: Nicht das körperliche Verlangen nach einem Weibe wird dich heimsuchen, sondern die blanke, leere Einsamkeit, der bittersüße Ge-

schmack der Sehnsucht nach jemandem, den du niemals besitzen kannst.« Er zuckte zusammen, als eine dunkle Gestalt zum Fenster hereinschlüpfte.

»Ah, guten Morgen, Bonaventura, mein treuestes Pfarrkind.« Der große Kater tappte leise zu seinem Herrn und warf hungrige Blicke auf die Hafergrütze, die über dem Feuer blubberte. Athelstan stand auf und holte ihm ein Schälchen Milch aus der Speisekammer. Der Kater schleckte sie zierlich auf und machte es sich dann vor dem Feuer gemütlich, während sein Herr sich weiter über seine geplagten Pfarrkinder Gedanken machte. Er brauchte Frieden im Gemeinderat, vor allem, wenn er Watkins Tochter und den Sohn von Pike, dem Grabenbauer, trauen sollte.

»O Gott!« sagte er zu dem inzwischen dösenden Bonaventura. »Das wird sein, als fahre der Fuchs unter die Hühner!«

Bonaventura bewegte träge den Kopf; das eine gesunde bernsteingelbe Auge blickte seinen Herrn voller Mitgefühl an. Athelstan zog die Kontobücher näher zu sich heran. Er fragte sich, ob die Frau mit der besessenen Stieftochter noch einmal gekommen war, und ihn schauderte bei dem Gedanken, was ihn dort erwarten mochte. Er hustete, tauchte den Federkiel ins Tintenfaß und begann, die Spalten auszufüllen; er trug ein, was er für die Ausschmückung der Kirche ausgegeben hatte, nachdem der Altarraum mit neuen Platten ausgelegt worden war.

die Zehn Gebote ausgebessert	3s
den Pontius Pilatus gefirnißt und einen neuen Vorderzahn eingesetzt	5d
den Himmel erneuert, die Sternbilder berichtigt & den Mond geputzt	20s
den Sohn des Tobias gesäubert	4s 6d
die Flammen der Hölle aufgehellt, dem Teufel ein neues linkes Horn gemacht & den Schwanz gereinigt	3s

Ausgaben für die Verdammten	2s 6d
dem Jonas eine neues Hemd gemalt &	
den Rachen des Wales entsprechend vergrößert	10s 6d
für Adam und Eva neue Feigenblätter gemacht	15s

Athelstan betrachtete seine Liste und lächelte. Gerade wollte er weiterschreiben, als es plötzlich leise an der Tür klopfte. Er stand auf, öffnete und schaute hinaus. Es war die Zeit der Schlaflosen, kurz vor dem Morgengrauen: Der Himmel wurde allmählich hell, und die Schatten begannen zu verschwinden.

»Wer ist da?« rief er und schaute sich um. Für Kinderstreiche war es noch zu früh. »Wer ist da?« wiederholte Athelstan. Nur der Wind, der an einem losen Fensterladen an der Kirche rüttelte, störte die Stille. Athelstans Nackenhaare sträubten sich. Ein Schauder lief ihm über den Rücken. Er starrte auf den Weg neben der Kirche. War es irgendein Gauner? Ein Betrunkener aus den Bordellen von Southwark? Plötzlich sah er, daß die kleine Pforte zur Kirche halb offen stand. Er packte den Knüppel, den Cranston ihm gegeben hatte, und ging darauf zu.

»Bruder Athelstan!«

Die Stimme schien hinter der Kirche hervorzukommen, und wachsam ging der Ordensbruder um die Ecke, gefolgt von einem noch neugierigeren Bonaventura. Wieder rief die Stimme seinen Namen, und Athelstan spähte über die Grabsteine hinweg.

»Wer ist da?« rief er erbost. »Hier ist kein Spielplatz, sondern ein Gotteshaus und ein Gottesacker.«

»Dreh dich um, Bruder Athelstan!«

»Warum sollte ich?«

Ein Armbrustbolzen schlug neben seinem Kopf in die Kirchenmauer.

»Du hast mich überzeugt«, rief Athelstan und drehte sich um; er schloß die Augen und ballte die Faust. »Was willst du?«

»Ich bringe eine Botschaft vom Zorn Gottes. Du bist ein Ordensmann und ein Priester des Volkes. Was machst du dich gemein mit den fetten Lords der Erde?«
»Wenn du der Zorn Gottes bist«, spie Athelstan, »dann bin ich seine Gerechtigkeit!«
»Hüte dich vor seinem Zorn«, sagte die Stimme klar und deutlich.
Athelstan schaute Bonaventura an, dem dieses neue Spiel zu gefallen schien.
»Cranston hat recht«, flüsterte er ihm zu. »Du taugst wirklich zu gar nichts.«
»Hüte dich«, wiederholte die Stimme.
Endlich brach sich Athelstans feuriges Temperament Bahn. »Ach, mach doch, daß du wegkommst!« rief er, stapfte den Weg an der Kirche entlang zurück zu seinem Haus und schlug die Tür dröhnend hinter sich zu.
Eine Zeitlang stand er mit dem Rücken zur Tür und bemühte sich, seine zitternden Knie zu beruhigen. Wer wagte es, ihn hier zu verhöhnen? Was würde Cranston tun, wenn er das erfuhr? Athelstan marschierte in die Speisekammer, goß einen Becher Wein ein und stürzte ihn hinunter, bevor er sich wieder an den Tisch setzte.
»Gottverdammt!« flüsterte er.
Er klappte das Rechnungsbuch zu, räumte die übrigen Manuskripte beiseite und trug alles zu der großen, eisenbeschlagenen Truhe. Während er die Papiere hineinlegte und den Schlüssel im Schloß drehte, mußte er an den waghalsigen Raub im Rathaus denken. Hoffentlich war Sturmey noch am Leben. Wenn Cranston und er den Dieb fänden, würden sie auch den Mörder ausfindig machen. Er fuhr zusammen, als es laut an der Tür klopfte.
»Pater! Pater!«
Athelstan ging zur Tür und öffnete. Draußen stand Ursula, die

Schweinehirtin; ihr sonst so heiteres rotes Warzengesicht war tränenüberströmt.
»Oh, Ursula«, sagte Athelstan. »Doch nicht etwa deine Sau? Ich kann nicht schon wieder kommen und sie segnen.«
»Nein, nein, Pater, es geht um meine Mutter. Sie stirbt!«
»Bist du sicher?« fragte Athelstan. »Ich habe Griselda schon mindestens dreimal die Letzte Ölung gespendet.«
»Nein, Pater, sie sagt, sie stirbt. Sie kann es fühlen.«
»Dann komm.«
Athelstan schloß die Haustür und eilte hinüber zur Kirche. Drinnen war es kühl und dunkel und duftete nach Kerzentalg und Weihrauch. Das erste Morgenlicht beleuchtete Huddles Bilder an den Wänden, als Athelstan durch den Lettner in den Chor eilte. Er beugte das Knie und öffnete die Tabernakeltür, um das Viaticum und die Phiole mit dem Heiligen Öl herauszunehmen. Dann holte er Stola, Mantel, Zunder und eine Kerze aus der Sakristei und gab die Sachen Ursula, die im Vorraum der Kirche wartete. Er zündete die Kerze an, legte den Mantel um und schloß die Kirchentür ab; die Schweinehirtin beschirmte mit ihren großen, groben Händen die Kerzenflamme.
Er folgte Ursula durch die schmalen, gewundenen Gassen von Southwark zum Haus der Schweinehirtin, einer kleinen, zweigeschossigen Hütte hinter dem Kloster von St. Mary Overy. Wie immer rekelte sich die mächtige Sau, Ursulas Haustier und die Sonne ihres Lebens, vor dem Feuer, während Griselda in der anderen Ecke hinter einem Vorhang auf einem Strohsack lag, den Kopf zurückgelegt; ihre Hakennase ragte in die Luft, und ihre Augen waren halb offen. Athelstan hätte sie bereits für tot gehalten, wenn sich ihre knochige Brust nicht leise gehoben und gesenkt hätte. Athelstan hockte sich neben sie und stellte das Viaticum und das Heilige Öl auf einen dreibeinigen Schemel. Ursula blieb hinter ihm stehen und hielt die Kerze. Natürlich mußte auch die Sau sehen, was da vor sich ging, und als sie

Athelstan erkannte, dessen Kohlbeet sie mit schöner Regelmäßigkeit plünderte, begann sie aufgeregt zu grunzen und zu schnüffeln.
»Ach, um Gottes willen, geh weg«, flüsterte er. »Ursula, um des lieben Herrgotts willen, gib ihr Kohl oder sonst etwas.«
»Sie ißt keinen Kohl«, versetzte Ursula knapp, packte die Sau beim Ohr und zog sie weg.
»Aye«, murmelte Athelstan bei sich. »Das verfluchte Vieh mag ihn nur, wenn er frisch ist!«
»Seid Ihr das, Pater?«
Athelstan beugte sich über die alte Frau; ihre Wangen waren eingefallen, die dicken, blutlosen Lippen geöffnet. Aber in den kleinen Knopfaugen leuchtete immer noch das Leben.
»Ja, Mutter Griselda, ich bin's, Athelstan.«
»Ihr seid ein guter Priester«, keuchte die Alte. »Ihr kommt, um die alte Griselda zu besuchen. Wollt Ihr meine Beichte hören, Pater?«
Athelstan grinste. »Wieso – was hast du denn angestellt, Mutter, seit ich sie dir das letzte Mal abgenommen habe? Wie viele junge Männer waren es diesmal?«
Die Lippen der Alten verzogen sich zu einem zahnlosen Lächeln.
»Was hast du denn Wollüstiges und Liederliches getan?« fuhr Athelstan fort und betrachtete die alte Frau. »Komm, Griselda, du hast längst deinen Frieden mit Gott geschlossen.«
Athelstan öffnete die goldene Pyxis, nahm die weiße Hostie heraus und schob sie der Sterbenden zwischen die Lippen. Dann salbte er ihr Haupt und Augen, Mund, Brust, Hände und Füße, während die Kiefer der Alten die dünne Oblate zermahlten. Endlich war er fertig. Ursula ging hinüber und schürte das kleine Feuer, und Griselda griff nach Athelstans Hand.
»Werde ich in den Himmel kommen, Pater?«
»Natürlich.«
»Wird mein Mann auch da sein?«

»Warum nicht?«
»Er hat die Weiber geliebt, Pater. In seiner Jugend war er schön wie die Sonne. Sein Haar war wie reifes Korn, und seine Augen blau wie der Himmel. Aber er war kein schlechter Mann, Pater, und ich habe ihn geliebt.« Sie hustete, und gelber Speichel rann ihr aus dem Mundwinkel. Athelstan nahm einen Lappen und tupfte ihr behutsam die Lippen ab.
»Gott weist keinen ab«, sagte er langsam, »der geliebt hat oder geliebt wurde.«
Die Alte hustete wieder. Athelstan sah sich um.
»Ursula, einen Becher Wasser!«
Doch da fühlte er, wie die Finger, die seine Hand umfaßten, sich lösten. Er schaute hinunter. Griseldas Kopf hatte sich zur Seite gesenkt. Er tastete nach dem Pulsschlag an ihrem Hals, aber da war nichts. Er sah Ursula an, die ihm den verschrammten Becher entgegenhielt. Tränen rannen ihr über die fetten Wangen.
»Sie hat uns verlassen«, sagte er leise. »Sie ist dahin. Uns vorausgegangen.«
Er blieb noch eine Weile, um Ursula zu trösten. Seinen Protesten zum Trotz bestand sie darauf, ihm eine dicke Speckseite zu geben. Mit Mantel und Stola unter dem einen und der Speckseite unter dem anderen Arm wanderte Athelstan zurück zu seiner Kirche.
Gerade erwachte Southwark zum Leben. Die Kleinhändler und Kesselflicker rumpelten mit ihren Handkarren zur Brücke hinunter, und schwitzende, fluchende Fuhrknechte plagten sich damit, ihre Ware, die sie vom Land hereinbrachten, über den Fluß zu schaffen, bevor die großen Märkte öffneten. Vor dem Hospital von St. Thomas bettelten zwei Aussätzige in schwarzen Lumpen um Almosen, während die Bezirksbüttel und Schergen nächtliche Ruhestörer, die sie erwischt hatten, an Händen und Füßen gefesselt zum Pranger hinunterführten. Zwei Betrunke-

ne, die aus einem oberen Fenster gepißt hatten, hatte man Rücken an Rücken aneinandergebunden und ihnen die Hosen auf die Knöchel heruntergelassen; man würde sie durch die Straßen treiben und bis zur Mittagsstunde mit Abfall bewerfen lassen; dann würde ein Freund sie losschneiden dürfen. Die Behörden hatten offenbar auch ein Bordell ausgehoben; auf einem Karren saß eine ganze Ladung aneinandergefesselter Huren mit kahlgeschorenen Köpfen und mürrischen Gesichtern, die zum Fluß hinuntergebracht wurden, um ihre Strafe in Empfang zu nehmen. Ein gelber, magerer Hund knurrte Athelstan an; zähnefletschend sprang er nach dem Speck. Athelstan scheuchte ihn davon, bog in eine Gasse ein und klopfte bei Tab, dem Kesselflicker, an.

Seine grauhaarige Frau öffnete mit besorgter Miene. Athelstan drückte ihr die Speckseite in die Hände.

»Pater«, sagte sie leise, »das kann ich nicht.«

»Doch, das kannst du.« Er deutete auf die Kinder mit den schmutzigen Gesichtern, die an ihrem zerlumpten Rock hingen. »Und sie können es ganz gewiß. Aber du darfst Ursula nichts verraten.«

Er setzte seinen Weg fort und wollte gerade an seiner Kirchtür vorbeigehen, als er das Stück Pergament sah, das dort flatterte. Athelstan las die gekritzelten Worte:

Der Zorn Gottes wird brüllen aus den Wolken wie der Blitz.

Fluchend riß er das Blatt herunter und warf es in den Dreck; ohne auf Pikes Grüße zu achten, stapfte er wütend zu seinem Haus.

6

Umringt von einer Schar junger Erwachsener und Kinder, saß Athelstan im Mittelschiff seiner Kirche. Es war ein Werktag; die Eltern waren zur Morgenmesse gekommen und gingen jetzt ihren Alltagspflichten nach. Athelstans Schule, wie Cranston es scherzhaft nannte, kam zweimal in der Woche vormittags für zwei Stunden zusammen; der Ordensbruder versuchte, der Jugend Lesen und Schreiben sowie die Grundlagen der Arithmetik und der Geometrie beizubringen. Natürlich bekamen sie auch Unterricht in ihrem Glauben, und Athelstan war überrascht, wie gewitzt und eifrig sich manche seiner Schüler zeigten.

Er schaute in die Runde, und sein Herz zog sich vor Mitgefühl zusammen, als er die schmalen, schmutzigen Gesichter sah, die geflickten Kleider und die zerfetzten Sandalen. Sie saßen im Kreis, auch Bonaventura fehlte nicht, und Athelstan versuchte ihnen zu erklären, daß Gott überall sei.

Hin und wieder warf er einen verstohlenen Blick auf Pikes Sohn Thomas, der so dicht neben Watkins schöner Tochter Petronella saß, wie es nur ging. Athelstan betrachtete das rabenschwarze Haar des Mädchens, die glatte weiße Haut und die seegrünen Augen. Wie hatten Watkin und seine füllige Frau nur ein so schönes Kind hervorbringen können? Thomas war so sehr verliebt in sie, daß er Athelstan kaum eines Blickes würdigte.

»Weiter, Pater!« rief Crim.

»Natürlich.« Athelstan rieb sich die Augen. Die Mühen des vergangenen Tages hatten ihn müde gemacht. »Natürlich ist Gott überall; er sieht alles und hört alles.«

»Ist er auch in meiner Hand?« fragte Crim.
»Natürlich.«
Crim schlug die Hände zusammen. »Dann sitzt er fest. Ich habe ihn!«
»Nein, nein«, erklärte Athelstan lachend. »So ist das nicht, Crim.«
»Aber Ihr habt gesagt, er ist überall.«
»Crim.« Athelstan lehnte sich zurück und verzog schmerzlich das Gesicht, als sein Knie knackte. »Gott ist wie die Luft, die wir atmen. Er ist in uns, ist ein Teil von uns, und zugleich ist er außerhalb von uns. Wie die Luft: Du atmest sie ein, und sie ist gleichzeitig in deiner Hand.«
Mugwort, der Glöckner, kam in die Kirche gestürmt, und Athelstan verzog das Gesicht, als der kleine, koboldhafte Mann in der Turmnische verschwand und wie ein Dämon am Glockenseil zu zerren anfing, um den mittäglichen Angelus zu läuten. Athelstan sprach das Gebet, erhob sich und klopfte seine Kutte ab.
»Ihr könnt jetzt spielen gehen. Crim, nicht aus dem Weihwasserbecken trinken. John und James!« Er schaute die beiden Kesselflickersöhne mit gespielter Strenge an; die beiden glichen sich wie ein Ei dem anderen mit ihren schmutzigen Gesichtern und dem fettigen Borstenhaar. »Der Taufbrunnen ist keine Burg. Ihr könnt draußen auf der Treppe spielen, aber nicht in der Kirche. Petronella und Thomas, bleibt bitte noch einen Augenblick hier.«
Die übrigen Kinder grinsten hinter vorgehaltenen Händen, und unter viel »Oooh« und »Aaah« trieb Athelstan sie zur Kirche hinaus. Daß die beiden ein Liebespaar waren, war in der Pfarrgemeinde wohlbekannt – das heißt, nur ihre Eltern wußten nichts.
»Pater?«
»Ja, was gibt's?« Athelstan schaute in das angestrengte, bleiche

kleine Gesicht, das ihn unter der geteerten Spitzkappe hervor anspähte. »Was gibt's, Roland?«

Der kleine Junge flüsterte etwas, und Athelstan mußte sich niederhocken, um besser zu hören. Der Sohn des Rattenfängers Ranulf ließ ausrichten, daß sein Vater sich dringend mit ihm treffen wolle.

»Jaja«, sagte er dann und richtete sich auf. »Sag deinem Vater, wir sprechen uns morgen.«

Er biß sich auf die Unterlippe, um sein Lächeln zu verbergen. Der Kleine war seinem Vater wie aus dem Gesicht geschnitten; beide hatten die gleichen Gesichtszüge wie die Nager, denen sie nachstellten. Der Junge rannte davon, den übrigen nach, und Athelstan ging durch das Kirchenschiff zurück zu den beiden jungen Turteltauben, die vor dem Lettner saßen.

»Pater.« Thomas stand auf. »Ihr müßt bald mit unseren Eltern sprechen.«

»Warum?« Nervös schaute Athelstan das Mädchen an. »Ist etwas passiert?«

Sie schüttelte lächelnd den Kopf.

»Pater«, sagte sie flehend, »wir sind gekommen und haben Euch unser Geheimnis verraten. Ihr habt ins Buch des Blutes geschaut und festgestellt, daß keine Verwandtschaft zwischen uns besteht, außer, daß Thomas' Ururgroßonkel mit einer Verwandten meiner Großmutter verheiratet war.« Das Mädchen zählte die Punkte an den Fingern ab. »Wir sind bereit, uns unterrichten zu lassen. Thomas hat eine gute Stellung beim Hafenmeister in Dowgate, und ich kann sehr gut sticken. Pater, ich war es, die diese Altartücher gemacht hat. Warum also kann nicht das Aufgebot bestellt werden?«

Athelstan hob die Hand. »Gut. Ich werde am kommenden Sonntag nach der Messe mit euren Eltern sprechen. Vielleicht kommen sie alle auf einen Becher Wein zu mir nach Hause, um die gute Nachricht zu feiern?«

Das starre Lächeln blieb auf seinem Gesicht, als die beiden Verliebten vor Freude aufsprangen und Hand in Hand durch das Kirchenschiff liefen.
»O Gott!« flüsterte er. »Nur noch fünf Tage Zeit, bis Sonntag der Bürgerkrieg ausbricht.«
»Ich sollte wohl besser auch dasein.«
Athelstan lächelte. »Benedicta«, sagte er, ohne sich umzudrehen. »Wie lange bist du schon hier?«
»Lange genug, um zu hören, wie Ihr mit Euch selbst sprecht, Pater.«
Athelstan drehte sich um und ging durch die Kirche auf die Witwe zu, die dastand, eine Hand an eine Säule gelehnt. Sie sah elegant und schön aus wie immer. Das glatte, olivfarbene Gesicht, von einer sahnegelben Haube umrahmt, diese Augen, die spöttisch, heiter, tränenfeucht, großzügig, traurig und seelenvoll blicken konnten, und diese Lippen ... Athelstan schob die Hände in die Ärmel seiner Kutte, kniff sich in den Arm und dachte an die Worte der Schrift: »Und wenn du ein Weib nur begehrst mit den Augen des Herzens ...«
»Benedicta, was führt dich her?«
Sie lächelte schalkhaft. »Wie geht's mit dem Backen für das Herbstfest voran?«
»Das ist meine kleinste Sorge«, antwortete Athelstan bedrückt. Er erzählte von seinem Besuch im Rathaus am Tag zuvor und unterbrach sich nur, als Benedicta bei der Beschreibung Cranstons und seiner beiden Wolfshunde zu lachen anfing. Als er von den Mordtaten sprach, wurde ihr Gesicht ernst.
»Ihr solltet auf der Hut sein, Pater«, murmelte sie. »Der Tratsch breitet sich in Southwark aus wie Feuer auf einem trockenen Stoppelfeld. Man redet von einer großen Revolte, von Angriffen auf Steuereintreiber, und Pike, der Grabenbauer, führt auch wieder was im Schilde.«
»Sagt dir der Name Ira Dei etwas, Benedicta?«

»Ich habe gehört, daß man ihn sich zuraunt, und auch von der Großen Gemeinschaft des Reiches wird getuschelt. Pike, der Grabenbauer, weiß Bescheid.« Sie lächelte verschmitzt. »Zumindest behauptet er das. Aber Pike hat mehr Bier als Bosheit im Leib.«

»Ich hatte Cranston erwartet«, sagte Athelstan und schaute zur Tür. »Einer seiner alten Kameraden ist ermordet worden, und die Stadtväter verlangen nicht nur ihre Mordfälle aufgeklärt zu sehen und ihr Gold zurückzubekommen, sie wollen auch wissen, warum den Verrätern, die auf der London Bridge aufgespießt stehen, Gliedmaßen abgeschnitten und gestohlen werden.«

»Das ist ein schweres Paket Sorgen«, sagte Benedicta. »Aber, Pater, ich muß diese Bürde noch vergrößern.«

»Wieso?« fragte er scharf.

»Gestern abend kam eine Frau in die Kirche.« Benedicta machte schmale Augen und versuchte, sich an den Namen zu erinnern. »Eleanor Hobden, so hieß sie.«

Athelstans Herz wurde schwer.

»Sie behauptet, ihre Tochter sei besessen«, fuhr Benedicta fort. »Sie sagt, sie will Euch heute nach der Vesper zu sich nach Hause holen. Was bedeutet das, Pater?«

Athelstans dunkle Augen schauten betrübt, aber sie widerstand dem Drang, seine Hand zu nehmen oder seine Wange zu streicheln.

»Sorgen«, murmelte der Priester. »Benedicta, wenn ich heute abend dort hingehe, willst du mitkommen?«

»Habt Ihr Angst?« fragte sie halb scherzend.

»Nein, nein. Aber ich werde auch Sir John bitten, mich zu begleiten. In solchen Fällen kann das Salz des gesunden Menschenverstandes oft mehr nützen als der Segen eines Pfaffen.«

»Hab' ich dich endlich erwischt, Mönch!«

Athelstan und Benedicta fuhren erschrocken herum. Cranston stand barhäuptig und breitbeinig in der Kirchentür und strahlte sie an.
»O Gott«, flüsterte Athelstan, »er war wieder an seinem wunderbaren Weinschlauch.«
»Hab' ich dich endlich erwischt!« dröhnte Cranston noch einmal und kam auf sie zu. Dann blieb er stehen und spähte umher. »Wo ist der verfluchte Kater?«
»Auf der Jagd.«
»Gut.« Cranston kam herbei, schlang einen Bärenarm um Benedicta und drückte ihr einen schmatzenden Kuß auf die Wange. »Reizendes Mädchen«, flüsterte er. Dann grinste er Athelstan an. »Sie wird jemandem ein reizendes Weib sein.«
»Sir John Cranston!« rief Benedicta in gespieltem Zorn.
»Halt den Schnabel, Weib!« neckte er. »Bruder, du mußt mitkommen.«
»O nein, Sir John – wohin?«
»Nach Billingsgate, Botolph's Wharf. Gerade ist Sturmeys Leiche aus dem Fluß gefischt worden – mit einem Messer tief in der Brust, ganz ähnlich dem, das bei Mountjoy benutzt wurde. Anscheinend ist er gestern nachmittag verschwunden.«
»Was wollte er in Billingsgate?«
»Weiß der Himmel!« Cranston schmatzte und schaute sich bewundernd in der Kirche um. »Allmählich sieht es hier aus wie in einem Gotteshaus, und nicht mehr wie in einer Scheune.«
Athelstan zwinkerte Benedicta zu, drehte sich um und führte Sir John zur Tür. »Wie geht es Gog und Magog?«
»Die fressen, als käme morgen das Ende der Welt.«
Cranston blieb stehen, warf den Kopf in den Nacken und lachte. »Boscombe ist sein Gewicht in Gold wert, aber auch er kann mir nichts weiter über Mountjoys Tod sagen. Was er mir indessen erzählt hat« – Cranston lachte wieder –, »ist, daß Gog und Magog den armen Leif einen Baum hinaufgejagt haben. Der

dumme Trottel wollte stundenlang nicht wieder herunterkommen.«
Sein Gesicht wurde ernst. »Gaunt und die Gildeherren haben mich heute morgen zum Bericht befohlen. Sie haben mich daran erinnert, daß ich nur zehn Tage Zeit habe, um das Gold zu finden und den Mörder zu fangen.«
»Bestehen sie darauf?«
»Ja. Lord Clifford soll ebenfalls herausfinden, was er kann.«
»Sonst ...?« fragte Athelstan neugierig.
»Was meinst du damit, Mönch?«
»Ich meine, was passiert, wenn die zehn Tage um sind?«
»Gaunt verliert seine Verbündeten, sein Gold und seine Macht.«
Cranston blieb stehen und betrachtete den Taufbrunnen. Er studierte die Steinmetzarbeiten, die den Rand schmückten. Johannes der Täufer stand bis zu den Hüften in einem Jordan, der den Coroner eher an die Themse erinnerte als an einen Fluß in Palästina. »Diese Gildeherren ... Lady, ich bitte um Vergebung« – und er neigte auch den Kopf in Richtung Tabernakel –, »aber sie sind mordgierige Gauner! Wadenbeißer, Bauernfänger, Hunde mit steinernen Herzen und Eselsköpfen!« Er atmete aus. »Wie große Aspikklumpen saßen sie da: der glubschäugige Goodman, der glatzköpfige Marshall, der Stutzer Denny und Sudbury mit einem Gesicht, das ein Schwein in Verzweiflung stürzen würde. Was mich wütend macht, Mönch ...«
»Ordensbruder, Sir John!«
»Wie gesagt, Mönch: Was mich wütend macht, ist die Tatsache, daß einer dieser Mistkerle ein Mörder ist, vielleicht sogar mehrere. Ich weiß es. Es muß so sein!«
Cranston hätte seine Litanei von Flüchen fortgesetzt, aber Athelstan führte ihn hinaus auf die sonnenüberflutete Treppe von St. Erconwald. Er schloß die Kirchentür und auch seine Haustür, packte seine Satteltasche und den Beutel mit seinem Schreibzeug und ging in den Stall, um Philomel zu holen. Cran-

ston nahm noch zwei tiefe Züge aus seinem Weinschlauch, vergaß die »pockenkranken Gildemeister« und wandte sich wieder seinen ewigen Späßen mit Benedicta zu.
Endlich gelang es Athelstan, den widerstrebenden Philomel zu satteln. Er hängte seine Tasche ans Sattelhorn und stieg vorsichtig auf.
Sir John holte sein eigenes Pferd, das auf dem Friedhof graste, und schwang sich mit solcher Wucht in den Sattel, daß Athelstan schmerzlich zusammenfuhr. Kein Wunder, dachte er, daß Crim den Coroner nur den »Pferdezermalmer« nannte. Athelstan trieb Philomel an; er war nicht der beste Reiter und wäre beinahe gegen Sir John geprallt. Der Ordensbruder funkelte die grinsende Benedicta wütend an und warf ihr die Schlüssel zur Kirche und seinem Haus zu.
»Wirst du alles im Auge behalten, Lady?«
Benedicta biß sich auf die Lippe, um nicht zu lachen, und nickte.
»Und zur Vesper kommst du wieder her?«
Wieder nickte sie.
Philomel setzte sich in Gang; gefolgt von Cranston warf Athelstan Benedicta eine Kußhand zu. Dann verließen beide den Kirchhof und ritten zur London Bridge hinunter.
»Was gibt's denn zur Vesper?« fragte Cranston unvermittelt.
»Da treffen wir den Teufel, Sir John. Ihr, ich und Benedicta.«
Cranstons Rülpser klang wie ein Fanfarenstoß. »Verflucht, was soll das heißen, Mönch?«
»Abwarten.«
Jedes weitere Gespräch erwies sich als unmöglich. Es war Markttag, und die Straßen von Southwark waren voller Menschen; Athelstan mußte immer wieder Pfarrkindern zuwinken.
»Grüß Euch, Mylord Coroner!« blökten Pike, der Grabenbauer, und Tab, der Kesselflicker, die mit Alekrügen in den Händen vor einer Schenke hockten.

»Haut bloß ab!« brüllte Cranston zurück; ihr spöttischer Ton entging ihm nicht.
Sie kamen an der Taverne »Zum Gescheckten« vorbei. Cranston warf sehnsüchtige Blicke durch die dunkle Tür und schloß die Augen, als er den Duft der würzigen Pasteten schnupperte, die dort gebacken wurden. Aber Athelstan weigerte sich, anzuhalten. Schließlich mußten sie doch absteigen, um durch das Gedränge um einen Ausrufer zu gelangen, der die Neuigkeiten des Tages bekanntmachte.
»Die Franzosen sind in Rye gelandet und haben die Kirche niedergebrannt! Der Lord Sheriff ist tot, in seinem eigenen Garten ins Herz gestochen, genau wie Sir Thomas Fitzroy tot ist und verwest wie viele der Fische, die er einst verkaufte! Eine Hexe ward gesehen, wie sie flog über St. Paul, und ein Knabe mit zwei Köpfen geboren in einem Haus bei Clerkenwell!«
Immer weiter sang der Ausrufer und rezitierte, was er erfahren hatte, eine Mischung aus Halbwahrheiten und Lügen. Athelstan und Cranston zogen weiter. Bei der Brücke machten die Gemüsehändler gute Geschäfte; den Blick starr auf die Ware gerichtet, gingen die Leute vorbei und runzelten nachdenklich die Stirn. Auf den Ständen türmten sich die verschiedensten Gemüse und Früchte: dunkelrote Liebesäpfel, Bündel von weiß glänzendem Lauch, Sellerie mit rosigen Strünken und hellgrünen Spitzen, die weißen Knollen der Pastinaken und Kastanien in sattbrauner Schale. Die Händler brüllten: »St.-Thomas-Zwiebeln!« und »Lauch, ganz frisch aus dem Garten!« Träger drängten sich mit zusammengebissenen Zähnen durch das Gedränge; ihre Wämse waren durchgeschwitzt, und unter überquellenden Kiepen halb gebückt kämpften sie sich voran. Ein Vogelhändler, dessen Stiefel rot vom Staub des Ziegelfeldes waren, stand neben einem Stapel von Käfigen und bot Hänflinge, Dompfaffen, Goldfinken und sogar Nester mit Eiern feil. Ein kleines Mädchen in schwarzen Lumpen verkaufte Brunnenkresse aus einem kleinen Faß.

Sie sah so jämmerlich aus, daß Athelstan für zwei Pence bei ihr kaufte; Philomel mampfte die Kresse im Handumdrehen weg. Cranston und Athelstan bahnten sich ihren Weg durch das Treiben, vorbei an Ständen mit Käsekuchen, Kämmen, alten Hüten und Schweinsfüßen; ein Klingenhändler, der Beile schärfte, beschimpfte einen Marktbeamten, der bei ihm Steuern kassieren wollte. Vor einer Schenke saß das Marktgericht und regelte den Betrieb des Marktes – oder versuchte es wenigstens. Die Luft war schwer vom Qualm und Gestank der Gerberei und der dichtgedrängten, schwitzenden Menschenleiber.
»Bei den Zähnen der Hölle!« schnaufte Cranston. »Das ist des Teufels Küche!«
Sie mußten einen Augenblick haltmachen, weil eine Schar verdrossener Büttel versuchte, eine Legion von Katzen und streunenden Hunden zu vertreiben, die sich um einen Marktstand versammelt hatten, wo Innereien feilgeboten wurden. Ab und zu warf die alte Frau hinter dem Stand faulige, schmutzige Fleischbrocken weg, was den Appetit der Streuner nur noch mehr anregte und der alten Vettel die Verwünschungen und Flüche ihrer Händlerkollegen eintrug. Athelstan führte Philomel am Zügel durch das Getriebe und lächelte Cecily zu, die auf den Stufen vor dem Marktkreuz saß und ernst auf einen jungen Laffen in liederlicher Kleidung und fleckiger Hose einredete. Sie winkte Athelstan zu und bedachte Cranston mit einem verführerischen Gurren; dieser wandte sich grunzend ab. Plötzlich schoß der Arm des Coroners vor und packte einen zerlumpten, kahlköpfigen kleinen Mann, der sich mit einem Schoßhund im Arm durch die Menge drückte. Während Philomel Athelstan um mehr Brunnenkresse anbettelte, sah der Ordensbruder erstaunt, wie der kräftige Coroner den kleinen Mann am Schlafittchen packte und samt Schoßhund in die Höhe hob.
»Ja, ja, wenn das nicht der alte Peterkin ist!« Cranston schüttelte

den frettchengesichtigen Bettler. »Peterkin, der alte Hundefänger. Du rotznasiger kleiner Mistkerl! Was treibst du hier?«
»Gar nichts, Sir John. Ich habe diesen Hund gefunden und suche seinen Besitzer.«
Cranston schrie nach einem Büttel, und der triefäugige Beamte kam hastig heran.
»Ich bin Sir John Cranston, der Coroner. Und das hier« – er schob dem Büttel Peterkin und den Schoßhund in die Arme – »ist ein kleiner Scheißer, der durch die Stadt schleicht, einer Lady den Schoßhund klaut und ihn dann gegen Belohnung zurückbringt. Kümmere dich um ihn!«
Cranston ließ den Büttel und Peterkin ohne ein weiteres Wort stehen und zwinkerte Athelstan zu; sie bogen um die Ecke und zogen die Hauptstraße zur London Bridge hinunter.
Stock und Pranger zu beiden Seiten der Straße waren voll von Missetätern, Nachtschwärmern, Taschendieben und allerlei Lumpenkerlen aus Southwark. Manche ließen die Demütigungen und den Schmutz, mit dem die Vorübergehenden sie bewarfen, stoisch über sich ergehen, als wäre es ein Berufsrisiko; andere heulten und jammerten um Wasser. Athelstan musterte rasch die Gesichter und sah zu seiner Erleichterung, daß keines seiner Gemeindekinder dabei war.
Am Zugang zur Brücke blieb Cranston stehen und hämmerte gegen die mit Eisennägeln beschlagene Tür des Torhauses. Als niemand kam, trat der Coroner, ohne auf Athelstans Fragen einzugehen, gegen die Tür und brüllte: »Komm schon, Burdon, du kleiner Dreckskerl! Wo steckst du?«
Jetzt wurde die Tür aufgerissen, und eine kleine Kreatur mit behaartem Gesicht erschien, ein wahrer Wichtel. Athelstan lächelte Robert Burdon an, den Vater von mindestens dreizehn Kindern und Konstabler des Torturms.
»Ach, Ihr seid's, Cranston. Was wollt Ihr?«
»Kann ich hereinkommen?« fragte Sir John.

»Nein, verdammt, das könnt Ihr nicht! Ich bin beschäftigt.«
Cranston spähte zu den Stangen über dem Torhaus mit ihrer grausigen Zierde: Dort steckten die abgeschlagenen Köpfe von Verrätern und Verbrechern.
»Gut«, sagte Cranston leise. »Aber wer stiehlt die Schädel?«
»Zum Teufel, das weiß ich nicht!« erwiderte Burdon und schob die Daumen hinter seinen Gürtel; seine kleinen dunklen Augen funkelten Athelstan an. »Was soll ich machen, Pater? Mein Auftrag ist sehr einfach: Ich soll das Torhaus bewachen und die Köpfe auf die Stangen spießen, und ich kümmere mich immer um sie. Aber wenn eine abscheuliche Viper kommt und sie stiehlt – was kann ich da machen?« Er plusterte seinen kleinen Brustkasten auf, so daß er Athelstan noch mehr an ein Sperlingshähnchen erinnerte. »Ich bin Konstabler, kein Wachsoldat.«
»Robert!« Die Frauenstimme, die von drinnen kam, klang sanft und verlockend.
»Meine Frau«, erklärte Burdon. »Sie wird Euch das gleiche sagen. Ich weiß nicht, was passiert ist, Sir John. Ich gehe ins Bett, die Köpfe sind da. Ich wache auf, und die Köpfe sind weg, obwohl jemand aufpaßt.« Er beugte sich vor. »Ich glaube, das sind die Hexen«, raunte er. »Die durch die Nacht reiten.«
»Blödsinn!« donnerte Cranston.
»Na gut, das ist die einzige verdammte Antwort, die Ihr von mir kriegt. Also macht Euch fort!« Burdon verschwand und schlug die Tür hinter sich zu.
Cranston schüttelte den Kopf und nahm einen großzügigen Schluck aus seinem Weinschlauch.
»Komm, Bruder.«
»Was glaubt Ihr, wer die Köpfe stiehlt?« fragte Athelstan, schlang sich Philomels Zügel um das Handgelenk und ritt neben Cranston her.
»Weiß der Himmel, Bruder. In dieser Stadt tummeln sich alle

Dämonen der Hölle. Es könnte ein Zauberer sein oder eine Hexe. Die Gilden waren besonders wütend über das Verschwinden des Schädels dieses französischen Kaperkapitäns, Jacques Larue – du erinnerst dich, der vor Gravesend aufgebracht wurde. Rätsel über Rätsel.« Cranston seufzte und blieb vor der Kapelle des hl. Thomas stehen, die mitten auf der Brücke thronte.

»Vergiß den Schädeldieb«, knurrte er. »Wen kümmert das schon? Burdon nicht, und die Wachen der Gilden sind halb hinüber vom Saufen.« Er deutete mit dem Kopf auf die eisenbeschlagene Kapellentür. »Vor Jahren, als ich noch rank und schlank war, ein wahrer Greyhound, da kamen Oliver Ingham und ich hierher, um unsere Gelübde als Ritter abzulegen und unsere Schwerter dem Dienst am König zu weihen. So viele Jahre ist das her.« Tränen brannten in Sir Johns Augen. »Jetzt bin ich fett und alt, und ein hartherziges Weib aus der Hölle läßt Oliver ermordet und stinkend in seinem Bett liegen, wo die Ratten an seiner Leiche nagen. Sie hat ihn umgebracht! Du weißt es, Athelstan. Ich weiß es. Sie weiß es.«

»Und Gott weiß es auch«, fügte Athelstan sanft hinzu. »Kommt, Sir John, laßt die Sache ruhen.«

Sie überquerten die Brücke und wandten sich nach rechts, nach Billingsgate, wo der Fischmarkt in vollem Gange war. Das Geschrei und der Aufruhr, den Händler und Käufer veranstalteten, summte in ihren Ohren wie ein Hornissennest. Der ganze Kai schien von Schubkarren bedeckt zu sein, manche mit Körben, andere mit Säcken beladen. Die verworrene Takelage der Fischerboote am Flußufer erinnerte Athelstan an Seehäfen. Der Geruch von Fischen und Muscheln, von Heringen, Sprotten und Kabeljau war überwältigend.

»Feiner Kabeljau, der beste auf dem Markt!« schrie ein Standbesitzer ihnen entgegen. »Wunderschöne Hummer, gut und billig! Herrliche Krebse, alle lebendig!« rief ein anderer.

Cranston und Athelstan führten ihre Pferde vorbei an Ständen, auf denen Steinbutt mit perlmuttweißem Bauch neben scharlachroten Hummern schimmerte. Braune Körbe voll wimmelnder Aale standen um dampfende Kessel herum, wo Muscheln in Schalen lebendig gekocht wurden.
»Wo gehen wir hin?« fragte Athelstan leise.
Cranston deutete auf eine große Schenke, die schön für sich am anderen Ende des Marktes stand.
»Zum ›Narrenschiff‹«, erklärte er.
Athelstan stöhnte. »Oh, Sir John, Ihr habt genug Rotwein getrunken.«
»Scheiß darauf!« schrie Cranston durch den Lärm.
»Wir sind hier, um den Menschenfischer zu treffen.« Aber weiter wollte er nichts sagen.
Im Hof der Taverne nahm ein Stallknecht ihnen die Pferde ab, und sie betraten den großen Schankraum, in dem es nach Ale und Pökelfleisch stank.
»Euer Diener.« Ein krummbeiniger Kneipenwirt berührte die Locke auf seiner Stirn, und seine kleinen gierigen Augen blickten unverwandt auf die schwere Börse an Sir Johns Gürtel.
»Einen Becher Roten für mich, und ein wenig ...«
»Ale«, half Athelstan.
»... ein wenig Ale für meinen Schreiber, und noch einen Becher Roten für den Menschenfischer. Ich bin Sir John Cranston, der Coroner, und wünsche ihn zu sprechen.«
Der Wirt wurde noch unterwürfiger. Er geleitete Cranston und Athelstan großartig wie zwei Fürsten zu einem kleinen Alkoven mit einem Tisch unter dem Fenster, das einen Blick über den Fluß gewährte. Er holte zwei große Becher Wein und einen Humpen Ale und versicherte Sir John wortreich, daß er bereits einen Jungen losgeschickt habe, der den Menschenfischer holen solle.
»Wer ist das?« fragte Athelstan.

»Der Menschenfischer«, antwortete Cranston und trank einen Schluck aus seinem Becher, »ist ein Beamter der Krone. Es sind insgesamt fünf, die alle am Flußufer arbeiten. Dieser hier ist zuständig von der Fish Wharf in St. Botolph bis Petty Wales beim Tower.«

»Ja, aber was tun sie?«

»Sie fischen Tote aus der Themse. Mordopfer, Selbstmörder, Verunglückte, Betrunkene. Fischen sie einen Lebenden heraus, erhalten sie zwei Pence. Für ein Mordopfer gibt es drei und für Selbstmörder und Verunglückte bloß einen Penny.«

»Sir John.«

Athelstan blickte auf. Eine hochgewachsene, dürre Gestalt war lautlos erschienen. Cranston deutete mit einer Handbewegung auf den Schemel und den Wein.

»Seid unser Gast, Sir.«

Der Mann trat aus dem Schatten hervor. Als er sich hinsetze, hatte Athelstan Mühe, seine Abscheu zu verbergen. Der Kerl hatte rotes, fettiges, strähniges Haar, das ihm bis auf die Schulter reichte und ein Gesicht umrahmte, das düster wie eine Totenmaske war: alabasterweiß, mit Fischmaul, Stumpfnase und schwarzen Knopfaugen. Cranston machte die beiden miteinander bekannt, und der Menschenfischer musterte den Ordensbruder mit ausdrucksloser Miene.

»Seid Ihr gekommen, um den Toten anzusehen?«

Athelstan nickte.

»Dümpelte an der Oberfläche herum«, sagte der Mann. »Dümpelte wie ein Korken. Wißt Ihr, die meisten Mordopfer werden mit Steinen beschwert, aber dieser war merkwürdig.«

»Wieso?«

»Na ja, seht Ihr, Sir John« – der Mann nippte an seinem Weinbecher; sein Gesicht war starr, und er zuckte nicht mit der Wimper –, »es kommt sehr selten vor, daß ich meine Kunden kennenlerne, bevor sie sterben. Aber gestern, spätnachmittags,

kurz nachdem der Markt geschlossen war, kam ich aus St. Mary at Hill, um meinen gewohnten Gang am Kai zu machen. Ich studiere gern den Fluß, die Strömungen, den Wind.« Der seltsame Bursche begann sich für sein Thema zu erwärmen. »Der Fluß verrät einem manches. Wenn das Wasser rauh ist oder ein starker Wind geht, dann werden die Leichen in die Strommitte hinausgetragen. Gestern denke ich noch: Der Fluß ist ruhig, er will mir wohl. Die Toten werden ans Ufer gespült.«
Athelstan verbarg ein Schaudern.
»Und da geht nun ein Mann auf und ab, auf und ab, als ob er auf jemanden wartet. Oh, denke ich, das ist ein Selbstmörder, ganz klar. Aber ich will nicht neugierig sein und gehe weiter. Der Mann steht hinter den Fischständen, zwischen den Ständen und dem Fluß. Ich höre einen Schrei. Ich drehe mich um. Der Mann ist weg.« Der Kerl nippte an seinem Weinbecher. »Ich renne am Kai entlang zurück, und da ist er: dümpelt im Fluß mit ausgebreiteten Armen, und aus einer Wunde in seiner Brust strömt das Blut. Ich werfe meine Angelschnur aus.« Der Kerl klopfte auf die Lederbeutel an seinem Gürtel. »Ich habe ihn hereingezogen, ihm mein Zeichen an die Brust geheftet und in meine Werkstatt gebracht.«
»Werkstatt?« fragte Athelstan.
»Ihr werdet schon sehen.«
Cranston warf Athelstan einen warnenden Blick zu.
»Sonst war niemand da?« fragte der Coroner. »Ihr habt niemanden in der Nähe gesehen?«
Der Mann schüttelte den Kopf.
»Keine Menschenseele. Ich sage Euch, Sir John, der Kai war völlig verlassen. Ich habe auch niemanden gehört.«
»Aber wie kann das sein?« fragte Athelstan. »Wie kann jemand auf Sturmey zugehen, ihm ein Messer ins Herz stoßen und verschwinden wie eine Rauchwolke?«
Der Menschenfischer zuckte die Achseln und leerte seinen

Weinbecher. »Ich ziehe nur die Leichen heraus«, sagte er. »Ich kann nicht sagen, warum sie gestorben sind. Kommt, ich zeige ihn Euch.«

Er führte sie von der Schenke zu einer Seitenstraße und bog dann in eine schmale Gasse ein. Vor einem langen, scheunenartigen Gebäude blieb er stehen und öffnete die mit einem Vorhängeschloß gesicherte Tür. Sofort bedeckte Athelstan Nase und Mund, denn der Gestank war gräßlich. Der Menschenfischer zündete Fackeln an; blakend geriet das Pech in Brand, und Athelstan schaute sich um. Etwa ein Dutzend Tische füllte den Raum. Einige waren leer, auf anderen lagen lederbedeckte Bündel.

»So, welcher ist nun Sturmey?« murmelte der Menschenfischer bei sich. Er zog eine Lederdecke beiseite. »Nein. Das ist der Selbstmord.« Er blieb stehen, legte den Finger an die Lippen und deutete dann auf ein anderes Bündel. »Und das ist der Betrunkene. Also ist das« – triumphierend schlug er die Decke zurück – »Sturmey!«

Ausgestreckt lag der tote Schlosser da; das Gesicht war gespenstisch weiß, sein Haar und die Kleider waren naß. Auf seiner Brust war ein dunkelroter Fleck. Neben dem Leichnam lag ein langes Messer. Athelstan nahm es behutsam in die Hand.

»Das gleiche«, murmelte er, »wie bei Mountjoy.« Er warf noch einen Blick auf den Toten. Cranston wandte sich ab und labte sich geschäftig an seinem Weinschlauch.

»Woher wißt Ihr, daß es Sturmey ist?« fragte Athelstan.

»Er hatte eine Liste mit Besorgungen in seiner Tasche, und darauf stand sein Name«, antwortete der Menschenfischer. »Und Mylord Coroner hatte mich und die anderen meiner Zunft schon beauftragt, nach dem Mann Ausschau zu halten.« Sein Gesicht wurde noch länger. »Den Rest wißt Ihr. Habt Ihr genug gesehen?«

»Bei den Zähnen der Hölle, ja!« blaffte Cranston. »Decke sein Gesicht zu!«
»Wenn Ihr mir die drei Pence bezahlt, Sir John, dann gebe ich den Leichnam frei.«
Cranston nahm noch einen Schluck aus seinem wunderbaren Weinschlauch. »In Ordnung«, erwiderte er verdrossen. »Um Himmels willen, Athelstan, laß uns hier verschwinden!«

7

Cranston und Athelstan kehrten zum Stall zurück, um ihre Pferde zu holen.
»Noch ein Becher Roten, Bruder?«
»Nein, Sir John. Genug des bösen Trankes für diesen Tag. Sagt, ist Euch eingefallen, woher Ihr Sturmeys Namen kanntet.«
Cranston schüttelte den Kopf. »Aber eins weiß ich jetzt, Bruder: Sturmey wurde ermordet, weil er etwas wußte, das das Rätsel der ausgeraubten Truhe lösen konnte.« Cranston starrte zwei Leprakranken nach, die ganz in Schwarz gekleidet die Straße hinunterschlichen, voller Angst, daß man sie erkennen könnte. »Sturmey wurde nach Billingsgate gelockt«, fuhr er fort. »Aber wieso? Was konnte einen angesehenen Schlosser dazu bringen, sich an Verrat und Raub zu beteiligen?«
»Es gibt nur eine Antwort, Sir John. Ich bezweifle, daß er sich hat bestechen lassen; also lautet die Antwort: Erpressung. Wenn Ihr Euer wunderbares Gedächtnis durchforscht, werdet Ihr bestimmt etwas ziemlich Unappetitliches über Master Sturmey herausfinden.«
Cranston nickte. Sie führten die Pferde weiter die Straße hinauf, wo ihre Aufmerksamkeit auf eine Menschenmenge gelenkt wurde, die eine gespenstische, in ein Ziegenfell gekleidete Gestalt umringte. Der Mann hatte langes, graues Haar, das ihm bis auf die Schultern reichte, und die untere Hälfte seines Gesichts war unter einem dichten, buschigen Bart verborgen; seltsame, wahnsinnige Augen musterten die Menge, die fasziniert war von diesem Propheten des Weltuntergangs und dem hohen, brennenden Kreuz in seiner Hand. Das Kreuz, dessen Querbalken

mit Pech und Teer bestrichen war, loderte wild, und die Flammen und der schwarze Rauch verliehen den Warnungen des wahnsinnigen Predigers noch mehr Nachdruck.

»Diese Stadt ist verdammt wie Sodom und Gomorrha! Wie auf Tyrus und Sidon und die Fleischtöpfe der Ebene wird der Zorn Gottes herniederfahren!« Der Mann schwenkte einen sehnigen Arm in Richtung Cheapside. »Ich bringe das brennende Kreuz in diese Stadt als Warnung vor den Feuern, die noch kommen werden! Also bereuet, ihr Reichen, die ihr euch auf goldenen Polstern rekelt, den Saft der Weintraube trinkt und euch das Maul mit den zartesten Speisen vollstopft!«

Cranston und Athelstan schauten zu, wie der Mann weiterschwadronierte, obwohl jetzt Soldaten in der Livree der Stadt und mit dem Wappen John von Gaunts aus den Gassen zum Tower strömten. Die Soldaten bahnten sich mit der flachen Schwertklinge einen Weg durch die Menge, um den wahnsinnigen Propheten zu verhaften. Der Pöbel leistete Widerstand, die Stimmung war verdrossen; Prügeleien brachen aus, und als Athelstan wieder hinschaute, war der Prediger samt seinem Flammenkreuz verschwunden.

»Kommt, Sir John, ich habe ein Geständnis zu machen.«

Er führte den Coroner weg von dem Tumult.

»Was gibt's, Bruder?«

»Dieser Anführer der Großen Gemeinschaft, Ira Dei – er hat mir eine Warnung zukommen lassen.« Und Athelstan berichtete ausführlich von seinem seltsamen Besucher und auch von der Proklamation, die an seiner Kirchentür gehangen hatte.

Mit schmalen Lippen hörte Cranston ihm zu. Er war so besorgt, daß er sogar seinen wunderbaren Weinschlauch vergaß.

»Wieso kommen sie zu mir?« fragte Athelstan schließlich.

Cranston blies die Wangen auf. »Aus Angst, und um dir zu schmeicheln, Bruder. Aus Angst, weil er weiß, daß du mein Schreiber und Secretarius bist.«

»Und das zweite, Sir John?«
Cranston grinste schief. »Für einen Pfaffen bist du ziemlich bescheiden, Athelstan. Hast du noch nicht gemerkt, wie sehr du bei den Armen und Unglücklichen in Southwark geachtet, ja, verehrt wirst?«
Athelstan errötete und schaute weg.
»Das ist doch lächerlich«, sagte er leise.
»O nein, das ist es nicht!« versetzte Cranston und ging weiter. »Vergiß Ira Dei, Bruder. Wenn der Aufstand kommt, dann werden es Priester sein wie du, John More und Jack Straw, die das gemeine Volk führen.«
»Ich werde mich in meiner Kirche verstecken«, gab Athelstan zurück. »Da wir gerade davon sprechen ...« Er hielt vor St. Dunstan an und zog Philomels Zügel durch einen Haken an der Mauer.
»Was ist los, Bruder?«
»Ich will nachdenken, Sir John, und beten. Ich rate Euch, desgleichen zu tun.«
Murrend und fluchend band Cranston sein Pferd an, nahm einen großzügigen Schluck aus dem wunderbaren Weinschlauch und folgte Athelstan in den kühlen, dunklen Vorraum der Kirche.
In der Kirche brannten einige Fackeln, vor den Statuen der hl. Jungfrau und der hl. Joseph und Dunstan standen Kerzen; durch die bunten Glasfenster strömte Sonnenlicht und ließ die Bilder erstrahlen. Bewundernd schaute Athelstan zu den Fenstern hinauf.
»So eins möchte ich zu gern haben«, flüsterte er. »Nur eins für St. Erconwald.«
Während er die Fenster bestaunte, nahm Cranston einen winzigen Schluck aus seinem Weinschlauch und folgte dem Ordensbruder dann durch das Kirchenschiff zu einer Bank vor dem Lettner. Im Chorgestühl dahinter probten der Kantor und sein

Chor die Michaelismesse. Athelstan setzte sich auf die Bank, schloß die Augen und lauschte den Worten.

»Ich sah einen großen Drachen, der erschien in den Himmeln; er hatte zehn Häupter und auf jedem Haupt eine Krone, und sein mächtiger Schweif fegte ein Drittel aller Sterne vom Himmel. Und dann sah ich Michael mit dem Drachen kämpfen.«

Triumphierend sang der machtvolle dreistimmige Chor die lateinische Schilderung vom großen Sieg des Erzengels Michael über den Satan.

Athelstan schloß die Augen und betete zu Gott um Hilfe gegen das Böse, dem er jetzt gegenüberstand: Mountjoy, blutüberströmt in dem schönen Garten; Fitzroy, der sein Leben bei John von Gaunt über den goldenen und silbernen Tellern aushauchte; Sturmey, den der Menschenfischer wie ein Stück Abfall aus dem Fluß gefischt hatte und dessen Leichnam nun da lag, ausgestellt wie ein toter Kabeljau oder Salm.

Er mußte an die Warnung denken, die ihm am Morgen überbracht worden war, und spürte, wie sein Zorn aufwallte. Der Mann, der sich Ira Dei nannte, war ein Lästerer! Wie konnte man Gott und seinen gerechten Zorn mit Mord und bösem Totschlag in Verbindung bringen? All die Seelen, die da unvorbereitet und ohne Segen in die große Finsternis mußten! Und all das andere Böse in der Stadt? Das besessene Mädchen bei den Hobdens. Der Übeltäter, der die abgeschlagenen Köpfe der Verräter stahl. Und der Freund des alten John Cranston, heimtückisch ermordet und den Ratten zum Fraß überlassen. Was hatten diese Dinge mit Gottes Schöpfung zu tun? Mit den Sternen, die am Himmel kreisten? Mit dem grünen, fetten Gras der Wiese? Mit der einfachen Ehrlichkeit und Gottesfurcht vieler seiner Pfarrkinder? Leise murmelte Athelstan die Worte seines Mentors, Pater Paul: »Gott ist niemals fern. Er kann nur durch uns handeln. Des Menschen freier Wille ist Gottes Tür zur Menschheit.«

Was also war mit diesen Morden? Er bemühte sich, seine Ge-

danken zu steuern und nach einem alles durchziehenden Faden zu suchen. Der Gesang hörte auf, und er öffnete die Augen, als Cranston laut schnarchend rückwärts gegen die Bank stieß.
»Sir John, kommt!«
Cranston öffnete die Augen und schmatzte.
»Für mich einen großen Becher Roten!« brüllte er.
»Sir John, wir sind in der Kirche.«
Cranston rieb sich die Augen und kam schwerfällig auf die Beine.
»Mir fällt es schwer zu beten, Bruder. Ich will dir zeigen, was ich tue.«
Wie ein großer Bär tappte er in die Seitenkapelle und blieb vor der holzgeschnitzten Figur der Jungfrau Maria stehen, die ihre Arme um die Schultern des Jesusknaben gelegt hatte. Cranston warf zwei Münzen in eine eisenbeschlagene Kiste und fischte zehn Kerzen heraus, die er wie eine Reihe Soldaten auf dem großen Eisenleuchter vor der Statue aufstellte.
»Zehn Gebete«, murmelte er. »Eins für mich, eins für Lady Maude, eins für jedes der beiden Kerlchen, eins für Gog und Magog. Eins für dich, eins für Boscombe und Leif, eins für Benedicta, und eins für den alten Oliver.«
»Das sind nur neun, Sir John.«
»Ach ja.« Mit einem Kienspan zündete Cranston die letzte Kerze an. »Und eins für jeden anderen armen Scheißer, für den ich hätte beten sollen.« Er blies den Kienspan mit weindunstigem Atem aus und stürmte durch die Kirche zur Tür. »Das war's, Bruder. Für mich heißt es jetzt: Ab ins ›Heilige Lamm Gottes‹!«
Sie banden ihre Pferde los und wanderten in das geschäftige Treiben der Cheapside. Sir John rechnete mit der üblichen hingerissenen Begrüßung in seiner Lieblingsschenke, aber er sah sich enttäuscht. Die Wirtin zeigte nur bebende Erwartung.
»Sir John, eine Nachricht vom Rathaus! Schon mindestens zweimal war ein Bote hier. Ihr sollt sofort kommen!« Ihre Stimme

dämpfte sich ehrfürchtig. »Der Lord Regent selbst befiehlt Eure Anwesenheit!«

Fluchend und murrend bahnte Cranston sich den Weg durch die Cheapside zurück, und ein noch bedrückterer Athelstan trottete hinter ihm her. Im Rathaus führte sie ein Kammerdiener zu jenem kleinen Raum mit Blick auf den Garten, in dem Mountjoy ermordet worden war. Der Diener klopfte an die Tür und schob sie dann hinein. Cranston stolzierte durch die Tür und funkelte den Regenten an, der direkt gegenüber saß, zu beiden Seiten flankiert von Goodman und den Gildemeistern. Athelstan schaute hinauf zu den silbernen und goldenen Sternen, die an die blaue Decke gemalt waren, und betrachtete dann die Holztäfelung ringsum. Ein angenehmes, luxuriöses Zimmer, dachte er, in dem die Großen der Stadt ihre Pläne schmiedeten. Gaunt winkte sie zu zwei hochlehnigen Polsterstühlen.

»Sir John, setzt Euch. Wir warten schon.«

»Euer Gnaden«, raunzte Cranston und ließ seine Massen auf den Stuhl sinken, »ich war beschäftigt! Der Schmied Sturmey wurde ...«

»Ich weiß, ich weiß«, unterbrach ihn Gaunt. »Ermordet. Von einem oder mehreren Unbekannten. Sein Leichnam liegt in einem Schuppen in Billingsgate. Und du, Bruder?« Die harten, schlauen Augen musterten Athelstan. »Der Verräter Ira Dei hat sich dir offenbart.« Gaunt lächelte, als er das überraschte Gesicht des Ordensbruders sah. »Wir haben Mittel und Wege, Bruder, um herauszufinden, was in unserer Stadt vor sich geht. Was Sturmey angeht, Sir John, so habt Ihr seine Werkstatt versiegelt, wenn ich recht verstehe?«

Cranston nickte.

»Meine Leute haben die Siegel erbrochen«, erklärte Gaunt. »Wir haben sein Haus durchsucht, aber wir fanden keinen Hinweis darauf, daß Sturmey einen zweiten Satz Schlüssel angefertigt hätte.«

»Und doch hat er es getan«, erwiderte Cranston.
»Woher wißt Ihr das?« blaffte Goodman böse.
»Warum sonst sollte er umgebracht worden sein?«
Goodman verzog das Gesicht.
»Ich glaube«, fuhr Cranston langsam fort, »daß Sturmey erpreßt wurde. Wie viele solche Männer hat er ein Doppelleben geführt.«
Athelstan entdeckte einen Schimmer von Angst in den Augen Goodmans, aber der Bürgermeister senkte gleich den Kopf, und Cranston redete weiter.
»Euer Gnaden, ich könnte jeden der hier Anwesenden – mit Eurer Erlaubnis, natürlich – fragen, wo er sich gestern nachmittag aufgehalten hat, als der Lord Sheriff und Meister Sturmey ermordet wurden. Aber ich habe den Verdacht, daß nichts dabei herauskommen würde.«
»Allerdings«, näselte Denny. »Wir waren alle beschäftigt, Mylord Coroner. Auch wenn Sir Gerard Mountjoy herumsitzen, Wein trinken und sich mit seinen Hunden unterhalten konnte.«
Athelstan griff unter dem Tisch nach Cranstons Handgelenk, und der Coroner schluckte die Frage, die er stellen wollte, rasch hinunter.
»Dann frage ich mich, Euer Gnaden«, sagte er statt dessen, »warum man mich herbefohlen hat. Gibt es Neuigkeiten?«
»Ja, zwei«, antwortete Gaunt. »Zum einen: Eine Proklamation ist an das Rathaustor genagelt worden. Eine schlichte Botschaft von Ira Dei. Sie lautet: ›Tod folgt Tod.‹ Wie deutet Ihr das, Sir John? Oder sollte ich Bruder Athelstan fragen, der so seltsam still ist?«
Der Ordensbruder trommelte sanft mit den Fingern auf der Tischplatte. »Es ist die Warnung, Euer Gnaden, daß noch jemand in diesem Raum ermordet werden könnte.« Athelstan schaute in die Runde der Gildeherren, aber seine Antwort schien sie nicht zu beruhigen.

»Ist denn noch ein Mord geschehen?« fragte Cranston. »Wo ist Lord Clifford?«
»Ein dritter war geplant«, antwortete Gaunt. »Sir Adam wurde heute morgen unweit der Bread Street von ein paar Übeltätern überfallen, aber gottlob ist ihm die Flucht gelungen. Jetzt ruht er sich in seinem Stadthaus aus. Ich schlage vor, daß Ihr ihn dort besucht.«
»Ist das alles?«
»O nein.« Gaunt stand rasch auf, ohne Athelstan aus den Augen zu lassen. »Du, Bruder, bist ein treuer Diener der Krone?«
»Gottes und der Krone, jawohl.« Er versuchte, seine Panik niederzukämpfen; er war der eigentliche Grund, weshalb diese mächtigen Männer Cranston hatten sehen wollen, und er ahnte schon halb, was sich hinter der selbstgefälligen Genugtuung ihrer Mienen verbarg. Gaunt stand da und zwirbelte seinen Schnurrbart zwischen Daumen und Zeigefinger.
»Bruder, dieser Ira Dei ist an dich herangetreten. Du arbeitest als Priester bei den Armen von Southwark. Du bist, was seltsam genug ist, sehr beliebt und geachtet. Wenn wir dich dazu aufforderten, ja, wenn der König es befehlen wollte, würdest du Ira Dei dann antworten, in die Große Gemeinschaft des Reiches eintreten und ...«
»... sie verraten?« fauchte Athelstan.
»Euer Gnaden!« rief Cranston und stieß seinen Stuhl zurück. »Dieses Ansinnen ist ebenso töricht wie unbedacht. Bruder Athelstan ist mein Secretarius. Ich aber bin ein Beamter der Krone. Man würde ihm immer mißtrauen.«
Gaunt schüttelte den Kopf. »Sir John, Ihr widersprecht Euch«, sagte er, sorgsam seine Worte wählend. »Gestern habt Ihr und Bruder Athelstan noch behauptet, Ira Dei oder einer seiner Schergen sei bei meinem Bankett gewesen. Wenn diese sogenannte Große Gemeinschaft des Reiches sogar die Mächtigsten zu Verrätern machen kann, warum sollte es dann

nicht mit einem Dominikaner gelingen, der unter den Armen lebt?«
»Ja, warum nicht?« ergriff Goodman das Wort, und Cranston stöhnte, als er begriff, wie er und Athelstan in diese raffinierte Falle getappt waren.
»Sir John – wie denkt Ihr eigentlich in dieser Sache?« fuhr Goodman fort. »Seid Ihr nicht für die Armen? Tretet Ihr nicht für Reformen in der Stadt und in den Grafschaften ein? Für die Entlastung der Kleinhändler und Bauern?«
»Ihr könnt mich nicht zwingen«, unterbrach Athelstan leise. »Mein Gehorsam gilt Gott und meinem Pater Superior.«
»Und deine Treue zur Krone?« rief Gaunt. »Was deinen Pater Superior angeht, so habe ich seine Erlaubnis übrigens schon.«
»Euer Gnaden, Ihr könnt mich nicht zwingen, gegen mein Gewissen zu handeln.«
Gaunt setzte sich wieder und streckte lächelnd die beringten Hände aus. »Aber, aber, Bruder, was verlangen wir denn? Wir wollen doch nicht, daß du zum Verräter wirst – weder an der Krone noch an der sogenannten Großen Gemeinschaft noch an dir selbst.«
»Was wollt Ihr dann?« fragte Cranston leise.
»Nicht viel«, antwortete Gaunt. »Ira Dei ist mit Bruder Athelstan in Verbindung getreten. Soll unser treuer und loyaler Bruder doch zurückschreiben. Wer weiß? Vielleicht läßt sich der geheimnisvolle Verräter in die Karten schauen?« Gaunt lächelte. »Sicher ist der Verräter kein Dummkopf, und er würde Athelstan nie vertrauen. Aber wie es im alten Sprichwort heißt, Sir John: Keiner kann wissen, was vom Apfelbaum fällt, bevor er ihn schüttelt.«
Athelstan preßte die Lippen zusammen; er wollte sich auf nichts weiter einlassen und machte seinem Zorn erst Luft, als sie die Ratskammer verlassen hatten und im Erdgeschoß des Hauses waren. Cranston war heiterer gestimmt, nicht zuletzt, weil er

wieder einen Schluck aus seinem Weinschlauch genommen hatte.
»Nur Mut, Bruder.« Er klopfte Athelstan auf die Schulter. »Vergiß nicht, der Lord Regent muß verzweifelt sein.«
Athelstan blieb am Fuße der Treppe stehen. »Diese Zusammenkunft war ganz fruchtbar, Sir John, nicht wahr?«
Cranston grinste. »Ja. Zwei saftige Happen. Erstens: Woher wußte Denny, daß der Lord Sheriff Wein trank und sich mit seinen Hunden unterhielt? Eine ziemlich eingehende Beobachtung von jemandem, der angeblich nie in die Nähe des Lord Sheriffs kam, wenn dieser sich in seinem Privatgarten sonnte.«
»Und Goodmans Verlegenheit?« fragte Athelstan.
»Ja, ja. Ich glaube, unser toter Schlossermeister hatte ein dunkles Geheimnis, das unser Herr Bürgermeister kennt.« Cranston warf Athelstan einen scharfen Blick zu. »Da ist aber noch etwas, nicht wahr, Bruder?«
Der Bruder schaute weg, aber Cranston sah den Aufruhr in seinem sorgenvollen Blick. Athelstan murmelte etwas.
»Wie bitte, Bruder?«
»Sagt, Sir John, der Lord Regent hat eine Legion von Spionen, nicht wahr?«
»Legion ist das richtige Wort, Bruder. Eher noch ein Schwarm Ameisen, der in der ganzen Stadt umherwimmelt. Niemandem kann man trauen, nicht einmal Leuten wie Leif, dem Bettler. Es sind keine bösen Menschen; sie sind einfach so arm, daß man sie leicht kaufen kann.« Cranston kam näher, und Athelstan bemühte sich, nicht vor dem Weindunst zurückzuweichen. »Du fragst dich natürlich«, flüsterte der Coroner, »wieviel Gaunt über Ira Dei weiß.«
Athelstan wollte antworten, als sie ein Geräusch hörten; sie drehten sich um und erblickten hinter sich Sir Nicholas Hussey, den Lehrer des Königs.
»Mylord Coroner, Bruder Athelstan.« Der glatte, silberhaarige

Höfling verbeugte sich leicht. »Wir haben gehört, daß Ihr im Rathaus seid. Seine Gnaden, der König, bittet Euch um einen Augenblick Eurer Zeit.«
Athelstan warf einen verwunderten Blick auf diesen dunkelhäutigen Gelehrten, der von Beruf Rechtsanwalt war. Jetzt wurde spürbar, wie Hussey den König im stillen beherrschte und wie raffiniert er den Knaben manipulierte. Athelstan sah die strahlend blauen Augen des Mannes, klar wie der Himmel an einem Sommertag. Er sah auch die Verschlagenheit und erkannte rasch, daß Hussey womöglich noch gefährlicher war als der Regent, den sie eben verlassen hatten. Auch Cranston blieb stumm und überlegte, wieviel Hussey wohl gehört hatte. Dann lächelte er.
»Es ist uns eine Ehre«, brummte er.
Hussey führte sie durch einen Korridor und zu ihrer Überraschung hinaus in den Privatgarten hinter dem Rathaus, wo Mountjoy ermordet worden war. Der junge König, gekleidet in eine schlichte, lincolngrüne Tunika, das Blondhaar zerzaust, saß auf einer Rasenbank, neben sich einen ledernen Schwertgurt und ein Paar Jagdstiefel mit Sporen. Eine Kinderarmbrust lehnte zu seinen Füßen, und an den Schmutzspuren an Gesicht und Händen erkannte Cranston, daß der junge Mann wohl auf der Jagd gewesen war, vermutlich in den Wäldern und Wiesen nördlich von Clerkenwell. Er und Athelstan verbeugten sich, aber Richard wischte die Artigkeiten mit einer Handbewegung beiseite und deutete neben sich auf die Bank. Schwertgurt und Stiefel schob er weg.
»Sir John, Bruder Athelstan.« Mit leuchtenden Augen winkte der König ihnen, sich zu setzen. »Mein Onkel ist nicht hier, und so kann ich tun, was ich will. Sir Nicholas, wollt Ihr bleiben?«
Der Hauslehrer verbeugte sich. Athelstan sah gerade noch, wie ein Blick zwischen dem jungen König und seinem Mentor hin

und her ging. Richard ergriff Cranstons Pranke und beugte sich vor, damit auch Athelstan sein verschwörerisches Flüstern hören konnte.
»Habt Ihr den Mörder schon gefunden?«
»Nein, Euer Gnaden.«
»Und wißt Ihr, wer dieser Ira Dei ist?«
Wieder schüttelte Cranston den Kopf. Richard lächelte.
»Aber mein Onkel ist außer sich. Ich habe ihn brüllen hören«, fuhr er fort. »Er macht allen Vorwürfe. Goodman, der Bürgermeister, und sogar seine Kreatur Lord Clifford sind seinem Tadel nicht entkommen. Glaubt Ihr, jemand wird meinen Onkel ermorden?«
Cranston bedachte den Jungen mit einem strengen Blick. »Euer Gnaden, wie könnt Ihr so etwas sagen?«
»Oh, ganz leicht; mein Onkel wäre gern König.«
»Euer Gnaden, wer immer Euch das einredet, ist ein Verräter und ein Spitzbube. Eines Tages werdet *Ihr* König sein. Ein großer Fürst, wie Euer Vater.«
Richards Blick umwölkte sich, als Cranston Gaunts Bruder erwähnte, den berühmten Schwarzen Prinzen.
»Kanntet Ihr meinen Vater gut, Sir John?«
Cranston wurde sanft. »Ja, allerdings, Sire. Ich stand an seiner Seite, als die Franzosen in Poitiers versuchten, durchzubrechen.«
Und auf Richards Bitten hin erzählte der Coroner ganz ausführlich von den letzten Phasen des Sieges, den der Schwarze Prinz errungen hatte. Richard lauschte mit aufgerissenen Augen, bis Hussey betonte, daß der Coroner ein vielbeschäftigter Mann sei und sich um andere Dinge kümmern müsse. Richard erlaubte ihnen, sich zu entfernen, und dankte Athelstan und Cranston herzlich. Sie waren im Gehen, als Richard ihnen auf Zehenspitzen durch das Gras nachgelaufen kam und beide am Ärmel festhielt.

»Wenn Ihr Ira Dei findet«, flüsterte er aufgeregt, »bringt ihn zu mir, Sir John.«
Cranston lächelte und verneigte sich. Er und Athelstan durchquerten das Rathaus und traten hinaus in die Hitze der Cheapside.
»Was sollte denn das nun wieder alles?« brummte Cranston bei sich.
Athelstan schüttelte den Kopf. Erst als sie wohlbehalten an einem Fensterplatz in der Schenke zum »Heiligen Lamm Gottes« saßen, jeder mit einem Humpen kühlen Ales in der Hand, sprach der Bruder wieder.
»Als wir aus dem Rathaus kamen, habt Ihr eine Frage gestellt, Sir John. Habt Ihr schon einmal daran gedacht, daß diese Morde vielleicht gar nicht das Werk des Bauernführers Ira Dei sind, sondern das einer anderen Fraktion am Hof, die den Regenten in Mißkredit bringen will?«
»Du meinst Hussey und andere?« Cranston schüttelte den Kopf. »Darauf, guter Bruder, kann ich nur antworten: Hast du schon einmal daran gedacht, daß der junge König ebenfalls stürzen könnte, wenn Gaunt geht?«
Überrascht lehnte sich Athelstan zurück. »Ist die Lage so heikel, Sir John?«
»O ja. Glaubst du, daß die Bauernführer, falls es tatsächlich zur Revolte kommt, zwischen dem einen und dem anderen Fürsten unterscheiden werden? Hast du nicht ihr Lied gehört, Bruder? ›Als Adam grub und Eva spann, wo war da der Edelmann?‹« Cranston nahm einen Schluck aus seinem Bierkrug. »Was mir mehr Sorgen macht, Bruder, sind Leute wie Goodman, Denny und Sudbury, die London gern ohne König sehen würden, regiert von Kaufmannsfürsten wie die Städte, mit denen sie ihren Handel treiben: Florenz, Pisa und Genua. So viele Mitspieler«, murmelte er. »Weiß der Himmel, Bruder, es ist schwer, zwischen den Guten und den Bösen zu unterscheiden.« Er

brüllte nach mehr Ale. »Aber bevor Hussey kam, wolltest du wohl sagen, du vermutest, daß Gaunt einen Spion in deiner Pfarrgemeinde hat?«

Athelstans Gesicht wurde verschlossen und schmallippig, und Cranston sah, daß der sanftmütige Bruder einen seiner seltenen Wutanfälle hatte.

»Du hast einen Verdacht?«

»Für den Augenblick, Sir John, und mit Verlaub will ich meine Gedanken für mich und meinen Mund verschlossen behalten. Aber es stimmt, ich habe einen Verdacht.«

Sie blieben noch eine Stunde sitzen; Cranston beschloß, lieber in der Schenke zu essen, als in sein leeres Haus zurückzukehren. Die Schatten wurden länger. Draußen schloß der Markt, und die Stände wurden abgebaut. Als die Taverne sich mit verschwitzten Gesellen und heiseren Kesselflickern füllte, die danach lechzten, ihren Durst zu löschen, holten Cranston und Athelstan ihre Pferde und kehrten durch die sich leerenden Straßen zur London Bridge zurück.

Die meisten Leute waren nach Hause gegangen, und so kamen sie mühelos voran. Athelstan bereitete sich in Gedanken auf seinen Besuch bei den Hobdens und den Exorzismus an dem Mädchen Elizabeth vor.

»Hast du so etwas schon mal gemacht?« fragte Cranston neugierig, während er einen bekannten Taschendieb im Auge behielt, der einem müde aussehenden Kesselflicker nachschlich.

»Was gemacht, Sir John?«

»Einen Exorzismus, einen richtigen.«

Plötzlich drehte Cranston sich zur Seite und brüllte quer über die Bridge Street: »Foulpie!«

Der Taschendieb fuhr herum und machte ein erschrockenes Gesicht.

»Foulpie, mein Junge!« donnerte Cranston. »Ich habe dich im

Auge, du verdammter kleiner Dieb! Jetzt sei ein braver Junge und verpiß dich!«

Der einäugige Kesselflicker blieb verblüfft stehen und drehte sich um.

»Was ist denn los?« rief er.

Cranston grinste und zeigte auf Foulpie, der schnell wie ein Windhund in Richtung Eastchepe davonrannte.

»Ein Spitzbube, der es auf deinen Tagesverdienst abgesehen hatte.«

Der Kesselflicker grinste dankbar, und der Coroner wandte sich wieder seinem bedrückten Gefährten zu.

»Nun, Bruder?« fragte er zwischen zwei Schlucken aus dem wunderbaren Weinschlauch. »Hast du schon mal den Herrn Satan oder einen seiner Knechte ausgetrieben?«

Athelstan grinste schief und schüttelte den Kopf.

»Ich hab's mal gesehen«, erzählte Cranston. »Einen echten Exorzismus. Vor fünfzehn Jahren, in St. Benet Sherehog. Du kennst die Kirche?«

Athelstan nickte.

»Ein Junge aus dem Spital von St. Anthony of Vienne wurde dort hingebracht. Na« – Cranston bediente sich erneut an seinem Weinschlauch –, »ich habe heute noch Alpträume, wenn ich daran denke, Bruder. Weißt du, der Exorzist war einer von diesen seltenen Menschen, ein wirklich heiligmäßiger Bruder.« Cranston schniefte über seinen eigenen Witz. »Und ich war einer der offiziellen Zeugen, bestellt vom Bischof von London. Sie brachten diesen Bengel – nicht mehr als vierzehn Sommer war er alt – und ketteten ihn an den Chorstuhl, gleich hinter dem Lettner.« Der Coroner räusperte sich. Athelstan hörte jetzt aufmerksam zu. »Dieser Junge«, fuhr er dann fort, »konnte in fremden Zungen reden, sich in die Luft erheben und, was das Schlimmste war, er kannte die Geheimnisse der Menschen.«

»Was ist passiert?« fragte Athelstan neugierig.

»Nun, der Exorzist begann mit seinem Ritual, und der Junge veränderte sich plötzlich. Er wurde wild und schimpfte, und er verfluchte den Exorzisten mit jedem Gossenwort, das er kannte. Nun gibt es da eine Stelle in der Zeremonie, wo der Exorzist …«
»Die feierliche Anrufung?« half Athelstan.
»Richtig. Er ruft den Teufel feierlich an und fragt ihn, bei welchem Namen er genannt werde. Die Stimme des Jungen, die sonst hoch und dünn klang, wurde plötzlich tief und voll. ›ICH BIN DER HERR DER SCHWEINE‹, antwortete er.« Cranston schüttelte den Kopf. »Dann wurde es dunkel im Chor, und alles stank ganz widerlich und verfault. Der Exorzist kam zum Ende des Rituals, wo er dem Dämon, der von dem Jungen Besitz ergriffen hatte, befiehlt, auszufahren, und der Dämon antwortete: ›WO SOLL ICH HIN? WO SOLL ICH HIN?‹« Cranston hielt inne und zügelte sein Pferd.
»Weiter, Sir John, bitte.«
»Nun, es war noch ein zweiter Zeuge dabei, ein junger Anwalt von den Advokateninnungen in der Chancery Lane. Er hatte dem ganzen Vorgang halb spöttisch zugeschaut, und als der Dämon rief: ›WO SOLL ICH HIN? WO SOLL ICH HIN?‹, da flüsterte dieser schlaue junge Kerl plötzlich: ›Na, er kann zu mir kommen.‹«
Sir John drehte sich im Sattel um. »Bruder, das ist nicht gelogen. Der besessene Knabe warf sich rückwärts und fiel in eine todesähnliche Ohnmacht. Ich hörte ein Rauschen wie von einem riesigen Vogel, der auf seine Beute herabstößt, und der junge Advokat wurde plötzlich in die Luft gehoben und gegen eine Säule geschleudert. Er war tagelang bewußtlos.« Cranston trieb sein Pferd weiter.
»Warum erzählt Ihr mir das, Sir John? Wollt Ihr mir Angst machen?«
»Nein.« Cranstons Gesicht blieb ernst. »Nur dieses eine Mal habe ich so etwas miterlebt und dabei eine Lektion gelernt. Bru-

der, ich kann gut unterscheiden zwischen den wahren Mächten der Finsternis und den zahllosen Gaukeleien der Scharlatane. Glaub mir, ich habe alles gesehen. Stimmen in der Nacht, Fußspuren auf staubigen Treppen, Klirren im Keller.« Er grinste. »Also vertraue nur auf den alten John Cranston, Bruder. Bring du dein Öl und dein Weihwasser auf alle Fälle mit, aber laß den alten John tun, was er für richtig hält.«

8

Cranston und Athelstan hatten St. Erconwald bald erreicht. Während der Coroner es sich im Hause des Priesters gemütlich machte, schloß Athelstan die Kirche auf und kniete am Lettner nieder, um sein Stundengebet zu sprechen. Er hatte Mühe, sich auf die Worte des Psalmendichters zu konzentrieren, und die Worte »Ein Meer von Plagen« ließen ihn nicht los. Er hielt inne und dachte an die Probleme, die ihn und Cranston erwarteten, und an die Möglichkeit, daß der Regent sogar in dieser kleinen Pfarrgemeinde von St. Erconwald seine Spitzel hatte. Der Bruder hockte sich auf die Fersen und schaute zum Kruzifix hinauf. Er hoffte, die Prüfung heute abend würde die erste und die letzte sein; im stillen gelobte Athelstan, dann alle seine Kräfte diesem Ira Dei und den schrecklichen Mordtaten zu widmen, die im Rathaus und anderswo begangen worden waren.

Er spähte zu der neuen, wunderschön gemeißelten Statue des hl. Erconwald hinüber, des Schutzheiligen seiner Pfarrei, und er lächelte. Erconwald war ein großer Bischof in London gewesen, ein Mann, der in dieser betriebsamen Stadt mit vielen Problemen zu kämpfen hatte, bevor er sich in die Einsamkeit eines Klosters in Barking zurückzog. Voller Mitgefühl betrachtete der Bruder das starre, fromme Gesicht und war so in Gedanken versunken, daß ihn eine sanfte Berührung an der Schulter zusammenfahren ließ.

»Pater, es tut mir leid.«

Athelstan drehte sich um und sah Benedicta, die besorgt auf ihn herabblickte.

»Pater, Ihr habt doch gesagt, ich soll zur Vesper wieder herkommen?«
Athelstan rieb sich die Augen und lächelte. »Benedicta, schön, daß du gekommen bist. Warte hier.«
Er stieg die Altarstufen hinauf, öffnete den Tabernakel und nahm die Heiligen Öle heraus und aus der Sakristei eine Flasche mit Weihwasser und ein Aspergillum. Er tat alles in eine kleine Ledertasche und kam wieder in die Kirche.
»Ich nehme an«, sagte er mit gespielter Strenge, »daß in der Pfarrei alles in Ordnung ist?«
»Still wie das Meer vor dem Sturm«, neckte sie.
Sie verließen die Kirche, schlossen ab und gingen hinüber zu Cranston, der mit weit offenem Mund und zurückgelegtem Kopf auf Athelstans einzigem Stuhl saß und schnarchte, was das Zeug hielt, während Bonaventura zusammengerollt auf seinem breiten Schoß ruhte.
»Oh, du dummer Kater«, flüsterte Athelstan und hob ihn behutsam herunter, ehe er Cranston wachrüttelte.
Der Coroner erwachte wie üblich mit einem Schmatzen, begrüßte Benedicta und ging dann auf Athelstans Drängen in die Speisekammer, um sich Hände und Gesicht mit kaltem Wasser zu waschen. Erfrischt kehrte er zurück und dröhnte, nun sei er bereit, es mit dem Teufel und jedem anderen aufzunehmen.
Die drei verließen St. Erconwald, ein jeder versunken in seine Vorstellung von dem, was geschehen würde, und sie wanderten durch die engen Gassen und Sträßchen von Southwark. Es war kurz vor der Abenddämmerung. Geschäfte und Stände waren geschlossen, und die Menschen gingen nach Hause. Die Geschäfte des Tages waren getan, und die wilden Nachtschwärmer von Southwark, die wüsten Zecher und Bewohner der Unterwelt, würden erst aus ihren Rattenlöchern kommen, wenn es vollends dunkel wäre. Bevor sie die breite Hauptstraße überquerten, die zur London Bridge führte, blieben sie stehen und

sahen zu, wie ein Trupp Ritter zu Pferde vorüberzog, strahlend bunt in ihren vielfarbigen Wappenmänteln. Mächtige Kriegshelme schwangen an den Sattelhörnern. Knappen und Pagen folgten ihnen mit Schilden und Lanzen sowie zwei Reihen von staubigen Bogenschützen, die von Southwark zur alten Straße nach Süden, nach Dover, marschierten.

»Jetzt sind viele von denen unterwegs«, bemerkte Cranston. »Die Franzosen greifen inzwischen alle wichtigen Häfen am Kanal an, und der Regent braucht verzweifelt Soldaten. Wenn er noch mehr aus Hedingham und den anderen Burgen nördlich von London abzieht, könnte das schließlich den Aufstand auslösen.«

Cranston sah zu, wie die Bogenschützen vorübermarschierten, abgehärtete Männer mit kurzgeschnittenen Haaren und wettergegerbten Gesichtern, Veteranen, die mit jedem Bauernaufstand kurzen Prozeß machen würden.

»Was wirst du tun?« fragte er Athelstan plötzlich. »Ich meine, wenn der Aufstand kommt?«

Der Bruder verzog das Gesicht. »Ich werde Benedicta fortschicken und jeden, der aus dem Auge des Wirbelsturms entfliehen will. Und dann werde ich in meiner Kirche bleiben.«

Auch Athelstan betrachtete die Soldaten. Sie erinnerten ihn an seinen Bruder Francis und an sich selbst, als sie mit den englischen Truppen ihren kurzen und ruhmlosen Feldzug nach Frankreich unternommen hatten. Er war heimgekehrt und hatte Francis in irgendeinem Massengrab zurückgelassen. Wie immer, wenn er an seinen Bruder dachte, schloß Athelstan die Augen und flüsterte ein kurzes Totengebet für den Frieden seiner Seele.

Sie setzten ihre Reise fort und erreichten schließlich das schmale, dreistöckige Haus der Hobdens. Athelstan schaute daran hinauf. Er sah eine einzelne Kerze in einem Fenster im Obergeschoß brennen, und ihn fröstelte.

»Christus und alle seine Engel mögen uns beschützen!« flüsterte er und klopfte an die Tür.
»Keine Angst!« drängte Cranston. »John Cranston ist da.«
»Ja«, flüsterte Benedicta. »Ich glaube, Engel gibt es in allen Formen und Größen.«
Cranston wollte gerade zu einer schnippischen Antwort ansetzen, als die Tür sich öffnete. Walter und Eleanor Hobden begrüßten sie. Athelstan empfand sofort Abneigung gegen alle beide. Der Mann wirkte verschlagen und heimlichtuerisch, und Eleanor mit ihren scharfen Zügen und dem bohrenden Blick sah aus wie eine richtige Hexe.
»Pater, seid willkommen.«
Die Hobdens traten beiseite und ließen sie eintreten. Als Athelstan in den dunklen Hausflur trat, bemühte er sich, seine bange Unruhe und das Frösteln der Erwartung niederzukämpfen; er war angespannt, als erwarte er einen Schlag.
»Ich habe Sir John mitgebracht«, erklärte er stockend. »Sir John Cranston, den Coroner der Stadt. Und das ist Benedicta, ein Mitglied meines Gemeinderats.« Er lächelte unsicher. »In solchen Fällen ist es am besten, wenn man Zeugen hat.«
Die Hobdens standen rechts und links vom Feuer und schauten sie nur mit harten Augen an; Athelstan hatte Mühe, sein wachsendes Unbehagen zu unterdrücken. Was mochte hier vorgehen? Wieso machte dieses Haus ihm solche Angst? Er kannte die Hobdens kaum, und doch fand er die Atmosphäre in ihrem Haus bedrückend und von unsagbar Bösem erfüllt.
»Wo ist eure Tochter?« fragte er und merkte wohl, wie bedrückt auch Cranston und Benedicta geworden waren. Er warf einen Blick über die Schulter. Cranstons sonst so fröhliches Gesicht wirkte jetzt ernst und düster, als habe das Haus seinen gewohnten Überschwang verschluckt.
»Elizabeth ist oben«, murmelte Walter Hobden. »Pater, habt Ihr Öl und Weihwasser mitgebracht?«

»Natürlich.«
»Es wird bald anfangen«, sagte Eleanor Hobden. »Sobald es dunkel wird, erscheint der Dämon.«
»In welcher Weise?« fragte Cranston knapp, bevor Athelstan ihn daran hindern konnte.
Walter hob die mageren Schultern. »Pater Athelstan weiß es«, sagte er in winselndem Ton. »Elizabeth spricht, aber mit der Stimme ihrer Mutter. Dann ist da ein Klopfen in den Wänden, und dieser Geruch, und die Beschuldigungen ...« Seine Stimme brach.
»Wie ist deine Frau gestorben?« fragte Athelstan. »Ich meine, deine erste Frau?«
»An einem Abszeß in ihrem Inneren«, antwortete Eleanor schroff. »Wir haben die besten Ärzte gerufen, aber sie konnten nichts tun. Sie schwand einfach dahin. Ich war eine entfernte Cousine von Sarah, und als sie krank wurde, kam ich her, um sie zu pflegen. Pater, man konnte wirklich nichts tun.«
Athelstan drehte sich um, als eine alte Frau wie ein Schatten ins Zimmer geschlichen kam.
»Das ist Anna«, erklärte Walter, »Elizabeths Amme.«
Die alte Frau kam näher, und ihr runzliges Gesicht verzog sich zu einem Lächeln ohne Heiterkeit.
»Elizabeth hat sogar mich vertrieben«, jammerte sie. »Sie will nichts mehr mit mir zu tun haben.«
Athelstan musterte Anna; sie hatte schwarze Knopfaugen, strähniges graues Haar und eine schmale Nase, und er ahnte eine Bosheit, die sein Unbehagen nur verstärkte.
»Möchtet Ihr einen Schluck Wein?« fragten die Hobdens.
»Nein, nein«, sagte Athelstan und packte seine Tasche mit dem Heiligen Öl und der Weihwasserflasche noch fester.
»Kann ich helfen?« erbot sich Anna.
»Nein.« Eleanor Hobden fiel ihr schroff ins Wort. »Anna, geh wieder in die Küche. Walter und ich kümmern uns um alles.«

Athelstan straffte sich, als er eine Stimme rufen hörte: »Walter! Walter!«
Er sah Hobden an, dessen Gesicht noch bleicher geworden war.
»Es fängt wieder an«, wisperte der Mann. »So fängt es jeden Abend an.«
»Still, Mann; es ist nur deine Tochter, die dich ruft.«
»Nein!« Hobden verdrehte die Augen wie ein verängstigtes Tier.
»Sir John, ich schwöre, das ist die Stimme meiner toten Frau!«
Athelstan unterdrückte das Zittern seiner Knie.
»Wir gehen am besten hinauf«, sagte er entschlossen. »Master Hobden, würdest du mir den Weg zeigen?«
Wie ein Verurteilter, der die Stufen zum Galgen hinaufsteigt, führte Hobden sie eine dunkle, gewundene Treppe hinauf in den ersten Stock und durch einen Gang zu einer halboffenen Tür. Langsam schob er sie weit auf, blieb stehen, eine Hand am Türrahmen, und spähte in die von einer Kerze erhellte Kammer. Athelstan, Cranston und Benedicta standen dicht hinter ihm und schauten zu der jungen Frau hinein, die auf dem großen, vierpfostigen Bett lag; ihr dunkles Haar war hinten zusammengebunden und die weiße Gesichtshaut so straff gespannt, daß die hohen Wangenknochen deutlich hervortraten. Mit glasigen Augen starrte sie ihren Vater und die anderen an.
»So, du hast Besuch mitgebracht, Walter? Zeugen deines Verbrechens?«
Athelstan sah verwundert, daß die Lippen sich bewegten, während die Stimme hohl und körperlos klang.
»Elizabeth!« stöhnte Hobden. »Hör auf damit!«
»Womit soll ich aufhören, Walter? Du hast mich ermordet, getötet mit rotem Arsen, mich vergiftet, damit du eine andere Frau heiraten konntest.«
»Das ist nicht wahr!«
Walter wollte weitersprechen, als plötzlich das Klopfen einsetzte, langsam erst, undeutlich, doch dann breitete es sich vom

Erdgeschoß des Hauses nach oben aus, als käme hinter der Wandtäfelung eine dunkle Kreatur aus der Hölle heraufgekrochen.

Benedicta wich zurück. »Pater«, wisperte sie, »seid vorsichtig!«

Athelstan trat ins Zimmer und ging auf das Fußende des Bettes zu. Die dunklen, glasigen Augen des Mädchens faszinierten ihn, ebenso die Lippen, die eine Litanei von Anklagen formten. Das Klopfen dröhnte wie Trommelschlag, und ein furchtbarer Gestank erfüllte die Kammer und ließ Athelstan würgen. Er nahm all seinen Mut zusammen.

»Elizabeth Hobden, im heiligen Namen Christi bitte ich dich, höre auf! Ich befehle dir aufzuhören!«

Er schnürte seine Tasche auf und nahm mit zitternden Händen die Weihwasserflasche und das Aspergillum heraus. Er sprengte das Weihwasser vor sich und schlug ein Kreuz, aber Elizabeth redete immer weiter. Mit schneidender Stimme wiederholte sie pausenlos die Anschuldigungen gegen ihren Vater. Athelstan bemühte sich, seine Angst zu verbergen, als er die eigentliche Exorzismuszeremonie begann und mit einer feierlichen Litanei Christus, seine selige Mutter und alle Engel und Heiligen anrief. Seine Worte gingen unter im Geschrei des Mädchens und dem furchtbaren Hämmern in den Wänden, und der Geruch wurde immer abscheulicher.

Athelstan versuchte fortzufahren, auch als eine kleine innere Stimme anfing, seinen eigenen Glauben in Zweifel zu ziehen. Er warf einen Blick hinter sich und sah Benedictas weißes Gesicht. Hobden stand schreckensstarr in der Tür. Von Cranston war nichts zu sehen. Ach, Sir John! dachte Athelstan. Jetzt, in der Stunde meiner Not …

Er wandte sich wieder dem Mädchen zu – die Augen blickten haßerfüllt, und Schultern und Kopf lehnten starr auf den weißen Kissen. Sie schien sich seiner Anwesenheit nicht bewußt zu sein und starrte an ihm vorbei ihren Vater an. Als Athelstan wieder zu beten anfing, hörte er plötzlich aus dem Zimmer unter ihnen einen Schrei. Jemand rief, und Schritte polterten die Treppe herauf. Cranston stürzte schwer atmend herein und hätte Athelstan beinahe umgerannt.

»Du verdammtes kleines Luder!« brüllte er das Mädchen an.

Athelstan starrte ihn verblüfft an. Er merkte, daß das Hämmern in den Wänden aufgehört hatte. Das Mädchen aber kreischte weiter ihre Beschuldigungen, bis Cranston ans Bett trat und ihr rechts und links eine Ohrfeige verpaßte. Dann packte er sie bei den Schultern und schüttelte sie.

»Aufhören!« donnerte er. »Hör auf, du verlogene kleine Dirne!« Wütend sah er Athelstan an. »Du bist hereingelegt worden, Bruder!« Wieder schüttelte er das Mädchen. »Eine raffinierte kleine Verschwörung zwischen dieser Kleinen und ihrer Amme.«

Seine Worte hatten die gewünschte Wirkung. Das Mädchen verstummte. Das Feuer des Hasses in ihren Augen erlosch, und furchtsam schaute sie erst Athelstan und dann Sir John an. Cranston sank auf die Bettkante und wischte sich den Schweiß von der Stirn.

»Diese kleine Hexe«, keuchte er, »und ihre Amme haben ein Gemisch von Lügen und Täuschungen zusammengebraut. Komm her, Mann!« Er winkte Walter Hobden herein. Der Vater des Mädchens trat zögernd ein, und sie barg das Gesicht in den Händen und schluchzte lautlos. »Bist du denn nie auf den Gedanken gekommen«, fragte Cranston den Mann höhnisch, »daß dies alles nur ein Mummenschanz sein könnte?«

»Aber sie hat Anna vertrieben«, klagte er.

»Hör zu, du Erbsenhirn«, erwiderte Cranston und stand auf, »das war doch Teil der Maskerade. Es sollte so aussehen, als seien die beiden verfeindet! Während Elizabeth hier oben Hof hielt, nutzte die gute Amme, die in die Küche verbannt war, allerlei Kaminlöcher und Lücken in der Wandtäfelung, um das Pochen erschallen zu lassen.« Er trat an den kleinen Kamin. »Dies ist ein

altes Haus«, erklärte er. »Hier sind Essen und Rauchabzüge, Kamine und alte Spalten. Wenn du hinunter in die Küche gehst zur großen Feuerstelle, dann kannst du dort mit sorgfältig in den Schlot hinaufgeschobenen Stangen klappern und so im ganzen Haus Getöse erschaffen. Das habe ich schon öfter gesehen. Ein Kinderspiel, das man am Vorabend von Allerheiligen treibt.« Cranston klopfte an die Wandtäfelung. »Und das hier hilft wahrscheinlich. Es läßt das Echo noch lauter klingen. Ich war unten in der Küche, und da hockte die alte Anna wie eine Mitternachtshexe am Kamin und klapperte geschäftig mit ihren Eisenstangen.«
»Aber die Stimme?« Eleanor Hobden kam herein.
»Ach, um Himmels willen, Weib!« antwortete Cranston verächtlich. »Hast du noch nie gehört, daß jemand Stimmen nachahmt?« Er sah den verblüfften Athelstan an. »Ich glaube, dein Meßdiener Crim, so klein er ist, kann mich sehr gut imitieren, nicht wahr?«
Athelstan lächelte matt. Er war erleichtert über Cranstons unverhoffte Enthüllungen und den kurzen Prozeß, den der Coroner mit all diesem betrügerischen Mummenschanz gemacht hatte; verspürte aber immer noch ein tiefes Unbehagen.
»Aber dieser Geruch?« Athelstan schnupperte.
»Oh, ich bin sicher, auch dafür findet sich eine Antwort.«
Cranston kniete nieder, griff unter das Bett und förderte zwei kleine, unverschlossene Töpfe zutage. Dann ging er auf die andere Seite und fand dort das gleiche. Er nahm einen hoch, schnupperte daran und wich angewidert zurück; dann gab er ihn Athelstan.
»Weiß der Himmel, was das ist. Wahrscheinlich Ziegenkäse.«
Athelstan roch daran und wandte sich voller Abscheu ab. »Ziegenkäse«, hustete er, »und noch etwas anderes.«
»Ein bekannter Trick«, bemerkte Cranston. »Man nimmt die Deckel ab, und verglichen damit duftet ein Schweinestall nach

Rosen.« Er grinste. »Stell die Näpfe offen unters Bett, wedle mit den Decken, und ein Gestank aus der Hölle weht herauf.«
Athelstan betrachtete das schluchzende Mädchen. Ein Gepolter vor der Tür zeigte an, daß die furchterregende Eleanor Hobden jetzt die alte Amme die Treppe herauf zerrte. Mit verächtlichem Blick auf ihren Mann kam sie herein und stieß die widerstrebende Anna, die vor Angst einer Ohnmacht nahe schien, auf die Binsenstreu nieder. Dann ging sie zum Bett, packte Elizabeth bei den Haaren und riß ihr den Kopf in den Nacken. Trotz des bösartigen Spiels empfand Athelstan Mitleid mit dem Mädchen. Ihr Gesicht sah gespenstisch aus: rotgeränderte Augen und fahle, tränennasse Wangen. Sie hatte sich auf die Lippen gebissen, und Blut sickerte über ihr Kinn.
»Laß sie in Ruhe!« befahl er.
Bösartig riß Eleanor noch einmal an den Haaren des Mädchens. Athelstan packte sie beim Handgelenk.
»Um Himmels willen, Weib, laß sie in Ruhe!«
Widerstrebend gehorchte Eleanor, aber sie funkelte Cranston wütend an.
»Sie ist eines Verbrechens schuldig, oder? Vorgebliche Dämonenbeschwörung und das Benutzen dieses Gaukelkrams sind fast so schlimm wie die Schwarze Kunst an sich.«
Cranston, der eine tiefe Abneigung gegen die Frau empfand, nickte. »Du meinst also, ich sollte sie verhaften?«
»Wenn Ihr es nicht tut, werde ich sie und dieses Miststück von Amme auf die Straße werfen!«
»Eleanor!« stöhnte Walter. »Tu's nicht!«
»Ach, halt's Maul!« fauchte sie zurück. »Ich habe dir gesagt, diese kleine Dirne ist eine Lügnerin und eine Betrügerin!« Sie trat dicht an ihren Mann heran und reckte ihm ihr Gesicht entgegen. »Entweder die beiden gehen – oder ich!«
Cranston warf einen verstohlenen Blick auf Athelstan. Der Bruder sah hilflos das schluchzende Mädchen an; Anna kauerte wie

ein Hund in der Binsenstreu. Eleanor ging zu dem Mädchen und krallte ihr die Finger in die Schulter.
»Raus aus diesem Bett und aus diesem Haus – auf der Stelle!«
»Oh, um der Barmherzigkeit willen!« rief Cranston.
»Mylord Coroner«, versetzte die Hobden, »Ihr wurdet nicht eingeladen, in dieses Haus zu kommen. Ihr seid hier als Beamter der Justiz. Ihr habt mit angesehen, wie ein Verbrechen begangen wurde, aber Euer Mitgefühl gilt nicht den Opfern, sondern nur der Täterin.«
Cranston warf einen Blick zu Walter Hobden hinüber, aber dieser Hampelmann stand nur da und rieb sich die Hände mit dem Mut eines erschrockenen Kaninchens.
»Um Himmels willen!« Benedicta durchquerte das Zimmer. Elizabeths Mummenschanz hatte ihr Angst gemacht, aber vor Eleanor Hobden zeigte sie keine Furcht. »Um Himmels willen!« wiederholte sie. »Weib, dieses Kind ist vielleicht von Sinnen!«
Athelstan setzte sich auf das Bett, schlang einen Arm um das schluchzende Mädchen und schaute den Vater an.
»Warum erhebt deine Tochter solche Vorwürfe?« fragte er.
»Weil sie mich haßt«, gab Eleanor zurück. »Sie hat mich immer gehaßt, und sie wird es immer tun. Jetzt kann sie verschwinden.«
Flehend blickte Benedicta Athelstan an. Er bedeutete ihr mit einem Kopfnicken, sie solle der alten Amme aufhelfen.
»Hör zu«, begann er. »Ich bestehe darauf, Frau – nein, ich verlange es, weil ich auf Eure Einladung hergekommen bin. Es stimmt, Sir John wurde nicht eingeladen, aber auch ihm seid Ihr etwas schuldig, weil er die Wahrheit an den Tag gebracht hat.«
Die Frau nickte.
»Also«, fuhr Athelstan fort, »Elizabeth und ihre Amme werden heute nacht hierbleiben. Morgen früh wird Benedicta wiederkommen und die beiden zur Abtei von St. Mary und St. Frances

bringen, die an der Kreuzung zwischen der Poor Jewry und der Aldgate Street liegt.«
Walter murmelte zustimmend. Seine Frau nagte an ihrer Unterlippe und starrte ihre Stieftochter finster an.
»Von mir aus«, schnarrte sie schließlich. »Aber bis zum Mittag ist das Luder verschwunden!«

An der Ecke der Bread Street und Westchepe blieb Cranston stehen und schaute zu seinem Haus hinüber.
»Ach«, seufzte er, »ich wünschte, Lady Maude wäre wieder da.« Er strich seinem Pferd über das Maul, leckte sich die Lippen und blickte hinüber zu dem verlockend warmen Lichtschein, der aus dem »Heiligen Lamm Gottes« drang. Er hatte Benedicta und Athelstan in Southwark zurückgelassen, war allein nach Cheapside gekommen und hatte dabei, wie so oft, laute Selbstgespräche über die Verhärtungen des menschlichen Herzens und den verstockten Haß von Leuten wie Eleanor Hobden geführt. Sein Pferd wieherte leise und stupste ihn vor die Brust.
»Ja, wahrscheinlich hast du recht«, brummte Cranston.
Er führte das Pferd durch eine Seitenstraße in den Hof des »Heiligen Lamms«, wo er und Lady Maude ihre Pferde einzustellen pflegten. Sir John brachte das Tier unter, widerstand allen Versuchungen, überquerte die verlassene Cheapside und ging zu seinem Haus.
Er hatte die Hand auf dem Türriegel, als er seinen Namen hörte. Zwei Gestalten lösten sich aus einem Durchgang an der Seite des Hauses und traten in den Lichtkreis der Lampe, die an einem Haken neben der Tür hing. Cranstons Lächeln verblaßte.
»Was zum Teufel wollt Ihr?« knurrte er.
Rosamund Ingham schlug mit einer Hand die Kapuze ihres Mantels zurück; die andere ruhte leicht auf dem Arm des schlaffgesichtigen Albric. Ihr Blick war so herrisch und hart wie der Eleanor Hobdens. Cranston sah, wie ähnlich die beiden Frauen

einander waren: schön, aber mit erbarmungslosen Augen und einem sauren Zug um den Mund. Er legte die Hand wieder auf den Türriegel.
»Ich habe gefragt, was Ihr wollt!«
»Sir John, laßt uns in Ruhe. Wie Ihr wißt, wird mein Mann morgen früh beerdigt. Ihr werdet wohl nicht dabei sein?«
»Nein, das werde ich nicht! Ich habe Sir Oliver geliebt wie einen Bruder. Ich werde nicht in Gegenwart seiner Mörder vor Gott stehen!«
»Das ist eine Lüge!«
»Es ist die Wahrheit, und ich werde es beweisen.«
»Und wenn Ihr es nicht tut« – Rosamund reckte das Kinn vor –, »dann sehen wir uns vor Gericht, Sir John.«
»Verpißt Euch!« Seine Hand legte sich auf den Dolchgriff, als er sah, daß Albric einen Schritt vortrat.
»Nur zu«, höhnte Cranston. »Zieht Euer Schwert, und ich werde Euch am Hosenlatz kitzeln.«
Rosamund winkte ihren Liebhaber zurück. »Entfernt die Siegel vom Zimmer meines Manns«, verlangte sie. »Und laßt uns in Ruhe, sonst ...«
Cranston trat vor. »Sonst, Mylady?«
Rosamund verzog höhnisch das Gesicht. »Ich fordere Euch auf, Sir John. Und ich werde Euch nicht noch einmal auffordern.«
»Gute Nacht, Mylady.« Er stieß die Tür auf und schlug sie hinter sich zu.
Freudig schnuppernd trat er in die Küche. Boscombe zog gerade mit hochrotem Gesicht eine golden überkrustete Pastete aus dem Backofen neben dem Herd.
»Genau rechtzeitig, Sir John«, strahlte der kleine Mann. »Rindfleischpastete, gewürzt mit Lauch und Zwiebeln. Ein Glas Rotwein?«
Sir John strahlte. »Philip, wenn du eine Frau wärst, würde ich dich morgen heiraten.«

Er wusch sich die Hände in einer Schüssel Rosenwasser und setzte sich an den Tisch.
»Du bist noch nicht in den seligen Stand der ehelichen Gnade eingetreten?«
Boscombe schüttelte den Kopf. »Keine Frau wollte mich haben, Sir John, und Sir Gerard war ein überaus harter Herr.«
»Wenn du das glaubst«, erwiderte Cranston, »dann hast du Lady Maude noch nicht kennengelernt.«
Gerade wollte er den Becher heben, als plötzlich Gog und Magog, die im Garten gelegen hatten, in die Küche stürmten. Gog warf Cranston vom Stuhl, und Magog sprang gewandt wie ein Falke im Flug in die Höhe und riß Boscombe die Pastete aus den Händen. Fluchend rappelte sich Cranston auf, aber jetzt hatten die beiden Hunde die Pastete, und ehe er sie zu fassen bekam, hatten die beiden sie schon verschlungen. Boscombe stand jammernd da. Cranston starrte die Hunde an; wenn Tiere dankbar grinsen konnten, dann taten die beiden das jetzt, dessen war er sicher.
»Brave Jungs«, sagte er leise.
Die beiden Hunde hatten ihren unerwarteten Festschmaus beendet und sprangen hoch, um ihm das Gesicht zu lecken und die Ohren zu zwicken. »Genug ist genug!« brüllte Cranston und stieß sie weg.
Er schaute zu Boscombe hinüber, dem die Tränen über die Wangen strömten. Er ging zu ihm und tätschelte ihm die Schulter, daß der Mann beinahe hingefallen wäre.
»Hör schon auf, Mann«, knurrte er. »Wenigstens haben sie gut gegessen.«
Die beiden Hunde leckten sich die Schnauzen und betrachteten voller Bewunderung ihren neuen Herrn, der so großzügig mit seinem Essen umging. Wie Steinfiguren saßen sie da, als Cranston ihnen warnend mit dem Finger drohte.
»Versucht das niemals«, ermahnte er sie, »mit Lady Maude.«

Die beiden Hunde schienen die Bedeutung des Wortes »Maude« zu spüren, und Gog warf sogar einen furchtsamen Blick zur Tür. Aber es war nur Leif, der sich da ins Haus stahl, angelockt von dem schweren, würzigen Duft.
»Zeit zum Abendessen, Sir John?«
Cranston grinste. »Da mußt du schon mehr Glück haben.«
Leif sah nervös die Hunde an. »Aber Sir John, ich habe den ganzen Tag kaum etwas gegessen.«
»Herr des Himmels!« Cranston ging in die Diele und holte seinen Mantel, und da ihm Rosamund Inghams drohende Blicke noch vor Augen standen, schnallte er auch seinen Schwertgurt um. »Komm, Boscombe. Du auch, Leif, du fauler Schurke! Wir gehen ins ›Lamm Gottes‹.«
Die beiden Hunde wollten ihnen folgen.
»Nein, nein, seid brave Jungs. Hiergeblieben!«
Die beiden Tiere kauerten sich nieder, und Cranston schob den protestierenden Boscombe und den willigeren Leif vor sich her zur Tür.
»Sollten wir nicht abschließen?« fragte Boscombe, als sie auf der Cheapside waren.
»Hör mal zu, Mann«, erwiderte Cranston. »Was glaubst du, was diese braven Jungs machen würden, wenn irgendein Nachtschwärmer versuchen wollte, da hineinzuspazieren?«
Boscombe grinste.
»Jetzt kommt«, drängte Cranston. »Diese Pastete hat köstlich geduftet. Ich will dir deine gerechte Belohnung geben.«
Zwei Stunden später, angefüllt mit Rotwein und der Zwiebelpastete der Wirtin, verließ Cranston das »Heilige Lamm Gottes«, den einen Arm um Boscombe, den anderen um Leif gelegt, und schaute über die Cheapside.
»Ihr wart also in Poitiers?« fragte Boscombe.
»O ja«, sagte Cranston. »Schlanker und hübscher war ich damals ...«

Er sprach nicht weiter, denn er hatte einen leisen Hilfeschrei aus einer nahen Gasse gehört. Ohne auf Boscombes Warnungen zu achten, und dem Rotwein, den er getrunken hatte, zum Trotz, schoß er pfeilschnell in die Dunkelheit. Er sah zwei Gestalten in Schwarz, die mit erhobener Fackel über einem Dritten standen, der am Boden lag. Cranston sah Stahl blinken und hörte erneut ein mitleiderregendes Stöhnen. Er schlang sich den Mantel um den linken Arm und stürmte vorwärts wie ein wütender Bulle.
»Aidez! Aidez!« brüllte er den gebräuchlichen Hilfeschrei.
Die beiden Gestalten blickten auf, und er wußte sofort, daß hier etwas nicht stimmte. Sie wichen nicht zurück; sie hatten Masken auf den Gesichtern, und das »Opfer« sprang plötzlich auf. Cranston blieb schwer atmend stehen und wischte sich den Schweiß von der Stirn.
»Man lernt nie aus«, knurrte er und verfluchte sich dafür, daß er in eine altbekannte Falle gerannt und einem mutmaßlichen Opfer zu Hilfe geeilt war, nur um selbst in einen Hinterhalt zu tappen. Rasch sah er sich um und die Gasse hinauf, wo Boscombe und Leif langsam herankamen.
»Lauft zurück!« brüllte er.
Er zog sein Schwert und wich langsam zurück. Er wagte nicht, sich umzudrehen und zu rennen. Er könnte ausrutschen, oder ein fliegendes Messer könnte ihn zur Strecke bringen. Außerdem war er alt und fett, und die drei Angreifer bewegten sich geschmeidig wie makabre Tänzer auf ihn zu. Cranston zog sich weiter zurück und sprang unvermittelt zur Seite, um an einem schmalen Stützpfeiler an der Hauswand seinen Rücken zu schützen.
Die drei schwarzgekleideten Attentäter kamen näher. Jeder trug ein Schwert und einen Dolch. Im Näherkommen teilten sie sich, und Cranston erkannte sie als Berufsmörder, sehr viel gefährlicher als die Gassenratten, die der bloße Anblick von blankem Stahl in die Flucht schlagen würde. Er bemühte sich, beherrscht

zu atmen. Wer mochte sie geschickt haben? Ira Dei? Cranston blinzelte. Nein, nein, das wäre allzu offensichtlich. Dann fiel ihm Rosamund Inghams haßerfülltes Gesicht ein, ihre unausgesprochenen Drohungen – und Wut verdrängte seine Angst.

Die drei glitten vorwärts; breitbeinig und mit ausgestreckten Armen vollführten sie den ausgeklügelten Tanz berufsmäßiger Kämpfer. Cranston behielt den mittleren im Auge und erhaschte einen kurzen Blick; dann wandte er sich den beiden Kumpanen zu, als bereiteten sie ihm größere Sorge.

»Na, kommt schon, ihr Böckchen!« höhnte er. »Jetzt habt ihr den alten John auf den Tanzboden geholt. Dann wollen wir doch auch ein Tänzchen wagen!«

Die beiden Mörder rechts und links rückten weiter vor. Cranston schaute weiter hin und her, aber er kannte die Sorte. Sie wollten ihn täuschen. Er schaute nach rechts und dann rasch geradeaus, als der mittlere Mörder vorsprang, das Schwert nach unten, den Dolch in die Höhe gereckt. Cranston schwang sein langes Schwert und ließ es in einem blinkenden Bogen nach vorn sausen. Der Mörder war tot, ehe er es recht begriffen hatte. Die spitze, scharfe Klinge von Cranstons Schwert hatte ihm die ungeschützte Luftröhre durchtrennt.

Cranston grinste und parierte erst nach rechts, dann nach links. Er spürte, daß der eine der beiden Angreifer unerfahren war und weiter zurückwich als nötig. Cranston fuhr herum und attackierte den anderen, daß es dem den Atem verschlug. Dann wich er zurück und rammte dem Kerl das Schwert mit aller Kraft in den Bauch. Als er sich umschaute, verschwand der dritte Angreifer wie ein Hase in der Dunkelheit. Cranston lehnte sich auf sein Schwert, sog die Nachtluft ein und betrachtete die beiden toten Angreifer.

»Tödliche Streiche«, murmelte er.

Der eine lag mit dem Gesicht nach unten auf den Pflastersteinen, der andere lehnte wie eine zerbrochene Puppe an der Hauswand. Boscombe und Leif kamen herangehoppelt und starrten entsetzt die beiden Leichen und einen vollkommen veränderten Sir John Cranston an. Sein Gesicht war hart wie Eisen im flackernden Licht der Fackel, die auf dem Pflaster lag, wo der eine Angreifer sie hingeworfen hatte.

»Sir John.« Boscombe berührte seinen neuen Herrn. »Sir John, es tut mir leid, daß wir nicht helfen konnten.«

Cranston schüttelte den Kopf. »Nein, ihr wart sehr klug«, antwortete er leise. »Aber, Master Boscombe, ich danke dir für deine Sorge. Das war nichts, womit der alte John nicht hätte fertigwerden können.«

»Aber warum?« schnaubte Leif.

Ein bitteres Lächeln auf den Lippen, schaute Cranston die Gasse hinunter. »Oh, ich weiß, warum«, brütete er. »Und jetzt ist der alte John am Zug.«

9

Auch Athelstan brütete, als er am nächsten Morgen nach der Messe auf den Altarstufen kniete. Bonaventura nicht mitgerechnet, waren nur drei Pfarrkinder beim Gottesdienst gewesen: Pemel, die Flamin, die Hure Cecily in ihrem bunten Taftkleid und Benedicta, die eben gegangen war. Die Witwe hatte Athelstan versprochen, Elizabeth Hobden und ihre Amme Anna am Vormittag zu den Minoritinnen zu bringen.
Athelstan nagte an den Fingerknöcheln und beobachtete die halb offene Kirchentür. Er war zornig und gekränkt und hoffte nur, daß er sich bei der bevorstehenden Begegnung würde beherrschen können.
Er bekreuzigte sich, stand auf, als er Schritte hörte, und ging durch das Kirchenschiff auf Pike, den Grabenbauer, zu, der voller Unbehagen am Taufbrunnen stand.
»Pater, Ihr habt mich rufen lassen?«
»Ja, Pike, das habe ich. Bitte mach die Tür zu.«
Pike ging zurück, schloß die Tür und drehte sich erstaunt um, als sein sanfter Pfarrer plötzlich wie ein angreifender Ritter auf ihn zugestürmt kam. Athelstan packte Pike bei seinem schmierigen Wams und stieß ihn rückwärts gegen die Tür. Der Mann wehrte sich nicht; die Wut, die in Athelstans Augen loderte, versetzte ihn in Angst und Schrecken.
»Pater, was ist denn?« stammelte er.
»Du verfluchter Judas!« Athelstan schüttelte ihn. »Pike, ich bin dein Priester, und du hast mich verraten!«
»Was meint Ihr damit?«
Aber Athelstan sah die Wahrheit im nervösen Blick des Graben-

bauers. Er ließ ihn los, stieß ihn von sich und ging das Kirchenschiff hinauf.
»Lüg nicht, Pike!« donnerte er, und seine Worte hallten durch die Kirche. »Du weißt verdammt genau, was ich damit meine! Du warst der einzige, der gesehen hat, wie ich die Proklamation abgenommen habe, die Ira Dei an meine Tür genagelt hatte.« Athelstan fuhr herum. »Ehrlich gesagt, glaube ich, daß du sie dort angebracht hast! Na gut. Spiel du nur deine dummen, gefährlichen Spiele von Aufstand und der Errichtung des Reiches Gottes hier in London. Aber sag mir, wissen deine Freunde, weiß die Große Gemeinschaft des Reiches, weiß Ira Dei, daß du ein Verräter bist? Ein Spitzel des John von Gaunt?« Athelstan kam zurück. »Und was würde mit dir passieren, wenn sie es herausfänden? Wie geht deine Geheimgesellschaft mit Verrätern um?«
Pike ließ hilflos die Hände hängen, und Athelstans Zorn versiegte angesichts des blanken Entsetzens in Miene und Haltung des Mannes. Er blieb dicht vor dem Grabenbauer stehen.
»Um des Himmels willen, Pike, ich habe deine Kinder getauft! Ich gebe dir das Sakrament, ich habe dich bewundert, wie du von früh bis spät für einen Hungerlohn arbeitest, um deine Familie zu ernähren.« Athelstan holte tief Luft. »Du bist nicht wie ich, Pike. Ich habe keine Familie, um die ich mir Sorgen machen muß. Aber du bist ein guter Arbeiter, ein guter Ehemann, ein guter Vater. Um Gottes willen, warum spielst du den Judas bei einem Mann, der nicht nur ein Priester ist, sondern dein Freund? Konntest du mir nicht vertrauen?«
Pike wedelte hilflos mit den Händen, und Tränen rannen über seine schmutzigen Wangen.
»Herr im Himmel!« murmelte Athelstan. »Pike, ich will dir nicht drohen. Dein Geheimnis ist bei mir sicher. Nicht einmal Sir John weiß etwas.«
Der Grabenbauer scharrte mit den Füßen. »So ist es ja nicht, Pater.«

»Was soll das heißen?«
»Vor drei Monaten«, antwortete Pike, »da haben ich und ein paar andere aus Southwark diesem wahnsinnigen Priester zugehört – Ihr wißt schon, der mit dem brennenden Kreuz vor St. James Garlickhythe. Da kamen die Soldaten, und wir wurden festgenommen. Ich hatte die Wahl: Ich konnte eine Buße zahlen oder Gaunts Spitzel werden. Die Strafe hätte mich vernichtet, und ...« Seine Stimme versagte.
»Und ...?«
Pike hob trotzig den Kopf. »Glaubt nicht alles, was Ihr hört, Pater. Ich bin keiner von diesen Fanatikern. Oh, am Anfang schon, aber jetzt nicht mehr. Nicht, wenn sie von Gemetzel reden und davon, daß sie jeden Priester umbringen und die Guten mit den Bösen verbrennen wollen.« Er lachte säuerlich. »Pater, jemanden zu verraten, an den man nicht mehr glaubt, ist nicht schwer. Und Lord Gaunt hat inzwischen festgestellt, daß ich nicht der allerfähigste Spion bin. Also erzähle ich ihm von einer Nachricht an der Kirchtür. Oder daß ein Mitglied der Großen Gemeinschaft des Reiches in Southwark war – drei Tage, nachdem der Mann weg ist. Keine Sorge, Pater: Gaunt kann nichts mit dem anfangen, was ich erzähle.«
Athelstan betrachtete den großen, stämmigen Grabenbauer, der da mit hängendem Kopf vor ihm stand. Du bist der Inbegriff des gemeinen Mannes, sann Athelstan, gefangen zwischen den Dämonen, die alles zerstören, und denen, die alles bewahren wollen. Er streckte die Hände aus.
»Es tut mir leid. Du bist kein Verräter, kein Judas.«
Pike ergriff seine Hand. »Könnt Ihr mir helfen, Pater?«
Athelstan schürzte die Lippen. »Ja, ich glaube, das kann ich. Aber es wird Zeit brauchen. Tu jetzt nichts Unüberlegtes, Mann. Und ...«
»Und was, Pater?«
»Was weißt du von Ira Dei?«

Pike lachte. »Pater, ich bin ein sehr kleines Blatt ganz unten an einem sehr hohen Baum. Ich weiß nicht einmal, wer die Rebellenführer sind. Niemand weiß, wer Ira Dei ist. Er kommt im Schutze der Dunkelheit, verkündet seine Botschaft und verschwindet ebenso geheimnisvoll wieder. Jeder könnte es sein. Lady Benedicta, Watkin, sogar Sir John Cranston.« Pike grinste. »Obwohl ich glaube, daß die Leute *ihn* erkennen würden. Pater, ich weiß nichts. Ich schwöre es beim Leben meiner Kinder.«
»Aber könntest du ihm eine Nachricht übermitteln?«
»Ich könnte sie gewissen Leuten sagen. Wieso?« Pikes Gesicht wurde sorgenvoll. »Pater, seht Euch vor. Habt keinen Umgang mit so gefährlichen Leuten, ob es nun Adlige sind oder Bauern. Wißt Ihr, was ich glaube? Es ist ein Streit zwischen den Ratten und den Frettchen darüber, wer über die Hühner herrschen soll.«
Athelstan lächelte, gerührt von Pikes Sorge.
»Die Nachricht ist einfach. Sag ihnen, Athelstan von St. Erconwald möchte Ira Dei treffen.« Er ließ Pike den Satz wiederholen.
»Ist das alles, Pater?«
»Ja. Ich habe dich jetzt lange genug aufgehalten. Und entschuldige meinen Wutausbruch.«
Pike zuckte die Achseln. »Man kriegt, was man verdient, Pater. Aber Ihr werdet mir helfen?«
»Natürlich!«
»Das werde ich Euch nie vergessen, Pater.«
Pike verschwand. Athelstan dachten an den langaufgeschossenen Sohn des Grabenbauers, der so unsterblich in Watkins Tochter verliebt war, und er starrte Bonaventura an, der die beiden höchst aufmerksam beobachtet hatte.
»Ja, ja, mein schlauer Kater«, sagte er leise. »Vielleicht wird der Sonntagmorgen doch nicht so schrecklich werden, hm?«
Athelstan schaute sich in der Kirche um und dachte an das

Versprechen, das er einem anderen Pfarrkind gegeben hatte. Er schloß St. Erconwald ab und eilte durch die Straßen zu Ranulf, dem Rattenfänger. Dessen Haus war eine kleine, zweigeschossige Behausung an der Ecke einer engen Gasse. Der Rattenfänger mit dem bleichen, verkniffenen Gesicht erwartete ihn schon. Seine Kinder, die alle so aussahen wie er, drängten sich hinter ihrem Vater in der Tür, um den Priester willkommen zu heißen. Als Athelstan den dunklen Hausflur betrat, entsann er sich, daß Ranulf Witwer war; seine Frau war fünf Jahre zuvor im Kindbett gestorben. Gefolgt von seiner Brut, führte Ranulf Athelstan in einen kleinen Söller, der zugleich eine Art Werkstatt war. Athelstan schnupperte, als er dem Stuhl des Rattenfängers gegenüber auf einem Schemel Platz nahm. Die Kinder umringten den Priester und ließen ihn nicht aus den Augen.

»Gefällt Euch der Geruch, Pater?«

»Nun ja, Ranulf, abstoßend ist er nicht.«

Ranulf klopfte an seine schwarzgeteerte Jacke. »Ich habe sie mit Anissaat und Thymian eingerieben. Die Ratten mögen das.«

Er hielt inne, als seine älteste Tochter in einem zerlumpten schwarzen Kleid hereinkam und Athelstan und ihrem Vater mit feierlicher Miene eine wohlschmeckende Suppe servierte. Währenddessen schaute der Priester sich um. In einer Ecke stand ein Käfig mit Spatzen, in einer anderen hingen Angelschnüre, ein Dachsfell, mehrere Senkbleie und Aalhaken.

»Mögt Ihr Ratten?« fragte Ranulf unvermittelt.

Athelstan starrte ihn an.

»Es gibt vier Arten, Pater. Scheunenratten, Gossenratten, Flußratten und Straßenratten. Die schlimmsten sind die Gossenratten – die sind schwarz.« Er schob den Ärmel seiner Teerjacke hoch und entblößte einen Unterarm, der von Narben übersät war. »Die schwarzen Ratten sind Drecksbiester, Pater. Entschuldigt, aber es sind wirklich Drecksbiester! Viermal bin ich an

ihren Bissen fast gestorben. Einmal sind mir die Zähne der Ratte im Finger abgebrochen.« Er streckte die Hand aus. »Es war furchtbar schlimm – alles war geschwollen und faulte. Ich mußte die abgebrochenen Stücke mit einer Zange herausziehen. Überall haben sie mich schon gebissen, Pater.«
Athelstan fuhr zusammen, als ein kleines Pelztier, das von nirgendwo zu kommen schien, am Bein des Rattenfängers heraufrannte und auf seinem Schoß Platz nahm.
»Das ist Ferox«, erklärte Ranulf. »Mein Frettchen.«
Ungläubig starrte Athelstan das Geschöpf mit den kleinen schwarzen Augen und der zuckenden Nase an.
»Ferox bedeutet wild«, fuhr Ranulf fort, ohne daß Athelstan Gelegenheit hatte, etwas zu sagen. »Frettchen sind sehr gefährlich, aber Ferox ist gut abgerichtet. Er hat schon mindestens tausend Ratten zu ihrem Schöpfer heimgeschickt.«
Athelstan verbarg ein Grinsen; er aß seine Schüssel leer und gab sie dem Mädchen mitsamt dem Zinnlöffel zurück. Die übrigen Kinder standen immer noch da und starrten ihren Vater mit großen, bewundernden Augen an. Der Priester betrachtete die etwas vorstehenden Zähne des Rattenfängers, die spitze Nase und das bleiche Gesicht mit dem dünnen Schnurrbart, und er dachte an das Gespräch mit Pike. Ranulf war genauso: ein hart arbeitender Mann, ein guter Vater, einer der Kleinen auf Erden, so weit entfernt von Macht und Reichtum, und doch so nah bei Gott.
»Ranulf, du wolltest mit mir über die Zunft sprechen.«
»Ja, Pater. Wir möchten, daß St. Erconwald unsere Zunftkirche wird.« Ranulf schluckte nervös. »Die Zunft möchte in der Kirche zusammenkommen, und nachher würden wir gern unser Festmahl im Kirchenschiff einnehmen. Wäre Euch das recht, Pater?«
Athelstan nickte feierlich.
»Jeden dritten Samstag im Monat würden wir uns in St. Ercon-

wald zur Messe treffen und hernach im Kirchenschiff unsere Zunftversammlung abhalten.«
Wieder nickte Athelstan.
»Und wir würden Euch jedes Viertel Jahr zwei Pfund fünfzehn Shilling bezahlen.«
Athelstan vermutete, daß der Rattenfänger diesen Betrag für ziemlich niedrig hielt.
»Damit wäre ich überaus zufrieden«, antwortete er rasch.
»Seid Ihr sicher, Pater?«
»Natürlich.«
»Und Frauen und Kinder können auch dabeisein?«
»Warum nicht?«
»Und Ihr werdet unsere Frettchen und Fallen segnen?«
»Ganz ohne Zweifel.«
»Wißt Ihr auch einen Schutzheiligen für uns, Pater?«
Athelstan starrte ihn an. »Nein, Ranulf, da bin ich ratlos. Aber ich kann sicher einen für euch finden.«
Ranulf seufzte erleichtert und stand auf.
»Wenn das so ist, Pater, dann habt Ihr unseren Dank. Osric – das ist der oberste Rattenfänger von Southwark – wird den Vertrag aufsetzen. Er kennt einen Schreiber in St. Paul ...
»Ich kann das kostenlos machen«, sagte Athelstan und erhob sich ebenfalls.
Ranulf krähte entzückt und klatschte in die Hände. Seine Kinder ließen sich von seiner guten Stimmung anstecken und tanzten im Kreis um Athelstan herum, als sei er ihr Schutzpatron. Athelstans Blick fiel auf eine Falle an der Wand, und plötzlich mußte er an Cranstons armen Freund Oliver Ingham denken.
»Sag, Ranulf, hast du schon einmal gehört, daß eine Ratte einen Leichnam angeknabbert hat?«
»O ja, Pater, die fressen alles.«
»Und du erlegst sie mit Fallen oder mit Frettchen?«

»Aye, und manchmal auch mit Gift, mit Belladonna oder Nachtschatten, wenn sie besonders gerissen sind.«
Athelstan bedankte sich lächelnd und ging zur Tür.
»Pater!«
Athelstan drehte sich noch einmal um. »Nein, Ranulf, bevor du fragst – Bonaventura ist nicht zu verkaufen. Aber wir können ihn ja als Mitglied eurer Zunft eintragen.«
Und Athelstan verabschiedete sich von Ranulf und seiner Familie. Er hatte die Gasse halb hinter sich, den Kopf immer noch voll von Ratten, Giften, Fallen und Frettchen, als er plötzlich mit offenem Mund stehenblieb: Er hatte eine Idee. Lächelnd schaute er hinauf zum heller werdenden Himmel.
»O Herr, gesegnet bist Du«, flüsterte er. »Und wunderbar sind Deine Wege.«
Beinahe im Laufschritt kehrte er zum Haus des Rattenfängers zurück und hämmerte an die Tür. Ranulf geriet in helle Aufregung, als Athelstan ihn bei der Schulter packte.
»Pater, was ist denn?«
»Du mußt mitkommen. Sofort, Ranulf! Du mußt mit mir zu Sir John kommen! Ranulf, bitte, ich brauche deine Hilfe.«
Der Rattenfänger ließ sich nicht zweimal bitten. Er ging ins Haus, rief seiner Tochter ein paar Anweisungen zu, küßte seine Kinder, nahm Ferox mit, der wohlverwahrt in einem kleinen Käfig saß, und eilte mit Athelstan durch die Straßen von Southwark hinunter zur London Bridge.

Rosamund Ingham erbleichte, als sie auf Sir Johns beharrliches Klopfen die Tür öffnete. Sie blieb in der halb offenen Tür und funkelte erst den Coroner an, dann Athelstan, hinter dem Ranulf stand.
»Was habt Ihr, Mistress?« begrüßte Cranston sie. »Ihr seht aus, als hättet Ihr ein Gespenst gesehen!«
»Was wollt Ihr?«

»Ihr habt mich gestern abend gebeten, die Siegel von der Tür Eures verstorbenen Gatten zu entfernen, und deshalb bin ich hier.« Er stieß die Tür weiter auf. »Wir können doch hereinkommen, oder? Ich danke recht sehr.«
Er sah Albric in dem mit Steinplatten ausgelegten Hausflur stehen, und schon aus dieser Entfernung konnte Cranston erkennen, daß der junge Stutzer sichtlich Angst hatte.
»Dann bringe ich Euch am besten gleich hinauf zu seiner Kammer.« Rosamund hatte ihre Fassung rasch wiedergewonnen, und auf ihrem schnippischen Gesicht stand wieder ein wenig von der alten Härte.
Athelstan winkte sie weiter. »Wenn Ihr so gut sein wolltet, Mistress.«
Cranston zwinkerte ihm zu. »Für einen Mönch, Bruder, hast du eine nadelspitze Zunge!«
»Ordensbruder!« zischte Athelstan.
»Na, noch besser«, wisperte Cranston, als sie die Treppe hinaufstiegen.
Athelstan senkte den Blick, um Mistress Inghams wippende Hüften nicht anzustarren. Durch und durch kokett, dachte er und wußte, daß Cranston ein gröberes Wort benutzt hätte. Er warf einen Blick zu seinem dicken Freund, der hinter ihm ging. Auf den Lippen des Coroners spielte ein Lächeln, aber seine hellblauen Augen waren hart vor Wut. Oben angekommen, riß Cranston die Siegel von der Tür und stieß sie auf.
»Warum sind die hier?« Rosamund deutete mit zierlichem Finger auf Athelstan und Ranulf.
»Erstens, weil sie Beamte sind wie ich!« blaffte Cranston. »Und zweitens, Mistress, weil ich sie hierhaben will. Ihr habt doch sicher nichts dagegen?«
Rosamund schob sich zwischen Sir John und die offene Tür. »Ihr habt die Siegel abgenommen!« zischte sie. »Jetzt geht!«
»Ach, wußtet Ihr das nicht?« Cranston zog die Brauen hoch.

»Wenn der Coroner des Königs ein Zimmer entsiegelt, muß er sich davon überzeugen, daß alles so ist, wie er es verlassen hat. Ich habt doch sicher nichts dagegen?«
Die Frau preßte die Lippen zusammen, und Cranston ließ alle Schauspielerei fallen. »Ich bin nicht als Freund des verstorbenen Sir Oliver hier«, knurrte er und warf einen Blick auf Rosamunds schwarzes Kleid. »Ich nehme an, das Requiem war kurz und süß?«
»Es war vor einer Stunde zu Ende.«
Cranston schob sie beiseite. »Ich bin der Coroner des Königs«, erklärte er. »Ich wünsche diesen Raum zu besichtigen, und ich wäre Euch dankbar, Mistress, wenn Ihr und diese Kreatur da unten sich bereithalten würdet, mir gewisse Fragen zu beantworten.«
Rosamund rauschte davon, aber Athelstan sah die Angst in ihrem Gesicht und wußte, daß Sir John recht hatte. Sie war eine Mörderin und ohne Zweifel auch verantwortlich für den gestrigen mörderischen Überfall auf den Coroner. Als er Cranston in die Kammer folgte, betete er stumm, daß Rosamund und ihr windelweicher Liebhaber in die ihnen gestellte Falle gehen möchten, und daß auch Ranulf ihre Erwartungen rechtfertigen würde.
Schweigend und ernst schaute Cranston sich in der Schlafkammer um. Stäubchen tanzten in dem Sonnenstrahl, der durch ein Glasfenster hereinfiel. Der Coroner öffnete die Läden vor einem zweiten Fenster, nahm einen Schluck aus seinem Weinschlauch und erlaubte Ranulf in einem Akt beispielloser Großzügigkeit, ebenfalls etwas davon zu trinken.
»So, mein Junge.« Er schlug dem Rattenfänger auf die Schulter. »Wie würde es dir gefallen, zum obersten Rattenfänger für die Stadtbezirke Castle Baynard, Queenshite und The Vintry ernannt zu werden?«
Ranulf strahlte vor Freude.

»Wenn es soweit ist, mein Junge, vielleicht. Aber vorher mußt du ein paar Ratten für mich finden – vorzugsweise tote.«
Ranulf nahm Ferox aus seinem kleinen Käfig, den er unter dem Mantel getragen hatte. Sofort wich Cranston einen Schritt zurück.
»Du weißt, was wir suchen, aber halte dieses verfluchte Biest fern von mir! Mir graut vor Frettchen. Ich kannte einen Mann, der einmal eines in seine Hose krabbeln ließ. Am Ende war er kastriert!«
Ranulf grinste und streichelte das neugierige Frettchen zwischen den Ohren. Das Frettchen starrte Cranston an, ohne mit der Wimper zu zucken.
»Oh, zum Teufel damit!« sagte der Coroner.
»Sir John, wenn Ihr Euch wirklich fürchtet«, meinte Ranulf und deutete auf eine kleine Bank, »dann solltet Ihr vielleicht dort hinaufsteigen.«
Cranston schaute ihn mißtrauisch an, aber Ranulf verzog keine Miene.
»Lord Coroner, diesen Rat gebe ich allen meinen nervösen Kunden.«
»Tut lieber, was er sagt«, riet Athelstan lächelnd. »Ihr wißt, wie sehr Bonaventura Euch liebt. Ferox hat vielleicht ähnliche Neigungen.«
Cranston brauchte keine zweite Aufforderung; wie ein Riese stand er auf der kleinen Bank, lehnte sich mit dem Rücken an die Wand und kräftigte sich mit großen Schlucken aus dem wunderbaren Weinschlauch. Ranulf hielt Ferox an seine Lippen und flüsterte ihm etwas ins Ohr.
»Was machst du da?« dröhnte Cranston.
»Ich sage ihm, was er tun soll.«
»Oh, verflucht, sei doch nicht albern, Mann!«
Behutsam setzte Ranulf Ferox auf die Bodendielen. Das Frettchen schnüffelte ein paar Augenblicke, dann lief es pfeilschnell

unter das große, vierpfostige Bett. Athelstan trat an den kleinen Tisch und nahm den unverschlossenen Krug in die Hand.
»Darin war der Fingerhut, sagt Ihr?«
Cranston nickte stumm, ohne das Bett aus den Augen zu lassen.
»Und Ihr sagt, er war umgestoßen und die Medizin ausgelaufen?«
»Ja, Bruder, ja, aber laß das jetzt! Was treibt dieses verfluchte Frettchen da?«
Cranstons Frage wurde beantwortet. Plötzlich erhob sich ein heftiges Geraschel unter dem Bett, und Ferox kam hervor. Seine kleine Schnauze war blutig, und er zerrte eine fette, langschwänzige braune Ratte ans Licht.
»Braver Junge«, flüsterte Ranulf.
»Das verfluchte Biest ist genauso blöd wie du, Ranulf!« brüllte Cranston. »Er ist nicht hier, um verfluchte Ratten umzubringen, sondern um tote zu finden!« Ranulf nahm die tote Ratte, öffnete ein Fenster und warf sie auf die Straße.
Ferox machte sich von neuem auf die Suche. Die Zeit verging. Athelstan beobachtete das fleißige kleine Frettchen und versuchte, nicht zu Cranston hinüberzuschauen, der nach etlichen Schlucken aus seinem Weinschlauch auf seiner Bank ziemlich bedrohlich zu schwanken begann. Immer wieder hob Ranulf das Frettchen auf und schob es unter Schränke und hinter Truhen. Manchmal kehrte das Tier gleich zurück, dann wieder ging ein gespenstisches Rascheln los, ein markerschütternder Schrei ertönte, und Ferox kam mit einer toten Ratte heraus. Athelstan mußte sich abwenden, als Cranston anfing, lautstarke Schmähreden zu führen. Einmal klopfte Rosamund an die Tür. Cranston brüllte, sie solle abhauen, und befahl seinem »grinsenden Mönch«, wie er Athelstan nannte, die Tür zu verriegeln.
Endlich war Ranulf fertig. Ferox kam wieder in seinen Käfig. Cranston kletterte von seiner hohen Warte herunter, und alle

drei machten sich daran, das Bett und die Möbel zu verrücken. Ranulf stemmte sogar die Bodendielen hoch, aber sie konnten nichts finden. Schließlich standen alle drei mit hochroten Gesichtern und schweißüberströmt in der Mitte der Kammer. Cranston war sichtlich beschwingt. Er schlug Athelstan und Ranulf auf die Schultern und entschuldigte sich, weil er Ranulf angeschrien hatte.

»Ich spendiere dir den besten Rotwein in London«, schwor er. »Und für deinen kleinen Freund gibt's auch etwas zu trinken.«

»Er mag Malmsey, Sir John.«

»Von mir aus kann er in dem verfluchten Zeug ein Bad nehmen! Aber bist du sicher?«

Ranulf nickte.

»Wenn es so ist, sollten wir es mit dem Krug probieren.«

Er nahm den kleinen Krug, füllte ihn aus seinem Weinschlauch bis zum Rand und hob ihn zum Mund.

»Sir John, seid Ihr sicher?«

»Ach, um Himmels willen, Athelstan, ich werde es ja gleich herausfinden.« Er trank den Krug bis zum letzten Tropfen leer. *»Alea iacta est!«* erklärte er. »Der Würfel ist gefallen! Jetzt laßt uns zu dem Luder hinuntergehen.«

Sie stiegen hinunter in den Söller, wo die verbissen dreinblickende Rosamund und ein sehr viel nervöserer Albric saßen und auf sie warteten.

»Sir John!« Die Frau erhob sich. »Ihr seid jetzt seit einer guten Stunde in meinem Hause. Verschwindet endlich!«

»Ich bin noch nicht fertig«, kläffte er und trat dicht vor sie.

»Ja, was wollt Ihr denn noch? Diese lächerlichen Anschuldigungen!«

Cranston holte tief Luft. »Rosamund Ingham und Ihr, Albric Totnes: Ich, Sir John Cranston, der Coroner des Königs in dieser Stadt, verhafte Euch wegen Mordes und Verrats.«

Rosamund wurde bleich und starrte ihn an. Albric plumpste auf einen Stuhl und hielt sich den Bauch; seine Augen wurden feucht, und sein Mund stand offen. Er war die leichtere Beute, das erkannte Athelstan. »O Herr«, intonierte er, die Psalmen zitierend, »strecke aus Deine Hand und zeige Deine Gerechtigkeit.«

Rosamund hatte die Fassung rasch wiedergefunden. »Mord? Verrat? Was soll dieser Unsinn?«

»Das wißt Ihr ganz genau, Mistress.« Cranston holte den kleinen Krug, den er aus der Schlafkammer mitgenommen hatte, aus seinem weiten Ärmel. »In Anwesenheit von Zeugen gebt Ihr zu, Mistress, daß dieser Krug die Medizin Eures verstorbenen Gemahls enthielt, eine Tinktur aus Fingerhut oder *Digitalis*? Eine Medizin, die, wenn ich recht verstehe, das Herz kräftigen kann, wenn sie in kleinen Dosen verabreicht wird?«

»Ja, so ist es. Was wollt Ihr sagen, Sir John? Daß mein Mann zuviel genommen hat? Er hat sich immer selbst eingegossen. Niemand sonst durfte den Krug anrühren.«

Cranston nickte. »Und würdet Ihr mir in Gegenwart von Zeugen auch zustimmen, daß dies der Krug ist, der in der Kammer Eures Gatten blieb, als ich die Tür versiegelte, und daß Euer Gatte ihn im Todeskampf umgestoßen hat?«

»Ja, ja.«

Ein Geräusch an der Tür veranlaßte Cranston, sich umzudrehen. Er rief den alten Diener herbei.

»Gerade zur rechten Zeit, mein Freund«, dröhnte er. »Ich könnte noch einen Zeugen gebrauchen. Sagt mir, Mistress« – er wandte sich wieder der Frau zu –, »habt Ihr schon einmal Fingerhuttinktur gekostet?«

»Selbstverständlich nicht! Sir John, Ihr habt ja getrunken.«

»O ja. Ja, das habe ich. Ich habe sogar aus diesem Krug getrunken.«

Athelstan warf einen raschen Blick zu Albric hinüber. Der Mann mochte ein Feigling sein, aber seinem Gesicht war anzusehen,

daß er bereits erraten hatte, worauf Cranston mit seinem Verhör abzielte, und das schien sein Entsetzen nur zu steigern.
»Nun«, fuhr Cranston gleichmütig fort. »Fingerhut schmeckt beinahe nach nichts. Und so habt Ihr Euren Mann ermordet. Er bewahrte den Hauptvorrat seiner Arznei in einer verschlossenen Flasche in der Speisekammer auf. Er wußte nicht, daß Ihr vielleicht einen Monat vor seinem Tod die ganze Medizin weggeschüttet und durch ganz harmloses Wasser ersetzt hattet.«
»Seid nicht albern. Das hätte mein Mann doch gemerkt.«
Cranston grinste. »Und wo ist die Flasche?«
»Ich habe sie weggeworfen!« stammelte Rosamund.
»So, so«, erwiderte Cranston. »Und warum solltet Ihr das getan haben?«
»Weil sie nicht mehr gebraucht wurde.«
»Quatsch! Weil Ihr den Beweis vernichten wolltet. Er hätte nie etwas gemerkt. Schließlich«, fuhr Cranston fort, »sehen wir immer nur das, was wir zu sehen erwarten. Von meinen Medizinerfreunden weiß ich, daß Fingerhut in flüssiger Form klar und geschmacklos ist. Vielleicht habt Ihr etwas hineingerührt, um die Flüssigkeit dicker zu machen? Worum geht's hier, Weib? Da haben wir einen Mann mit schwachem Herzen, krank vor Sorgen wegen seiner treulosen Frau, dem seit Wochen die lebensrettende Medizin vorenthalten wird. O ja, Sir Oliver – Gott schenke seiner Seele die ewige Ruhe – starb an einem Herzanfall. Aber Ihr habt ihn herbeigeführt! Bruder Athelstan hier ist Theologe.« Cranston warf einen kurzen Blick auf Albric, der zusammengesunken auf seinem Stuhl hockte, die Arme fest vor der Brust verschränkt. »Athelstan wird Euch erklären, daß es zwei Arten von Sünde gibt: die tätige Sünde und die Sünde der Unterlassung. Albric, du weißt, was Unterlassung bedeutet?«
Der junge Stutzer schüttelte den Kopf.
»Es bedeutet, du hinterlistiger kleiner Scheißer, daß du eine

böse Tat begehst, indem du etwas *nicht* tust. Du kannst einen Mann ermorden, indem du ihn in den Fluß wirfst. Aber du kannst ihn auch ermorden, indem du ihn nicht herausziehst.«

»Was für Beweise habt Ihr?« wollte Rosamund wissen.

»Genug, um Euch zu hängen«, versetzte Cranston scharf und trat vor. »Seht Ihr, als Euer Gemahl starb, mitten in seinem Herzanfall, da schlug er um sich und stieß mit der Hand den Medizinkrug um, so daß die Flüssigkeit herausfloß. Nun ist dieses Haus voller Ratten, und die Tiere sind neugierig und hungrig.« Cranston konnte vor Wut kaum sprechen.

»Mylord Coroner will sagen«, sprang Athelstan ihm ruhig bei, »wenn eine Ratte den Leichnam eines Menschen anknabbert, dann wird sie ganz sicher jede Flüssigkeit aufschlecken, die sie findet. Ich habe mir den Tisch angeschaut«, log er, »und dieser berufsmäßige Rattenfinger hat es ebenfalls getan. Auf dem Tisch sind Spuren von Ratten. Ihre Spuren und auch ihr Kot finden sich überall in dieser Kammer.« Er warf Ranulf einen Blick zu, und der nickte weise. »Was noch wichtiger ist«, fuhr er fort, »und mein guter Freund hier wird es beschwören: Wenn eine Ratte Fingerhuttinktur trinkt, dann wird sie gleich sterben. Aber wir haben keine toten Ratten in der Kammer gefunden.« Athelstan bemühte sich um eine überzeugende Miene. Er bluffte, denn kein Richter würde jemanden aufgrund solcher Beweise verurteilen. Als er Albric stöhnen hörte, setzte sein Herz fast aus. Der junge Mann löste die verschränkten Arme und wollte aufstehen.

»Das ist Unsinn!« fauchte Rosamund, und ihre Augen schimmerten triumphierend. »Erstens könnte sich die Rattc fortschleichen, um irgendwo zu verrecken, und tote Ratten haben wir im Haus schon gefunden, nicht wahr, Albric?« Der junge Mann war totenbleich; er nickte nur.

»Unmöglich!« Ranulf hatte die Lage erkannt und ergriff nun das Wort. »Fingerhut tötet eine Ratte auf der Stelle, das schwöre ich. Ja, ich könnte es Euch sogar vorführen.«

Albric setzte sich wieder und starrte Athelstan furchtsam an.
»Ihr habt von Verrat gesprochen.« Rosamund redete hastig, um ihre Verwirrung zu überspielen.
»Ja, das habe ich«, sagte Cranston leise. »Gestern nacht wurde ich von Strauchdieben überfallen. Ich schlug sie in die Flucht, aber einen konnte ich gefangennehmen«, log er. »Er hat mir gestanden, daß Ihr sie gedungen hattet, um mich zu ermorden.«
»Unfug!«
»Er hat Euren Namen genannt.«
»Ach, das ist lächerlich!« höhnte sie. »Ihr wollt mich beschuldigen, ich hätte drei Strauchdiebe gedungen?«
Cranston grinste. »Woher wißt Ihr, daß es drei waren?«
Der Hohn in Rosamunds Miene erstarb.
»Dich haben sie auch genannt.« Cranston nickte Albric zu.
»Das kann nicht sein!« zischte der junge Mann und funkelte Rosamund wütend an. »Du hast gesagt, es besteht keine Gefahr dabei.«
»Oh, halt dein Maul, du Dummkopf!« Sie setzte sich und schlug die Hände vors Gesicht.
Athelstan atmete aus; er merkte, daß er sich die Fingernägel in die Handflächen gebohrt hatte. Er trat zu dem jungen Mann.
»Gesteht«, sagte er leise. »Macht Euch zum Zeugen der Krone, und wer weiß, was der Coroner alles für Euch tun kann.«
Athelstan hockte sich nieder und tätschelte dem jungen Mann die Hand. Albric starrte nur zu Boden, und er richtete sich wieder auf.
»Ich werde gestehen«, murmelte Albric.
Rosamund reckte Athelstan ihr tränennasses, haßerfülltes Antlitz entgegen. »Halt's Maul, du verfluchter Pfaffe! Du zerlumpter Halbmann! Ich hab's für dich getan!« zischte sie Albric zu. »Für dich habe ich's getan!«
Er schüttelte den Kopf. »Wir sind fertig miteinander«, flüsterte er.

Cranston wandte sich um und winkte den Diener herbei. »Schnell, geh die Straße hinunter. In der Schenke zum ›Mond und Käfig‹ findest du vier Wachsoldaten. Die bringst du sofort her!«

Der Hausdiener eilte davon. Athelstan und Cranston gingen zur Haustür und warteten auf die vier Soldaten der Stadtwache. Cranston erteilte ihnen flüsternd ein paar Anweisungen, dann ging er mit seinem Gefährten hinaus, während Rosamunds Zorn sich zur Hysterie steigerte. Rasend vor Wut kreischte sie Cranston und Athelstan hinterher, als die Soldaten sie und Albric in die Ketten legten, die sie mitgebracht hatten.

Draußen auf der Straße blieb Cranston stehen. Seine Augen schwammen in Tränen. »Ich bringe kein Wort hervor«, sagte er, schüttelte Athelstan und dann Ranulf förmlich die Hand und wischte sich eine Träne ab. »Kommt. Bei Olivers Totenmesse war ich nicht dabei, aber zu seinem Grabtrunk will ich euch einladen.« Er deutete auf Ferox, der jetzt friedlich in seinem Käfig döste. »Und unser kleiner Freund hier darf betrunken nach Hause gehen.«

10

Eine Stunde später taumelte Ranulf ziemlich betrunken – mit einem Frettchen, das nicht minder beschwipst war – aus der Taverne zum »Mond und Käfig« hinaus und murmelte, er müsse jetzt zurück nach Southwark.

Cranston schaute dem Rattenfänger nach und wurde gefühlvoll.

»Ein feiner Mann, Bruder. Ich habe deine Gemeinde immer eine Sünderbande genannt, aber da geht ein prächtiger Mann.«

»Sünder sind wir alle«, antwortete Athelstan. »Aber weiß Gott, wenn ich an Mistress Rosamund denke, so ziehe ich doch eine feine Grenze zwischen denen, die aus Schwäche straucheln, und denen, die aus Bosheit sündigen.«

»Womit wir wieder bei den Morden im Rathaus wären, was?« trompetete Cranston und behielt dabei den Reliquienhändler im Auge, der in einer Ecke der Schankstube seinen unrechtmäßig erworbenen Gewinn verzehrte.

Athelstan berichtete kurz von seiner Unterredung mit Pike, dem Grabenbauer. Cranston hörte zu, schmatzte und schnupperte, als würzige Düfte aus der Küche hereinwehten.

»Pike soll sich vorsehen«, grollte er dann. »Ein Mann, der mit den Füßen rechts und links von einer Flamme steht, verbrennt sich leicht die Eier. Ach, übrigens, da wir gerade von Gefahren reden: Hat Lady Benedicta dieses kleine Teufelsweib abgeholt?«

»Inzwischen, Sir John, müßte sie eigentlich wohlbehalten bei den Minoritinnen sein.«

»Schlimme Sache, das«, murmelte Cranston. »Weißt du, Bruder, in diesem Haus gab es etwas Böses.«

»Nun, damit ist es aus«, erklärte Athelstan halbherzig; er mußte Cranston recht geben, hatte aber wegen des Geschehenen immer noch Gewissensbisse. »Aber zu dieser Sache im Rathaus …« Er strich mit der Fingerspitze über den Rand seines Bechers. »Euch ist klar, Sir John, daß diese Morde anders sind als die, die wir sonst untersucht haben? Ihr wußtet, daß Sir Oliver ermordet worden war. Jemand im Hause hatte ihn umgebracht. Das gleiche galt für die anderen Verbrechen, die wir aufgeklärt haben, sei es der Fall im Hause Springall oder der Mord an Sir Ralph Whitton im Tower am vergangenen Weihnachtsfest.« Athelstan redete sich warm. »Wißt Ihr, Sir John, solche Verbrechen haben ihren Ursprung nicht in bösem Blut, sondern in heißem Blut. Ein politischer Mord aber ist etwas anderes. Da ist kein persönlicher Groll im Spiel, keine boshafte Freude angesichts der Vernichtung des Feindes, sondern reine Zweckmäßigkeit. Und damit haben wir es jetzt zu tun: Der Tod Mountjoys und Fitzroys wurde kalten Blutes beschlossen und sollte Lord Gaunts Pläne stören.«
Athelstan rieb sich die Lippen, und bevor Cranston noch mehr Wein bestellen konnte, schickte er den Schankburschen wieder weg. »Bedenkt, Sir John, ein Mord ist wie ein Schachspiel. Man macht einen Zug, und der Gegenspieler macht einen Zug. Früher oder später begeht einer einen Fehler, oder es eröffnet sich ein Weg, der zur Wahrheit und zum Ende des Spiels führt. Aber hier könnte jeder unser Gegenspieler sein.« Athelstan strich sich ein paar Krümel von der Kutte. »Drei Morde«, murmelte er. »Wir wissen, daß sie tot sind, aber wir wissen wenig mehr. Wie wurde Fitzroy vergiftet, wenn er doch aß und trank, was alle anderen aßen und tranken? Wie konnte Mountjoy in der Abgeschiedenheit seines eigenen Gartens erstochen werden? Und Sturmey? Gerade noch steht er am Kai – und im nächsten Augenblick schwimmt er mit einem Dolch in der Brust in der Themse.« Athelstan verstummte, als lautes Schnarchen seine

Worte beantwortete. Er sah Sir John an, und der hatte den Kopf zurückgelegt und die Augen geschlossen. Ein seliges Lächeln lag auf seinem Gesicht. »Sir John! Herr im Himmel!« flüsterte Athelstan und stieß ihn an. »Man findet nicht mal Eure Rippen, so fett seid Ihr!«
»Füllig«, erwiderte Sir John, öffnete die Augen und leckte sich die Lippen. »Ich bin füllig, Athelstan.« Er tippte sich an die rote, fleischige Nase. »Vergiß nicht, Bruder, der Lord Coroner mag dösen, aber er schläft niemals. Was willst du wissen?«
»Sturmey. Ihr wußtet etwas aus seiner Vergangenheit?«
»Weiß Gott! Aber ich komme nicht drauf«, knurrte Cranston und stand auf. »Wir müssen noch einmal in seine Werkstatt gehen.«
»Ich dachte, Gaunts Leute hätten sie versiegelt?«
»Ja, aber ich habe die Erlaubnis des Regenten, die Siegel zu entfernen, wenn Lord Clifford dabei ist.«
»Ich hatte gehofft, ich könnte nach Southwark zurück.«
»Kannst du aber nicht. Gottes Werk will hier getan werden. Komm schon, Bruder.«
Athelstan folgte Cranston hinaus und sah, wie der Coroner absichtlich den heftig trinkenden Reliquienhändler anrempelte. »Ich hasse solche Mistkerle!« raunte er, als sie vor der Schenke standen. »Wenn es nach mir ginge, würde die ganze Bande aus der Stadt verjagt. Sie verkaufen so viel Holz vom wahren Kreuz Christi, daß man daraus eine ganze Flotte von Schiffen bauen könnte.«
Athelstan sah, daß der Coroner schlechte Laune bekam; er hakte sich bei ihm unter und lenkte das Gespräch behutsam in ruhigere Gewässer mit der Frage, wann Lady Maude wohl zurückkehren werde. Bald hatten sie Lord Cliffords Haus gefunden, ein hübsches, dreigeschossiges Gebäude in der Parchment Lane. Aber der junge Edelmann war nicht da.

»Er ist zum Arzt gegangen«, erklärte ein livrierter Diener und führte sie in einen kleinen, behaglichen Söller. »Aber er erwartet Euch, Sir John.«
Athelstan lehnte die angebotene Erfrischung höflich ab, aber Cranston ließ sich nicht zweimal bitten. Er lehnte sich auf dem gepolsterten Sessel zurück, nippte am Rotwein und bewunderte unverhohlen den Luxus im Zimmer. Athelstan, der im stillen betete, Sir John möge nicht zuviel trinken, betrachtete gleichfalls die Rüstung, die geschmackvoll ringsum an den Wänden verteilt war: ein paar gekreuzte Handschuhe, ein Schild, zwei Hellebarden sowie etliche verschnörkelte und wunderschön geschnitzte Bögen und Armbrüste.
»Ein reicher Mann«, bemerkte Athelstan.
»Natürlich«, antwortete Sir John. »Ich habe mit seinem Vater gedient; er hat eine Gruppe von Bogenschützen nach Frankreich geführt. Ein wilder Soldat, möge er in Frieden ruhen –, und jetzt verfolgt sein Sohn so hohe Ziele.«
Athelstan warf einen Blick auf die dicken Wollteppiche, die den glänzenden Eichenboden bedeckten, und das Silber auf der blanken Tischplatte, funkelnd im Sonnenlicht, das durch ein buntes Glasfenster hereinfiel. Warum wollten Männer wie Lord Clifford, der so viel hatte, immer noch mehr haben? Seine Betrachtungen wurden jäh unterbrochen, als Clifford hereingestürmt kam. Er warf einem Diener seinen Mantel zu und kam herüber, um ihnen freundlich die Hand zu schütteln. Athelstan sah die Schrammen und Blutergüsse im Gesicht des jungen Mannes und merkte auch, wie steif er die Schultern hielt.
»Seid Ihr schlimm verletzt?« fragte der Bruder, als die Begrüßung vorüber war.
Clifford grinste und verzog dann das Gesicht. »Ein paar Schrammen und blaue Flecken im Gesicht. Das Schlimmste ist eine Dolchwunde in der Schulter.«
»Das Werk des Ira Dei?«

»Ohne Zweifel. Ich wurde bewußtlos geschlagen, bevor die Wache mich rettete. Die Schweine haben mir sogar eine Nachricht an den Mantel geheftet.«

»Was stand darauf?«

»›Fordere nicht heraus den Zorn Gottes!‹« Vorsichtig bewegte Clifford die Schulter. »Mir ist es schnuppe. Wer mich aufhalten will, braucht schon mehr als ein paar Wüstlinge«, bemerkte er trocken.

Er bot weitere Erfrischungen an, aber Athelstan wies darauf hin, daß die Zeit verging.

»Sir John«, erklärte er, »möchte Sturmeys Werkstatt aufsuchen, die Siegel des Regenten abnehmen und alles durchsuchen.«

Clifford war einverstanden, und sie traten hinaus in das Gewimmel des Marktes. Clifford plauderte über Gaunts Entschlossenheit, das Bündnis mit den Gildeherren zu erneuern.

»Sprecht leise und haltet die Hand auf der Börse«, riet Cranston und grinste Athelstan an. »Ich glaube, ganz Southwark ist hier.«

Der Bruder sah sich um. An den Ständen herrschte reges Treiben, und das Gebrüll der Gesellen war ohrenbetäubend. »St.-Thomas-Zwiebeln!« »Frisches Brot!« »Heiße Pasteten!« »Nadeln und Spangen für eine Dame!« »Eine Kappe für Euch, Sir!« Ganz London, Edelleute in Seide und Bauern in Sackleinen, drängte sich um die Stände, und Athelstan sah die scharfgeschnittenen Gesichter von Gaunern, Taschendieben und Beutelschneidern bei der Arbeit. Er war schon so oft mit Cranston durch die Stadt gelaufen, daß er inzwischen genauso geschickt wie der Coroner den Dieben bei ihrer verstohlenen Arbeit zusah – wie sie unentwegt über den Marktplatz streiften und nach Opfern Ausschau hielten. Auch jetzt waren diese kleinen Verbrecher beschäftigt, offensichtlich blind für die Strafen, die an den Prangern und Schandpfählen der Cheapside vollzogen wurden: Marktbüttel ketteten dort Männer und Frauen an und hängten ihnen plumpe Schilder um den Hals, auf denen die Litanei ihrer Missetaten stand, sei es nun, daß sie von kostbaren Gewändern die Knöpfe abgeschnitten oder daß sie sich als Knochen- und Lumpensammler nicht gescheut hatten, alles mitzunehmen, was irgendwo von einem Stand gefallen war.

Ein Ablaßhändler stand mit schmierigen Schriftrollen in den Händen vor dem Marktkreuz und bot Nachlaß der Sünden für jeden feil, der für die Schatztruhen des Papstes spendete. Höker verkauften verbogene Löffel, rostige Blechbecher und anderen Kleinkram. Huren paradierten umher und hatten dabei ein wachsames Auge auf die Bezirkskonstabler. Wasserhändler boten frischen Trunk feil und vertrieben die Hunde, die an ihren Eimern saufen wollten, und die zerlumpten Straßenjungen, die um einen kostenlosen Schluck bettelten. Ein Hinrichtungskarren bahnte sich einen Weg durch die Menge; ein Mönch mit schwarzer Kutte ging ihm voraus und murmelte Gebete für die Todgeweihten. Drei verurteilte Verbrecher saßen auf ihren billigen Pfeilkistensärgen und schrien der kleinen zerlumpten Schar ihrer Freunde und Bekannten Abschiedsgrüße zu. Diese begleiteten die Verurteilten zum Galgen und hängten sich dort an ihre Beine, um so für einen raschen Tod zu sorgen. Hin und wieder wurde Cranston von ehrenwerten Bürgern erkannt und gegrüßt oder mit finsteren Blicken und einem Schwall von Obszönitäten von denen bedacht, die schon einmal die fette Hand des Coroner im Nacken gespürt hatten.

Endlich bogen sie in die Ironmonger Lane ein. Sturmeys Werkstatt war mit Brettern vernagelt, aber die blasse Magd und der geschwätzige Lehrling ließen sie ein.

»Sein Sohn ist noch nicht aus dem Norden zurück«, erzählte der Junge ihnen. »Aber je eher er kommt, desto eher kann ich zu einem neuen Meister.«

Cranston tätschelte ihm den Kopf und drückte ihm einen Penny in die Hand. Clifford zog seinen Dolch, durchschnitt das Siegel des Regenten und schloß mit den Schlüsseln, die von den Behörden beschlagnahmt worden waren, die Werkstatt auf. Mit der kundigen Unterstützung des jungen Lehrlings machten sie sich daran, die Berge weggeworfener Schlüssel zu durchsuchen. Athelstan prüfte das Rechnungsbuch des toten Schlossers, aber nach einer Stunde hatten sie noch nichts Interessantes gefunden.

Clifford verzog das Gesicht, weil seine Schulter ihn schmerzte, und er stampfte verärgert mit dem Fuß auf.

»Sturmey *muß* einen zweiten Satz Schlüssel angefertigt haben. Aber wie und wo, das ist ein Geheimnis, Sir John.«

Cranston betrachtete das Engelsgesicht des jungen Lehrlings. Eine vage Erinnerung regte sich in seinem Kopf.

»Wie lange hast du Meister Sturmey gedient?« fragte er ihn.

»Es ist jetzt drei Jahre her, Sir, daß meine Mutter den Vertrag mit ihm gemacht hat, und drei Jahre habe ich noch vor mir.«

Cranston nickte weise. »Und dein Meister hat immer hier gearbeitet?«

»O ja, hier oder im Garten.«

»Und er bekam nie Besuch?« lächelte Cranston. »Von diesem jungen Edelmann hier, zum Beispiel?«

Der Bursche schaute Clifford an und schüttelte den Kopf. »Nein, nein. Es kamen immer nur der Bürgermeister und der Sheriff.«

Athelstan verließ die Werkstatt und ging den Korridor hinunter. Er lächelte der jungen Magd in der Küche zu und ging durch die Hintertür hinaus. Der Garten war gut gepflegt mit einem kleinen Rosengebüsch, einem Gemüsebeet sowie Blumen und Kräutern, Iris, Lilien, Primeln und Kornblumen, die einen kleinen Teich umstanden. Die Luft war vom süßen Duft der Kräuterbeete erfüllt: Kamille, Fenchel, Lavendel, sogar ein wenig Ysop und Majoran wuchsen dort. Athelstan sah ein kleines Backsteinhäuschen am Ende des Gartens und folgte dem Pfad dorthin. Überrascht stellte er fest, daß die schwere Tür verriegelt und mit einem Vorhängeschloß gesichert war. Er kehrte ins Haus zurück und fragte den Jungen nach dem Schlüssel. Der schüttelte den Kopf.

»Den hat Master Sturmey extra aufbewahrt«, erklärte er. »Wir durften dort nie hinein.«

Neugierig geworden, folgten Cranston und Clifford Athelstan hinaus in den Garten. Der Coroner hatte Hammer und Meißel von einer Werkbank mitgenommen und machte kurzen Prozeß mit dem Vorhängeschloß. Im Innern des steinernen Schuppens roch es muffig. Cranston stieß die Fensterläden auf und schaute sich um. Er sah eine Werkbank und ein paar Truhen. Grinsend deutete er auf eine kleine Esse.

»Hier hat er die Schlüssel gemacht«, erklärte er und hatte mit Hammer und Meißel die Truhen im Handumdrehen geöffnet. Darin lagen alle Werkzeuge, die ein Schlosser benötigte: Blei- und Stahlstreifen, Gußeisen und Schlüsselrohlinge. Cranston wühlte in einer der Truhen und förderte eine Gießform zutage, die absichtlich zerschlagen worden war. Er gab sie Clifford.

»Wenn Ihr damit zum Lord Regenten geht, dann werdet Ihr feststellen, daß Sturmey diese und andere benutzt hat, um einen zweiten Satz Schlüssel herzustellen; das ist so sicher, wie Katzen gern Milch trinken.«

»Aber für wen hat er das gemacht?« fragte Clifford.

»Ah, das ist das Rätsel.«

Cranstons Blick fiel auf ein kleines Buch, das tief im Dunkel der Truhe lag. Er nahm es heraus, während Clifford in den Garten hinausging, um die Bruchstücke der Gießform genauer zu untersuchen. Cranston blätterte in dem Buch. Erst hielt er es für ein kleines Stundenbuch, aber dann sah er die geschickt ge-

zeichneten Illustrationen und schob es in seinen Ärmel. Jetzt kannte er Master Sturmeys dunkles Geheimnis.
Clifford war aufgeregt über den Fund, den Cranston gemacht hatte, und konnte es kaum erwarten, davonzueilen. Er überließ es Cranston und Athelstan, dem Lehrling und der Magd zu danken.
Als sie das Haus verlassen hatten, zeigte Cranston dem Bruder das Buch. Athelstan blätterte die feinporigen Pergamentseiten um und pfiff leise, als er die Bilder betrachtete, die ein geschickter Künstler gemalt hatte. Knaben und junge Männer, nackt, wie sie zur Welt gekommen waren, in vielfältigen Posen. Manche kämpften mit Schwertern, eine Gruppe rekelte sich auf Brokatpolstern, und zwei übten sich im Speerwerfen. Andere Bilder waren gewagter: junge Männer, die einander wuschen oder Umarmungen und Küsse austauschten.
»Meister Sturmey hatte in der Tat ein Geheimnis«, flüsterte Athelstan. »Ein solches Buch könnte einen Mann auf den Scheiterhaufen bringen.«
Cranston tippte sich an die Nase.
»Ich wußte, da war was. Komm, Athelstan.«
Er marschierte zurück zur Cheapside, und der Bruder mußte traben, um mit dem unerwartet eiligen Coroner Schritt zu halten. Aber wenige Schritte vor dem Haus des Coroner hielt Leif, der Bettler, sie auf.
»Seid auf der Hut, Sir John!« raunte er dramatisch. »Seid auf der Hut!«
»Was redest du da, du alberner Kerl?«
»Lady Maude ist wieder da.«
Cranstons Unterkiefer klappte herunter. »Dann ist sie vor der Zeit zurückgekommen«, flüsterte er. »O mein Gott, sie wird die verdammten Hunde sehen!«
»Sie ist in ganz seltsamer Stimmung«, erklärte Leif mit düsterer Miene; er hatte Mühe, seine Schadenfreude zu verbergen.

»Domina Maude ist immer in ganz seltsamer Stimmung«, knurrte Cranston und spähte sehnsüchtig über die Cheapside zum »Heiligen Lamm Gottes« hinüber.

»O nein, Sir John!« warnte Leif, dem das alles großen Spaß machte. »Lady Maude bestand mit Nachdruck darauf, daß ich vor dem ›Heiligen Lamm Gottes‹ Wache stehen und Euch auf der Stelle nach Hause schicken soll.«

11

Athelstan bekam Mitleid, denn aller Lebensmut schien den alten Cranston verlassen zu haben. Der Coroner stand da und kratzte sich den kahlen Schädel wie ein kleiner Junge, der beim Apfelstehlen ertappt worden war.

»Kommt, Sir John«, flüsterte Athelstan. »Ich bleibe bei Euch. Lady Maude wird es kaum wagen, die Hand gegen die Heilige Mutter Kirche zu erheben.«

»Domina Maude würde selbst Gott herausfordern, wenn sie ihre Sache für gerecht hält.«

Cranston blinzelte, holte tief Luft, schob Leif beiseite und schlich sich wie ein Verurteilter ins Haus. In der Tür blieb er stehen, nahm noch einmal einen großzügigen Schluck, dann hob er den Finger an die Lippen, ging auf Zehenspitzen durch den Hausflur und spähte in die Küche.

»Stillgesessen!« Lady Maude stand am Tisch. Gog und Magog saßen vor ihr wie zwei Statuen. Domina Maude war in vollem Schwung und hielt den beiden Hunden eine kernige Rede über die Regeln in diesem Hause. Athelstan schaute dem Coroner über die Schulter und sah, daß die beiden Hunden ebenso viel Angst vor Lady Maude hatten wie ihr neugefundener Herr. Hinter den Hunden stand ein stocksteifer Boscombe und nickte ab und zu beifällig zu dem, was Lady Maude sagte.

Cranston hüstelte und betrat die Küche. Lady Maude drehte sich um. Sie war kaum mehr als fünf Fuß groß, und Athelstan hatte noch nie zuvor eine Frau gesehen, die doppelt so groß wirken konnte, wie sie tatsächlich war.

»Sir John!« rief sie honigsüß. »Ich bin schon früher nach Hause gekommen!«
Zögernd ging Cranston auf sie zu und umklammerte seine Bibermütze.
»Liebes Weib«, stammelte er, »du bist mir überaus willkommen. Und die Kerlchen?«
»Sind oben bei ihrer Amme und schlafen tief und fest. Nein, Sir John« – Cranston hatte sich umgedreht –, »du wirst sie in Ruhe lassen.« Sie trat vor. »Ich habe beschlossen, zurückzukommen, weil du mir gefehlt hast.« Sie lächelte. »Und ich habe eine gute Nachricht. Mein Bruder Ralph, seine Frau und seine Kinder kommen vielleicht nach St. Michaelis zu uns.«
Cranston wagte nicht, sein starres Lächeln aufzugeben.
»Oh, Rattenscheiße!« hauchte er.
Lady Maude kam noch näher. Sie erhob sich auf die Zehenspitzen und gab ihrem Mann einen Kuß auf jede Wange; dann wandte sie sich Athelstan zu und gab ihm die Hand. Der Bruder sah das Lächeln im Blick der kleinen Frau.
»Sir John hat sich gut benommen, Bruder?«
»Wie ein rechtschaffener Mann, Lady Maude.«
Ihr Lächeln wurde breiter, als sie den sanften Sarkasmus in Athelstans Stimme hörte. Cranston stand stocksteif da und starrte erst Gog und Magog, dann Boscombe an. Die Hunde beachteten ihn nicht; sie starrten Lady Maude unverwandt an, aber Boscombe erwiderte seinen Blick mit glasigen Augen.
»Du hast unsere Gäste kennengelernt, Lady Maude?« fragte Cranston.
»Gäste!« rief seine Frau. »Sir John, sie gehören zur Familie. Master Boscombe ist ein seltenes Juwel.«
»Und die Hunde?«
»Sie wissen jetzt, wo ihr Platz ist, wie das jeder in diesem Hause wissen sollte.«
Cranston stand noch kerzengerader, als er den warnenden Un-

terton in den Worten seiner Frau hörte. Maude ergriff unvermittelt seine Hand.
»Du bist ein guter und großzügiger Mann«, sagte sie leise. »Ich wäre böse geworden, wenn du anders gehandelt hättest. Wie könnte man einen Mann wie Boscombe auf die Straße werfen und zwei so schöne Geschöpfe Gottes grausam vernichten? Ich mag den Lord Regenten nicht, und Boscombe hat mir von der Sache im Rathaus berichtet.«
Cranston warf ihm einen schnellen Blick zu. Der Diener hatte geschworen, über den Überfall in der Gasse zu schweigen. Boscombe, der immer noch glasig blickte, schüttelte kaum merklich den Kopf. Cranston entspannte sich, als er sah, woher der Wind wehte; er zog den Mantel aus, warf ihn über den Tisch und umarmte seine Frau wie ein Bär.
Das war das Signal: Nun brach das Chaos aus. Die Hunde fingen an zu heulen, Boscombe wurde fürsorglich. Lady Maude bestand darauf, daß Cranston sich auf seinen hochlehnigen Stuhl setzte und Athelstan ihm gegenüber Platz nahm, während sie ihrem »Herrn und Meister« die passenden Erfrischungen servierte.
Endlich legte sich das Durcheinander. Sir John und Athelstan tauschten Neuigkeiten und Klatschgeschichten mit Lady Maude. Eine schwitzende Magd brachte die beiden Kerlchen herunter; sie schrien ihren Vater, der sie auf den Knien schaukelte, aus Leibeskräften an, bis sie vor Wut immer röter wurden. Athelstan betrachtete die strammen Säuglinge und warf dann einen bewundernden Blick auf Lady Maude. Insgeheim fragte er sich, wie ein so zartes Wesen zwei Kinder hatte zur Welt bringen können, die er für die stämmigsten Babys hielt, die er je gesehen hatte. Sie glichen einander wie ein Ei dem anderen mit ihren dicken Backen und kahlen Köpfen.
Gog und Magog kamen herbei, schnupperten, stupsten und leckten – bis sogar Cranston, der solch liebevolles Chaos ge-

noß, erklärte, nun sei es genug, und zum Rückzug in seine Kanzlei blies. Als er und Athelstan wohlbehalten in dem angekommen waren, was er sein »Heiligtum« nannte, lehnte der Coroner sich an die Tür und wischte sich den Schweiß von der Stirn.

»Gott schütze uns«, sagte er leise. »Gottlob geruhte die Domina, gnädig zu sein. Glaub mir, Bruder, der alte John Cranston hat vor nichts Angst – außer vor Domina Maude und ihrer Wut.«

Von Ferox und Bonaventura einmal nicht zu reden, dachte Athelstan, aber das behielt er für sich.

»Nun«, begann Cranston, »wollen wir einen Blick in meine Akten werfen.« Er klappte den Deckel einer großen, eisenbeschlagenen Truhe auf, grub darin wie ein großer Hund und warf allerlei Pergamente über die Schulter hinter sich. Murmelnd und fluchend entrollte er eine Schriftrolle nach der anderen, nur um sie beiseite zu werfen.

»Endlich!« krähte er dann triumphierend und hockte sich mit dem Rücken zur Wand auf den Boden. Er las die Pergamentrolle, studierte gierig ihren Inhalt; hin und wieder schrie er auf und schlug sich auf den Schenkel.

»Schmutzige kleine Geheimnisse! Und der alte John kennt sie alle.« Er stand auf, warf Athelstan das Pergament zu und ging hinaus an die Treppe, um Boscombe zu rufen.

»Geh hinauf zum Rathaus«, befahl er, »und sag dem Bürgermeister und den Gildeherren, der Lord Coroner wünsche sie unverzüglich zu sprechen, wegen der Geheimnisse des Master Sturmey.« Er grinste den bleichen Diener an. »Guck nicht so ängstlich! Du richtest ihnen aus, was ich dir gesagt habe, und beobachtest ihre Gesichter. Ich bin in einer Stunde im Ratszimmer.«

Cranston wandte sich ab und räumte sein Arbeitszimmer auf, während Athelstan auf einem Schemel saß und das Pergament las.

»Das kann ich nicht glauben«, murmelte er.
»O doch.« Cranston grinste böse. »Wo Reichtum ist, da ist auch Sünde. Und sie sind alle auf die eine oder andere Weise darin verwickelt.«
Athelstan las weiter. Das Pergament war zwei Fuß lang, die Schrift klein und dicht. Das Ganze enthielt Memoranden und Berichte, Nachrichten und Abrechnungen. Athelstan mußte schließlich damit zum Fenster gehen, um es genauer zu studieren.
»Ist Euch noch ein Name aufgefallen, Sir John?«
»Welcher?«
»Ein Master Nicholas Hussey, Chorist in St. Paul.«
Cranston kam herbei und las die Zeile über Athelstans Zeigefinger.
»Bei den Eiern des Teufels!« hauchte er. »Bruder, du hast recht.«
Athelstan las weiter. Boscombe kam zurück und grinste von einem Ohr zum anderen; die Gildeherren und der Bürgermeister wollten Sir John sogleich empfangen, meldete er. Schnaubend wie ein Stier packte Cranston seinen Mantel und rannte geradezu die Treppe hinunter. Er rief Lady Maude ein Lebewohl zu und marschierte dann mit bösem Grinsen auf den Lippen die Cheapside hinauf. Athelstan hastete hinterher; er versuchte immer noch, den Bericht zu Ende zu lesen, gab aber schließlich auf und stopfte die Pergamentrolle in die Ledertasche zu seinem Schreibwerkzeug.
»Das wird mir Spaß machen«, sagte Cranston leise. »Beobachte nur ihre Gesichter, Athelstan.«
Der Bürgermeister und die Gildeherren warteten in der Ratskammer. Athelstan sah, daß die Diener fortgeschickt worden waren; keine Erfrischungen wurden angeboten, als Cranston und er mit knappen Worten aufgefordert wurden, an dem großen ovalen Tisch Platz zu nehmen. Goodman sah noch glubsch-

äugiger und banger aus als sonst. Sudbury und Bremmer waren sichtlich in Schweiß geraten. Marshall kratzte sich den kahlen Schädel und wollte ihnen nicht in die Augen sehen, und Denny hatte alles Stutzergebaren fallengelassen und starrte Sir John so unverwandt an wie ein erschrockenes Kaninchen, das sich einem Hermelin gegenübersieht.
Goodman räusperte sich. »Sir John, Ihr wolltet uns sehen?«
»Verdammt, das kann man wohl sagen!« Cranston legte seine massigen Arme auf den Tisch. »Wir wollen nicht um den heißen Brei reden. Meister Sturmey, der Schlosser, wurde beauftragt, eine besondere Truhe für die Goldbarren zu bauen. Sie wurde mit sechs verschiedenen Schlössern ausgestattet. Jeder von Euch hatte einen Schlüssel, und doch wurde das Gold herausgenommen. Sturmey ist tot, und bevor Ihr fragt: Jawohl, er wurde ermordet, weil ihn jemand gezwungen hatte, einen zweiten Satz Schlüssel zu machen.« Cranston wischte sich mit dem Handrücken über den Mund. »Nun mögt Ihr fragen: Warum? Was könnte einen angesehenen Handwerksmeister wie Sturmey dazu bringen, sich in Diebstahl und Verrat verwickeln zu lassen? Die Verlockung des Goldes? Nein, so war Sturmey nicht. Ein anderer Vorteil? Nein, meine Herren. Er war das Opfer eines Erpressers.«
Der Bürgermeister und die Gildeherren starrten Cranston an wie Verbrecher, die vor einem strengen Richter sitzen.
»Vor fünfzehn Jahren«, fuhr der Coroner fort, »war ich stellvertretender Coroner in Cordwainer und Farringdon. Sir Christopher« – er lächelte den Bürgermeister an –, »Ihr erinnert Euch doch sicher an meine Tage in jenem Amt, denn auch Ihr wart ja ein Justizbeamter. Da gab es einen Skandal, nicht wahr? Gewisse Anschuldigungen wurden dem Königlichen Rat vorgetragen: Mächtige Kaufleute seien verwickelt in die fleischliche Verführung von Chorknaben und Pagen der St.-Pauls-Kathedrale. Sicher erinnert Ihr Euch noch, nicht wahr?« Cran-

ston räusperte sich. »Zwei Kaufleute wurden gehängt, gestreckt und gevierteilt, weil dieses schmutzige Treiben zum Tod eines der Jungen führte. Tja.« Cranston lehnte sich zurück und faltete die Hände über dem Bauch. »Die Ermittlungen führten zu wohlhabenden, mächtigen Bürgern, die alle befragt wurden, und auf der Liste dieser Bürger standen auch der verstorbene Sir Gerard Mountjoy, der verstorbene Sir Thomas Fitzroy, Philip Sudbury, Alexander Bremmer, Hugo Marshall und James Denny.«

»Aber wir waren unschuldig!« fauchte Bremmer. »Geschwätz und Klatsch von boshaften Zungen!«

»Ich habe nie etwas anderes behauptet«, erwiderte Cranston. »Aber da steht noch ein Name: Peter Sturmey, Schlosser. Wie dem auch sei, die Ermittlungen wurden irgendwann abgeschlossen, sonst wären an jedem Galgen der Stadt die fauligen Früchte erblüht. Im Verlaufe dieser Ermittlungen aber offenbarte Sturmey, gegen den keine Vorwürfe erhoben worden waren, die Existenz eines Männerbordells in einer Gasse bei Billingsgate. Erstens: Die Namen, die ich gerade aufgeführt habe, sind alle an der jetzt in Frage stehenden Angelegenheit beteiligt. Zweitens: Sturmey, der ebenfalls in die Sache verwickelt war, wurde jetzt ermordet im Wasser am Kai bei Billingsgate aufgefunden.«

»Kommt endlich zur Sache«, sagte Goodman leise.

»Oh, ich denke, es liegt auf der Hand«, warf Athelstan ein. »Selbstverständlich waren alle der hier Anwesenden unschuldig im Sinne der vor fünfzehn Jahren erhobenen Vorwürfe. Sturmey aber war schuldig, zumindest vor den Augen Gottes. Als Gras über die Sache gewachsen war, schwieg er. Er arbeitete hart in seinem Handwerk, auf das er sich gut verstand, aber er führte sein heimliches Doppelleben weiter. Die Jahre vergingen. Sturmeys Ruf als Schlosser sprach sich herum, und man betraute ihn mit dieser besonderen Aufgabe. Leider aber erinnerte sich jemand an die Vergangenheit, behielt Master Sturmey im Auge und fand heraus, daß der Schlosser immer noch ein Doppelleben führte.«

»Es ist, wie mein Schreiber sagt«, fuhr Cranston fort. »Sturmey wurde mit zwei Dingen erpreßt: mit der Vergangenheit und, was wichtiger ist, mit der Gegenwart. Wahrscheinlich fertigte er aus lauter Angst einen zweiten Satz Schlüssel an. Am Tag, als er starb, hatte man ihn nach Billingsgate bestellt, einen Ort, den unser Schlosser nur zu gut kannte – zu seiner, wie er glaubte, letzten Begegnung mit dem Erpresser.« Cranston spreizte die Hände. »Den Rest kennt Ihr. Der Erpresser hatte nicht vor, Sturmey reden zu lassen. Der Schlosser hatte seine Schuldigkeit getan und wurde brutal ermordet. Den Namen des Mörders kennen wir nicht, und wir wissen auch noch nicht, wie er Sturmey erstechen und den Leichnam in den Fluß werfen konnte.«

»Und?« quiekte Marshall. »Was hat das mit uns zu tun, Sir John?«

»Nun, Ihr alle wißt von dem Skandal, der in Sturmeys Vergangenheit lauert. Auf Euren Wunsch hin wurde er beauftragt, die Truhe zu bauen, die Schlösser anzufertigen und ...«

»Und was?« zischte Sudbury und beugte sich vor. »Wollt Ihr damit sagen, Sir John, daß einer oder mehrere von uns oder wir alle etwas mit Verrat, Erpressung und Mord zu tun haben?«

Cranston lächelte falsch. »Sir, das habe ich nicht gesagt. Ich beschreibe lediglich die Tatsachen. Aber nachdem Ihr die Sache nun zur Sprache gebracht habt, will ich Euch doch fragen: War einer von Euch an dem Tag, als Sturmey starb, in Billingsgate? Oder hat einer von Euch ihn heimlich besucht?«

Ein Chor trotziger Verneinungen beantwortete Cranstons Fragen. Trotzdem sahen die Gildeherren so erleichtert aus, daß Athelstan der Verdacht kam, sie könnten eine Menge zu verbergen haben. Goodman machte ein betretenes Gesicht.

Schließlich, dachte Athelstan, hatte er Sturmeys Vergangenheit gekannt und sich trotzdem den übrigen angeschlossen und den toten Schlosser für diesen Auftrag ausgewählt.
»Andere wußten auch davon«, begehrte Denny auf. »Wieso fragt Ihr nur uns?«
»Wer wußte es denn sonst noch?« versetzte Cranston. »Seine Gnaden, der König, war noch nicht geboren, der Lord Regent war ein Knabe, und der Rat dürfte sich angesichts eines solchen Skandals die Ohren zugehalten haben. Ich habe ein Protokoll der Ermittlungen, und ich glaube nicht, daß noch weitere Abschriften davon existieren. Also bitte, sagt mir, wer wußte sonst noch davon?« Cranston zuckte die Achseln. »Vielleicht wußten andere Bescheid, aber sie sind keine mächtigen Gildeherren, und keine Zeugen von Verrat, Schatzdiebstahl und dem Mord an einem ihrer Kollegen, von der heimtückischen Ermordung eines Londoner Sheriffs ganz zu schweigen.« Cranston schob seinen Stuhl zurück und stand auf. »Aber ich sage Euch, Ihr Herren, der alte John Cranston wird die Wahrheit ausgraben, und die Gerechtigkeit wird ihren Lauf nehmen.«
Als sie das Rathaus verlassen hatten, klatschte er entzückt in die Hände.
»Die Mistkerle haben Angst«, prustete er. »O Gott, Bruder, man kann ihre Angst geradezu riechen.«
»Was ist«, fragte Athelstan, »wenn diese Morde mehr mit lange zurückliegenden Verbrechen zu tun haben als mit dem Ehrgeiz des Regenten oder den finsteren Plänen eines Ira Dei?«
Cranston schüttelte den Kopf. »Nein, Athelstan, diese Leute sind machtgierig. Sie stecken bis zum Hals im Laster. Korruption ist ihnen zur zweiten Natur geworden. Alte Sünden spielen hier eine Rolle, aber nur als Mittel, nicht als Ursache. Denke an meine Worte.« Cranston grinste. »Ich habe den Apfelbaum geschüttelt. Weiß der Himmel, was nun herunterfallen wird.«

Der Coroner schaute auf den Markt. »Wir wollen die Sache jetzt auf sich beruhen lassen«, meinte er. »Morgen ist Samstag, und ich muß ein wenig mit Lady Maude tändeln. Du hast mein Manuskript?«

Athelstan nickte.

»Behalte es. Studiere es aufmerksam, Bruder.«

Athelstan versprach es. Sir Johns Abschiedsgrüße dröhnten ihm noch in den Ohren, als er durch die Mercery und über die London Bridge zurück nach Southwark wanderte.

Benedicta erwartete ihn im Pfarrhaus. Sie sah ein wenig bedrückt aus.

»Ich habe das Mädchen Elizabeth und ihre Pflegerin Anna zu den Minoritinnen gebracht. Die Schwestern waren gut und freundlich und halten die beiden für hysterisch. Elizabeth bezeichnet ihren Vater und ihre Stiefmutter als Mörder; sie behauptet, die Wahrheit sei ihr von ihrer Mutter im Traum offenbart worden. Pater, was wird mit ihnen passieren?«

Athelstan ließ sich müde auf einen Schemel fallen und schüttelte den Kopf.

»Benedicta, ich weiß es nicht. Ich danke dir für das, was du getan hast, aber was die Zukunft birgt, weiß nur Gott.«

Sie ging in die Speisekammer und kam mit einem Krug Ale zurück. »Ihr seht müde aus.« Sie drückte ihm den Krug in die Hände. »Kommt«, sagte sie, »trinkt, und eßt auch etwas. Wollt Ihr Brot und ein wenig Dörrfleisch? Ich werde soviel vorbereiten, daß es für uns beide reicht.«

Verlegen ob ihrer Fürsorglichkeit, murmelte Athelstan seinen Dank und blieb sitzen; er starrte in die matten Flammen. Benedicta machte sich in der Küche zu schaffen und deckte den Tisch. Dabei erging sich die Witwe absichtlich in einer Litanei von Klatschgeschichten über die Pfarrgemeinde, um Athelstan von dem abzulenken, was er so treffend als sein »Meer von Sorgen« beschrieben hatte. Während des Essens versuchte er,

ihr zu antworten, aber er war müde, und sein Kopf brummte von allem, was er an diesem Tag gesehen und gehört hatte. Benedicta verabschiedete sich; sie werde morgen zur Messe wiederkommen. Athelstan sah ihr nach; dann ließ er den Kopf auf die Arme sinken und schlief ein.
Als er aufwachte, war es dunkel. Er fror und war verkrampft, und so fachte er das Feuer wieder an. Er wollte gerade in die Speisekammer gehen, als ein leises Klopfen ihn zusammenzucken ließ.
»Wer ist da?« rief er. Als er keine Antwort bekam, holte er seinen Knüppel aus der Ecke und legte die Hand auf den Türriegel. »Wer ist da?« wiederholte er und versuchte, seine Bangigkeit zu unterdrücken. Er spitzte die Ohren, hörte aber nur das leise Rauschen der Bäume auf dem Friedhof und den gespenstischen Ruf einer Eule. Er öffnete die Tür und spähte ins Dunkel hinaus. Als er hinaustreten wollte, stieß sein Fuß gegen etwas. Er bückte sich und hob einen kleinen Laib Brot auf, an dem ein Fetzen Pergament hing. Athelstan sah sich noch einmal um, schloß die Tür von innen und verriegelte sie wieder; er zündete die Kerze an und las, was auf das Pergament gekritzelt war.

Ziehst du dir zu den Zorn Gottes, so wirst du dir zuziehen das Brot der Bitternis.

Athelstan nahm den kleinen Brotlaib in die Hand und schnupperte vorsichtig daran. Er sah das Salz, das daraufgestreut war, und roch den bitteren Duft eines zerstoßenen Krauts. Er las noch einmal, was auf dem Pergament stand, dann warf er Blatt und Brot ins Feuer. »Das Brot der Bitternis«, murmelte er, und das treffende Zitat aus dem alten Testament ließ ihn leise lächeln. Eine Zeitlang saß er da und starrte in die Kerzenflamme. Ira Dei hatte ihm geantwortet, hatte ihn verspottet, weil er

wußte, daß Athelstan nur auf Geheiß seines Feindes John von Gaunt mit ihm Verbindung aufnehmen wollte. Der Ordensbruder dachte an die Konfrontation zwischen Cranston und den Gildemeistern, die er an diesem Tag miterlebt hatte. Wahrscheinlich hoffte der Coroner, daß er Ira Dei mit seinen Worten zu einem dummen Fehler verleiten könnte.
Athelstan rieb sich die Augen. »Na ja«, brummte er, »Cranston und ich haben jetzt seine Antwort.« Und müde stieg er die Treppe zu seiner kleinen Schlafkammer hinauf.

12

Athelstan erwachte am nächsten Morgen frisch und mit neuen Kräften. Er wusch und rasierte sich, wechselte die Kutte, fütterte Bonaventura und frühstückte rasch. Dann ging er hinüber in die Kirche, um das Requiem für die Mutter der Schweinehirtin Ursula zu lesen.

Benedicta erwartete ihn am Lettner, als er aus der Sakristei kam.

»Was gibt's, Benedicta?«

»Es tut mir leid, Euch zu stören, Pater, aber ich habe eine Nachricht von den Minoritinnen erhalten. Ihr sollt hinkommen. Elizabeth Hobden hat letzte Nacht versucht, sich aufzuhängen.«

Athelstan schluckte einen Fluch herunter; er wolle nur die Kirche abschließen, sagte er, und werde in einer halben Stunde auf den Stufen von St. Mary Overy auf sie warten. Rasch vergewisserte er sich, daß alles sicher verschlossen war, schüttete dem schnarchenden Philomel Hafer und Heu hin und eilte dann hinunter zu Benedicta.

»Was enthielt die Nachricht sonst noch?« fragte er atemlos, als sie zur London Bridge eilten.

»Nichts, Pater. Anscheinend wiederholte das Mädchen unentwegt dieselbe Geschichte. Spät nachts hörte eine Schwester dann ein Krachen aus ihrer Zelle, und als sie nachschaute, sah sie, daß das Mädchen versucht hatte, sich mit ihrem Bettlaken zu erhängen.«

Unter dem Tor zur London Bridge blieb Athelstan stehen und schaute hinauf zu den abgeschlagenen Verräterköpfen, die dort aufgespießt waren. Benedicta folgte seinem Blick.

»Pater, was um alles in der Welt …?«
Athelstan zuckte die Achseln. »Ich finde es schwer zu glauben, Benedicta, daß Cranston tatsächlich jemanden jagt, der solche grausigen Dinge stiehlt.«
Sie verschränkte die Arme und starrte in den Dunst über der Flußmitte.
»Manchmal hasse ich diesen Ort«, murmelte sie. »Ich habe schon daran gedacht, irgendwohin aufs Land zu ziehen – wo es friedlich und sauber ist.«
»Das darfst du nicht.« Athelstan biß sich gleich auf die Lippe. Dann sah er sie an. »Wenn du fortgingest, Benedicta, würde ich dich vermissen.«
»Sehr wahr.« Sie grinste. »Und wer würde sich um Euch und Cranston kümmern?«
Sie hasteten über die Brücke und nach Eastchepe, folgten den Gassen zur Mark Lane und nach Aldgate und bogen dann nach rechts in die Straße, die zu den schimmernden Sandsteingebäuden des Minoritinnenklosters führte. Die Sonne ging auf, und Athelstan wischte sich den Schweiß von der Stirn.
»Wir hätten reiten sollen«, brummte er. »Der Himmel allein weiß, warum ich hier bin.«
»Sie hat doch sonst niemanden.«
»Aye«, knurrte er. »Das genügt als Grund.«
Die Nonnen begrüßten ihn freundlich und bestanden darauf, daß er und Benedicta sich im Refektorium erfrischten, bevor die Novizenmeisterin, eine stämmige, aber sehr freundlich blickende Nonne, ihnen erzählte, was in der vergangenen Nacht geschehen war.
»Wir fanden sie auf dem Boden liegend«, begann sie. »Halb erwürgt von dem Bettlaken, das sie sich um den Hals geschlungen hatte. Wenn es nicht gerissen wäre, und niemand das Gepolter gehört hätte …« Sie spreizte die Hände. »Dann müßte ich Euch jetzt mit Bedauern ihren Tod melden. Bruder Athel-

stan, was können wir tun? Wir haben hier ein Mädchen, ein Kind noch, das Selbstmord begehen könnte!«
Der Bruder stand auf. »Laßt mich zu ihr.«
Die Novizenmeisterin führte sie durch einen Torbogen auf einen kühlen Gang und klopfte an eine Zellentür. Eine andere Nonne öffnete, und die Novizenmeisterin führte sie hinein zu Elizabeth Hobden, die mit dunklen Augen und bleichem Gesicht drinnen auf der Bettkante saß. An ihrem zarten weißen Hals leuchtete ein violetter Bluterguß.
»Wie geht es Anna, ihrer Amme?« fragte Benedicta.
»Oh, der geht es gut. Sie ißt und trinkt, als wäre morgen der Jüngste Tag«, antwortete die Nonne.
Athelstan nahm einen Schemel und setzte sich zu Elizabeth. Er blickte zu den beiden Nonnen auf. »Schwestern, würdet Ihr uns bitte ein Weilchen allein lassen? Lady Benedicta bleibt bei uns.«
Die Nonnen gingen. Benedicta blieb an der Tür stehen, und Athelstan ergriff die schlaffe Hand des Mädchens.
»Elizabeth, schau mich an.«
Sie hob den Blick. »Was wollt Ihr?« murmelte sie.
»Ich will helfen.«
»Das könnt Ihr nicht. Sie haben meine Mutter ermordet, und jetzt bin ich eine Verfemte.«
Athelstan sah das Mädchen an; dann fiel sein Blick auf das Kruzifix, das hinter ihr an der Wand hing. Er nahm es ab und hielt es dem Mädchen vors Gesicht.
»Elizabeth, glaubst du an Christus?«
»Ja, Pater.«
»Dann leg deine Hand auf dieses Kruzifix und schwöre, daß dein Vorwurf wahr ist.«
Das Mädchen stürzte sich förmlich auf das Kreuz. »Ich schwöre es!« sagte sie mit fester Stimme. »Beim Leib Christi, ich schwöre es!«

Athelstan hängte das Kreuz wieder auf und hockte sich neben sie. »Jetzt versprich mir etwas.«
Das Mädchen starrte ihn an.
»Versprich mir, daß du keine Dummheiten mehr machen wirst. Gib mir eine Woche Zeit«, bat er. »Nur eine Woche. Ich werde sehen, was ich tun kann.«
Das Mädchen nickte, und Athelstan zuckte zusammen, als er den Hoffnungsschimmer in ihrem Blick sah.
»Ich tue, was ich kann«, wiederholte er. Sanft tätschelte er ihr die Hand und ging dann hinaus.
»Was könnt Ihr denn tun?« fragte Benedicta, als das Tor des Minoritinnenklosters sich hinter ihnen geschlossen hatte.
»Ich weiß nicht«, antwortete Athelstan. »Aber vielleicht fällt Cranston etwas ein.« Er seufzte. »Ich hatte eigentlich vorgehabt, Sir John zumindest bis Montag in Ruhe zu lassen. Aber ich werde ihn wohl daran erinnern müssen, daß das Böse niemals ruht.«
Durch Aldgate und Cornhill gingen sie zurück in die Stadt. Der Pranger an der Ecke der Poultry war voll mit Übeltätern, die wegen Ruhestörung am Freitagabend verhaftet worden waren, und in dem großen Eisenkäfig am Wasserspeicher drängten sich Nachtschwärmer und Huren, die lärmten und johlten, als sie Athelstan mit einer Frau vorbeikommen sahen. In Poultry, Mercery und Westchepe dagegen war noch alles still, denn die Marktglocke läutete samstags erst spät. Gesellen bauten die Stände auf, während Straßenkehrer und Mistsammler halbherzige Versuche unternahmen, den Abfall und Müll des vergangenen Tages zu beseitigen.
Als sie bei Cranston klopften, öffnete ihnen eine Magd und teilte vergnügt mit, daß Lady Maude noch im Bett liege; Sir John aber sei nach St. Mary Le Bow zur Messe gegangen.
Athelstan verbarg sein Lächeln und führte Benedicta geradewegs hinüber zum »Heiligen Lamm Gottes«, wo sie den Coroner

in seiner Lieblingsecke beim Frühstück mit Fleischpastete und einem Krug Ale antrafen. Er begrüßte sie stürmisch und gab keine Ruhe, bis auch Benedicta und Athelstan etwas aßen. Dann hörte er aufmerksam zu, während Athelstan von seinem Besuch bei den Minoritinnen erzählte.

»Was können wir tun?« fragte Athelstan schließlich leise.

Cranston versenkte die Nase in seinem Krug. »Nun, zunächst einmal haben wir keinen Beweis dafür, daß Walter und Eleanor Hobden ein Verbrechen begangen haben; nach dem Gesetz haben wir also kein Recht, sie zu verhören. Aber ich bin der Coroner des Königs in der Stadt, und ich habe die Befugnis, einen Leichnam zu exhumieren. Hobden sagte, seine Frau ist in St. James Garlickhythe begraben?«

Athelstan nickte.

»Gut. Dann fangen wir da an.«

»Dürfen wir das denn, Sir John? Was wird es beweisen?«

»Erstens darf ich alles. Und zweitens – wer weiß, was wir finden?« Cranston schaute aus dem Fenster. »Wir werden bis zum Abend warten müssen. Ein Teil des Friedhofs dort wird als Markt benutzt.«

Athelstan schloß die Augen und seufzte. In St. Erconwald gab es soviel zu tun, aber, wie Sir John sagen würde: *»Alea iacta est* – der Würfel ist gefallen.«

»Nun, bist du nicht froh?« fragte Cranston und hob den Krug halb zum Munde.

»Da ist noch etwas, Sir John.« Und Athelstan berichtete von der Nachricht, die Ira Dei ihm am Abend zuvor hinterlassen hatte, und versuchte, Benedicta zu ignorieren, die verärgert nach Luft schnappte, weil er ihr von der Gefahr nichts erzählt hatte.

Cranston wischte sich mit dem Handrücken den Mund ab. »Das heißt nichts«, sagte er dann. »Gaunt war dumm. Ira Dei würde dir kaum vertrauen.«

»Ja, aber warum antwortet er mir so schnell?« fragte Athelstan. »Wer wußte von meiner Botschaft an Ira Dei?«
»Gaunt und die Gildemeister. Als sie uns vom Überfall auf Clifford berichteten, wurde auch darüber gesprochen.«
Das Gespräch brach ab, als die Wirtsfrau mit einer Schüssel Zuckerpflaumen für Sir John an den Tisch trat. Ganz in Gedanken nahm auch Athelstan eine und steckte sie in den Mund. Er wollte weitersprechen, merkte aber, wie dick die Pflaumen mit Honig und Zucker umhüllt waren. Sie klebten an Zähnen und Gaumen. Er entschuldigte sich, ging zur Tür und versuchte, den klebrigsüßen Leckerbissen loszuwerden. Plötzlich hielt er inne und starrte auf seine Finger.
»Wann habe ich das zuletzt getan?« fragte er sich leise.
Er sah sich nach Benedicta und Cranston um, die die Köpfe zusammengesteckt hatten und miteinander tuschelten; zweifellos erzählte der Coroner, was sich im Rathaus zugetragen hatte. Athelstan ging zu dem Lavarium in der hinteren Ecke der Schenke, tauchte die Hände in Rosenwasser und wischte sie an einem Handtuch ab. Er empfand ein leises Hochgefühl, denn zum ersten Mal seit Beginn dieser grausigen Morde sah er ein Licht flackern in der Dunkelheit. Er schaute zu einem gesalzenen Schinken hinauf, der am Deckenbalken der Schenke hing, und dachte an die Worte seines Mentors Pater Paul: »Denke immer daran, Athelstan«, hatte der Alte dröhnend gesagt, »jedes Problem hat eine schwache Stelle. Finde sie, brich sie auf, und die Lösung wird nicht lange auf sich warten lassen.«
»Was ist los mit dir, Bruder?« brüllte Cranston.
Athelstan setzte sich wieder. »Sir John, seid Ihr heute beschäftigt?«
»Natürlich! Ich bin ja kein verdammter Pfaffe!«
Athelstan lächelte. »Sir John, laßt uns die Schritte unseres Mörders noch einmal zurückverfolgen. Ich will noch einmal zum Rathaus gehen, in den Garten, wo Mountjoy starb, und in den

Bankettsaal, in dem Fitzroy vergiftet wurde. Benedicta, möchtest du mitkommen?«

Die Frau nickte.

»Was ist denn los, Bruder?« fragte Cranston neugierig.

Athelstan grinste. »Nichts weiter, Sir John. Aber der Mörder könnte an einer Zuckerpflaume klebenbleiben.«

Er ließ sich kein weiteres Wort entlocken. Murrend ging Cranston mit ihnen durch die Cheapside zum Rathaus und über Gänge und Höfe in den kleinen Garten, wo Mountjoy erstochen worden war. Ein aufgeblasener Beamter wollte sie aufhalten, ergriff aber die Flucht, als Cranston ihn anknurrte. Benedicta schaute sich um, bestaunte den bronzenen Falken auf dem Springbrunnen und das klare Wasser, das aus Leopardenmäulern in den kleinen, von Lilien und verschiedensten Wildblumen gesäumten Kanal strömte. Sie huschte durch den Laubengang aus dünnen, mit Weidenschnüren zusammengeflochtenen Stangen und bewunderte den Wein und die Rosen, die sich um sie rankten. Als sie herauskam, war ihr Gesicht ganz rot vor Aufregung.

»Das ist wunderschön!« rief sie.

Athelstan deutete auf die kleine, umfriedete Laube. »Der Schauplatz des Mordes«, sagte er nüchtern. »Dort wurde Mountjoy umgebracht.«

Sie blieben am Zaun stehen. Wieder fragte sich Athelstan, wie der Mörder an den wilden Hunden vorbei zu Sir Gerard hatte vordringen können.

»Kommt, Sir John, laßt uns ein Maskenspiel veranstalten.« Athelstan zog den Coroner am Ärmel, öffnete das kleine Tor und führte ihn in den Garten. »Setzt Euch auf die Rasenbank.« Er grinste. »Benedicta, du mußt so tun, als seist du ein Wolfshund.« Beide grinsten und zuckten die Achseln, taten aber, was Athelstan wollte. Cranston ließ sich auf die Rasenbank fallen und nahm einen großen Schluck aus seinem Weinschlauch.

»So«, flüsterte Athelstan. »Sir Gerard sonnt sich mit seinen Hunden im Garten. Irgendwann an diesem Nachmittag wird er erstochen. Die Klinge wird tief in den Körper gestoßen; dennoch leistet er keinen Widerstand, und auch die wilden Hunde versuchen nicht, ihn zu verteidigen.« Athelstan ging zurück zum Gartentor und deutete auf die Ziegelmauer des Rathauses, die den Garten zur einen Seite begrenzte. »Von dort konnte ein Mörder nicht kommen.« Er drehte sich um. »Über den Zaun hinter Sir Gerard konnte er kaum klettern, denn der Sheriff und seine Hunde hätten ihn sofort bemerkt. Auch durch das Tor konnte er mit gezücktem Dolch nicht hereinkommen.«
»Und wenn doch?« fragte Benedicta. »Wenn es ein Freund war, den die Hunde gewähren ließen, weil ihr Herr ihn herzlich begrüßte?«
»Mountjoy hatte keine Freunde«, knurrte Cranston.
»Nein.« Benedicta wedelte mit den Händen. »Der Mörder kommt ganz dicht heran, zieht erst dann seinen Dolch und stößt ihn Sir Gerard in die Brust.«
Athelstan schüttelte den Kopf. »Möglich ist es«, sagte er, »aber kaum wahrscheinlich. Sir Gerard hätte zumindest gesehen, wie der Dolch gezogen wurde; der Mörder dürfte ihn kaum in der Hand gehabt haben, als er den Garten betrat. Es wäre zu einem Kampf gekommen, und die Hunde wären alarmiert worden. Vergiß nicht, Sir Gerard wurde ermordet, ohne daß es die Spuren eines Kampfes gegeben hätte.«
Benedicta streckte ihm die Zunge heraus.
»Es gibt nur eine Möglichkeit«, brummte Cranston und deutete auf die Zaunpfähle am unteren Ende des Gartens. »Der überdachte Gang zwischen der Küche und dem Rathaus.«
»Da sind Lücken im Zaun«, fügte Benedicta hinzu.
Athelstan schüttelte den Kopf. »Zu schmal, um einen Dolch mit solcher Wucht und Genauigkeit hindurchzuwerfen. Paßt auf und wartet hier.« Er nahm Cranstons Dolch, der dem des Mör-

ders ziemlich ähnlich war, ging zurück ins Rathaus den dunkel überdachten Gang hinunter. Er blieb stehen, und durch Lücken im Zaun sah er Cranston gegenüber auf der Rasenbank sitzen. Er schob den Dolch durch die Lücke, sie war breit genug, aber er hatte recht: Niemand konnte einen Dolch hindurchwerfen. Athelstan kratzte sich am Kopf und kehrte zurück in den Garten.
»Ein Rätsel«, murmelte er. »Kommt, laßt uns in den Bankettsaal gehen.«
Cranston sah Benedicta an und zog eine Grimasse, aber er folgte dem nachdenklichen Ordensbruder in den Bankettsaal. Der Raum lag verlassen da, und die Tische standen noch so wie an jenem schicksalhaften Abend. Athelstan löcherte Cranston mit Fragen.
Wer hatte wo gesessen? Was hatten sie gegessen? Wie spät hatte es angefangen?
Dann spazierte er ohne weitere Erklärungen davon, sagte nur, er wolle mit dem Truchseß sprechen, der an jenem Abend anwesend war.
Cranston hatte nichts dagegen. Er wußte, sein »kleiner Bruder« war einem Hasen auf der Spur und würde sich so lange in das Problem vertiefen, bis er eine Lösung gefunden hätte. Außerdem war der Coroner nur zu gern bereit, sich hinzusetzen und mit der reizenden Benedicta zu schwatzen, die ihn eingehend nach Athelstans Geschichte von einem Dieb befragte, der die abgeschlagenen Verräterköpfe vom Torhaus an der London Bridge stahl. Schließlich kam Athelstan zurück.
»Nun?« fragte Cranston. »Hast du was gefunden? Hättest du Lust, deine Einsichten mit gewöhnlichen Sterblichen zu teilen?«
Athelstan grinste und tippte sich an die Schläfe. »Es ist noch alles durcheinander«, erklärte er. »Ich muß mich hinsetzen, alles aufschreiben und nachdenken.«
»Dazu gibt es keinen besseren Ort als das ›Heilige Lamm Gottes‹«, meinte Cranston.

Er führte sie zum Rathaus hinaus und auf einen geschäftigen Marktplatz. Die Stände waren inzwischen aufgebaut, und das Tagesgeschäft konnte beginnen. Gesellen priesen lautstark ihre Waren an, riefen Preise, und versuchten ab und zu, Vorübergehende am Ärmel festzuhalten. An der Straßenecke stand Cranstons verhaßter Reliquienhändler und sang die Litanei dessen, was er zu verkaufen hatte. Der Coroner blieb stehen, als der Kerl Reliquien aufzählte, vom Stein, mit dem Goliath erschlagen worden war, bis zum Arm des hl. Sebbi.
»Ich habe diese Reliquien«, schrie der Mann, »an einem geheimen Ort, und ich habe sie zu einem besonders hohen Preis vom Erzbischof von Köln gekauft. Der Kopf des Täufers Johannes, wunderbar frisch, ganz wie an dem Tag, da der große Märtyrer starb. Ich sage Euch, Ihr Damen und Herren, Ihr frommen Bürger von London, sein Haar ist rot und weich, seine Haut so glatt wie die eines Kindes.«
Cranston grinste verächtlich und schüttelte den Kopf.
»Warum macht Ihr verdammten Pfaffen diesem dummen Gewerbe kein Ende?« knurrte er.
»Ich frage mich, woher er die Haare des Täufers Johannes haben mag«, sagte Benedicta.
Cranston glotzte sie an. »Was hast du gesagt?« flüsterte er.
»Wie kommt er an den Kopf von Johannes dem Täufer? Und woher weiß er, daß der Prophet rote Haare hatte?«
Cranston packte die überraschte Frau und küßte sie auf beide Wangen.
»Kommt!« flüsterte er. »Zum ›Heiligen Lamm Gottes‹!«
Der Coroner drängte sich durch das Gewimmel. An der Art, wie er die Leute anbrüllte, ihm Platz zu machen, sah Athelstan, wie aufgeregt er war. Als sie in der Schenke angekommen waren, wühlte er in seiner breiten Börse und holte eine Silbermünze heraus.
»Benedicta, geh damit zu dem Reliquienhändler. Sag ihm, du

hast noch fünf davon und willst den Kopf von Johannes dem Täufer kaufen.«
»Oh, um Himmels willen, Sir John!« warf Athelstan ein. »Ihr wißt doch, daß der Mann ein Betrüger ist. Es wird keinen Kopf geben, nur irgendeine dumme Taschenspielerei oder Täuschung. Wer weiß, vielleicht wird Benedicta sogar ausgeraubt?«
»Still, Athelstan!«
»Aber Sir John!« flehte Athelstan. »Ihr wißt es, und ich weiß es.«
»Was wissen wir?« schnappte Cranston.
»Er kann den Kopf des Täufers nicht haben ...« Athelstan sprach nicht weiter. Er grinste Cranston an. »Ah! Um den hl. Paulus zu zitieren, Mylord Coroner, ich sehe wie durch einen dunklen Spiegel.«
Cranston klatschte in die Hände wie ein Kind, und Benedicta, der die Versicherungen der beiden Männer in den Ohren klangen, ging, Cranstons Silber fest in der Hand, zurück über die Cheapside. Athelstan und Cranston sahen ihr nach. Benedicta blieb bei dem Reliquienhändler stehen, flüsterte ihm etwas zu, und der Mann hüpfte flink wie eine hungrige Möwe von seinem Stand herunter. Er führte sie durch eine Gasse davon, und Athelstan und Cranston folgten den beiden eilig. Cranston war aufgeregt, und Athelstan fürchtete für Benedictas Sicherheit, aber der Mann schien harmlos zu sein. Endlich bog er in eine Gasse ein, die zur Old Jewry hinunterführte. Vor einer Haustür blieb er stehen und sagte etwas zu Benedicta; sie nickte, und beide gingen hinein. Cranston und Athelstan eilten ihnen nach.
»Laß dem Mistkerl ein bißchen Zeit«, raunte Cranston.
Athelstan nickte. Cranston zählte leise, und als er bei dreißig angekommen war, trat er mit aller Kraft gegen die klapprige Tür, daß sie in den rostigen Angeln knirschte und aufflog. In dem Haus war es schmutzig und muffig, und als sie durch den Flur liefen, ließ ein schrecklicher Gestank Athelstan würgen. Sie

hörten laute Stimmen; auch Benedictas war darunter. Sie fanden sie in einer kleinen Kammer im Hinterhaus, zusammen mit dem Reliquienhändler und seinem jungen Gehilfen. Benedicta war kreideweiß, und auch die beiden Betrüger erbleichten vor Schrecken über den Tumult und Cranstons Gebrüll. Vor ihnen auf dem Tisch lag der abgeschlagene Kopf eines rothaarigen Mannes mit halbgeschlossenen Augen; die violetten Lippen klafften auseinander. Wenn die beiden Reliquienhändler hätten fliehen können, wären sie verschwunden, aber so kauerten sie sich in eine Ecke, als der Coroner den Schädel packte und hochhob. Benedicta hatte genug gesehen; sie preßte eine Hand vor den Mund und stürzte zur Tür hinaus auf die Straße.

»Soso, meine Böckchen!« Cranston grinste. »Ihr seid beide verhaftet.«

»Weshalb?« rief der Reliquienhändler.

»Wegen Diebstahls von Eigentum der Krone, mein Freund, wegen Fälschung, wegen betrügerischer Handlungen und wegen Blasphemie. Das ist nicht der Kopf von Johannes dem Täufer; er gehört Jacques le Roux, dem französischen Piraten, der in der Themsemündung gefangengenommen und nach Recht und Gesetz hingerichtet wurde!« Cranston schaute sich in der Kammer um. »Mein Gott, hier stinkt es schlimmer als bei den Metzgern von Newgate!«

Athelstan vor sich herschiebend, ging er zur Tür hinaus; dann zog er den Schlüssel aus dem Schloß und sperrte die beiden sehr bedrückt aussehenden Reliquienhändler ein.

»Türen und Fenster gibt's hier nicht, Athelstan. Die Gauner können drinbleiben, bis ich den Schlüssel an die Bezirksbehörden übergeben habe. Jetzt wollen wir sehen, was dieses Schatzhaus noch so alles enthält.«

Athelstan folgte ihm, gab aber nach einer Weile angeekelt von den Dingen, die sie entdeckten, auf und ging zu Benedicta auf die Straße hinaus.

»Bei den Zähnen der Hölle!« flüsterte er, Cranston zitierend. »Man sollte das Haus bis auf die Grundmauern niederbrennen.« Cranston aber kam stolzgeschwellt heraus. Er zog die Haustür hinter sich zu und schloß sie ab.

»Benedicta«, sagte er, »du bist ein Engel. Wo sonst soll ein Reliquienhändler einen Kopf finden, den er als Heiligenschädel verkaufen kann – wenn nicht auf dem Richtplatz?« Der Coroner rieb sich die Hände. »Wieder ein kleiner Sieg für den alten John, hm?«

Sie gingen zurück zur Cheapside und warteten, während Cranston die Behörden informierte und zu dem Haus schickte. Einer der Büttel aß gerade eine Fleischpastete und mampfte unverschämt, während Cranston mit ihm redete. Der Coroner grinste nur, als er die Männer davonmarschieren sah.

»Ich habe ihnen nicht gesagt, was sie erwartet«, sagte er heiter. »Aber der Kerl mit seiner Fleischpastete wird bald eine kurze, einprägsame Lektion erhalten.«

Er führte die beiden zurück ins »Heilige Lamm Gottes« und lachte laut, als Benedicta sich fragte, wie jemand dumm genug sein könne, solchen Gaunern zu vertrauen.

»Dumm!« wiederholte er. »Du kannst in jede beliebige Stadt in England, Frankreich oder jenseits des Rheins gehen, und du wirst Männer finden, Kirchenfürsten, hochgebildete und intelligente Priester, die ein Vermögen für einen schmutzigen Knochensplitter oder einen Lumpenfetzen ausgeben. Weißt du, hier in London habe ich von einem Kaufmann gehört, der hundert Pfund Sterling für ein Mundtuch bezahlt hat, mit dem St. Cuthbert sich die Lippen abgetupft hat. Bei den Eiern des Teufels!« Murmelnd entschuldigte er sich bei Benedicta. »Aber bei den Zähnen der Hölle! Ich wünschte, alles wäre so leicht. Bruder, hat unser Ausflug ins Rathaus irgendwas geklärt?«

Cranston ließ seinen mächtigen Hintern auf einen Stuhl sinken und schaute seinen Schreiber mitleidheischend an. »Athelstan«, flehte er, »früher oder später wird der Regent meinen Bericht verlangen.«

Der Bruder starrte auf die Tischplatte. »Mal sehen«, begann er langsam. »Wir wissen, warum Mountjoy und die beiden anderen ermordet wurden. Nicht wegen einer geheimen Sünde oder wegen persönlicher Rivalitäten, sondern um dem Regenten Knüppel zwischen die Beine zu werfen und um seine ehrgeizigen Pläne zu blockieren, mit denen er sich bei den Londoner Kaufleuten Unterstützung holen wollte. Nun, das ist gelungen, und so wird es keine Morde mehr geben. Zumindest vorläufig nicht.« Athelstan schwieg für einen Augenblick. »Ich bin sicher, daß man die Morde Ira Dei zur Last legen kann, habe aber den Verdacht, daß er nur der Architekt ist. In Gaunts Partei gibt es einen Verräter und einen Mörder: Goodman oder einer dieser mächtigen Gildeherren.«

»Warum, Sir John?« unterbrach Benedicta. »Warum ist der Attentäter dann nicht gegen Gaunt vorgegangen?«

»Weil der Teufel, den man kennt, Mylady, besser ist als der, den man nicht kennt. Jemand muß Regent sein – oder, um es unverblümter zu sagen, es muß einen geben, dem man die Schuld geben kann. Würde Gaunt beseitigt, käme einer seiner jüngeren Brüder auf seinen Stuhl. Nein, diese Morde dienen nur dazu, Gaunt die Flügel zu stutzen.«

»Hat unser Treffen mit den Gildeherren wegen Sturmeys Privatleben irgendwelche Folgen gehabt?« fragte Athelstan.

Cranston schüttelte den Kopf. »Bis jetzt noch nicht.«

»Sir Nicholas Hussey war ein Jüngling, als der Skandal sich ereignete?«

»Noch sehr jung«, antwortete Cranston. »Weiß der Himmel, vielleicht erinnert er sich an Getuschel; aber nichts in den Akten weist auf seine Beteiligung hin, nicht einmal als Opfer. Na ja.« Er stellte seinen Humpen auf den Tisch. »Was machen wir jetzt?«

»Abwarten, Sir John, nachdenken, überlegen. Wie gesagt, die

Morde im Rathaus sind keine Verbrechen aus Leidenschaft, sondern aus kalter Berechnung begangen worden. Ich bezweifle, daß wir weitere Spuren oder Hinweise entdecken werden. Wir müssen zusammentragen, was wir wissen, uns der Logik bedienen, und so die einzig richtige Lösung herausquetschen.«

»Wenn es sie gibt«, ergänzte Cranston müde.

Das Gespräch versandete. Cranstons Hochstimmung nach der Verhaftung der beiden Reliquienhändler wich einer Wolke von Düsternis, und der Coroner versank in dumpfes Brüten. Benedicta verabschiedete sich; sie hatte genug von Kadavern und Geheimnissen. Sir John ging mit Athelstan nach Hause, aber Lady Maude hatte zu tun, und die Kerlchen waren mit ihrer Amme draußen in den Feldern nördlich von St. Giles. Cranston wurde allmählich unerträglich, und so ließ Athelstan ihn für eine Weile allein und beschloß, seine Brüder in Blackfriars zu besuchen.

Der Ordensbruder kehrte zurück, als der Markt in der Cheapside einem frühen Ende entgegenging und die Leute nach Hause eilten, um sich auf den Sonntag vorzubereiten. Cranston war ein wenig erfrischt; er schlug ihm auf die Schulter, und sie gingen wieder ins »Heilige Lamm Gottes«, um sich dort mit Cranstons Freund und Leibarzt, Theobald de Troyes, zu treffen, den der Coroner am Nachmittag aufgesucht hatte.

»Seid Ihr sicher, daß Ihr kommen wollt?« fragte Cranston.

»Sir John, ich stehe Euch jederzeit zur Verfügung«, antwortete der Arzt. »Weiß der Priester in St. James Bescheid?«

»Ich habe einen Konstabler hingeschickt. Es werden Arbeiter da sein, die das Grab öffnen und Sarah Hobdens Sarg heben.« Sir John leckte sich die Lippen. »Vielleicht vorher noch etwas zu trinken?«

Aber Athelstan und der Arzt lehnten schlankweg ab; sie nahmen den widerstrebenden Coroner in die Mitte und eskortierten ihn von Westchepe über die Watling Street zur Cordwainer und weiter die Upper Thames Street hinauf bis zu der ziemlich düsteren Kirche von St. James Garlickhythe. Pfarrer Odo, der Priester dort, ein fröhlicher Mann mit roter Nase – um so röter nach einer üppigen Mahlzeit –, kam aus dem Pfarrhaus und führte sie auf einen überwucherten Friedhof, wo drei Arbeiter im kühlen Schatten einer Eibe warteten. Zunächst herrschte absolute Verwirrung, als Pfarrer Odo das Friedhofsbuch zu lesen versuchte, um herauszufinden, wo Sarah Hobden begraben lag.

»Ich finde es nicht«, murmelte er und schwankte dabei gefährlich.

Athelstan spähte ihm über die Schulter und sah, daß der betrunkene Pfarrer das Buch verkehrtherum hielt. Er nahm es ihm aus der Hand.

»Laßt mich helfen, Pater«, erbot er sich sanft.

Der Ordensbruder warf Cranston einen trotzfunkelnden Blick zu und warnte ihn damit, ja nicht zu lachen. Dann setzte er sich auf einen Grabstein und blätterte in den Seiten, bis er den Eintrag gefunden hatte: »Sarah Hobden, obiit 1376, Nordwest.«

»Wo ist das, Pater?«

Odo deutete in die hintere Ecke des Friedhofs. Athelstan reichte ihm lächelnd das Friedhofsbuch zurück.

»Pater, setzt Euch hin und ruht ein wenig aus.« Er klopfte dem alten Priester sanft auf die Schulter.

»Untersteht Euch!« zischte er Cranston zu, als dessen Hand sich zu dem wunderbaren Weinschlauch unter seinem Mantel tastete. »Der arme Mann hat genug, und ehrlich gesagt, Sir John, ich auch!«

Sie riefen die Arbeiter herbei und gingen zu dem Teil des Friedhofs, auf den Pfarrer Odo gedeutet hatte. Nach einigem Suchen fanden sie Sarah Hobdens Grab, heruntergekommen, überwuchert und vernachlässigt: Auf dem verwitterten, schiefen

Holzkreuz stand immer noch verblichen ihr Name. Cranston schnippte mit den Fingern, und die murrenden Arbeiter fingen an, den festgestampften Boden aufzuhacken.
»Was wird das beweisen?« fragte Athelstan.
»Ah.« Cranston lehnte sich an einen Grabstein und wiegte seinen Weinschlauch im Arm, als wäre es eines seiner Kerlchen. Er tippte sich an die Nase und bedeutete dem Arzt: »Master Theobald, unterrichtet unseren unwissenden Pfaffen.«
Der Arzt zwinkerte Athelstan zu. »Als ich Sir Johns Einladung erhielt, studierte ich noch einmal sorgfältig die Ursache des Todes.«
»Und?«
»Nun, wenn es sich um Arsen handelt, vor allem um rotes Arsen, dann werden wir womöglich das sehen, was das gemeine Volk ein Wunder nennt. Laßt Euch überraschen, Pater.«
Der Arzt trat zu den Arbeitern und schaute ihnen zu; ihre Spaten und Hacken lösten jetzt einen hohlen Klang aus, denn sie hatten den Sargdeckel erreicht. Noch mehr Erde wurde ausgegraben. Athelstan schaute sich auf dem Friedhof um, und ihn fröstelte. Die Schatten wurden länger. Die Vögel waren verstummt. Nur noch das Schnaufen der Arbeiter und das Rieseln der Erde unterbrach die geisterhafte Stille.
Warum ist es an solchen Orten nur so ruhig? dachte Athelstan und spitzte die Ohren. Nur mit Mühe hörte er das Schwatzen und Lachen der Händler und Kesselflicker, die auf der anderen Seite der Kirche ihre Stände abräumten.
»Wir sind soweit, Sir John!« rief der Arzt.
»Dann hievt ihn hoch, Jungs!«
Ein Arbeiter sprang hinunter auf den Sargdeckel und befestigte ein paar Taue, und nach allerlei Zerren und Fluchen wurde der ausgebleichte, lehmbedeckte Sarg aus dem Grab gewuchtet. Cranston dankte den Arbeitern und schickte sie zu Pfarrer Odo. Dann zog er seinen langen Dolch und begann, den Sargdeckel

aufzustemmen. Athelstan sah aufmerksam zu, als die Schließen aufgebrochen wurden. Langsam und knarrend öffnete sich der Deckel, fast als ob der Mensch, der darunter lag, ihn hochstemmte und aufzustehen drohte. Athelstan schob die Hände in die Ärmel, schloß die Augen und betete.
Es ist Gottes Gerechtigkeit, dachte er. Dies ist Gottes Werk.
Der letzte Beschlag brach. Cranston hob das zerschlissene Laken. Athelstan öffnete die Augen, als er Cranston nach Luft schnappen hörte. Der Arzt kniete neben dem Sargdeckel und untersuchte sorgfältig, was darunter lag.
Athelstan holte tief Luft, trat an den hohen Holzsarg und schaute hinein. Sprachlos starrte er das Gesicht der Toten an: Es war fettig, weiß und wächsern, als sei es aus Kerzentalg. Das Antlitz zeigte keine Spur von Verwesung. Die Züge der Toten waren recht hübsch, oval und regelmäßig; der Mund war großzügig, die Nase adlerhaft kühn.
»Um Gottes willen!« hauchte Athelstan. »Sie ist seit drei Jahren tot! Sie müßte verwest sein!«

13

Vorsichtig berührte der Arzt das Gesicht. Dann strich er mit der Hand innen durch den Sarg. Als er sie wieder herauszog, sah Athelstan, daß sie mit feinem rotem Staub bedeckt war.
»Nichts Besonderes«, sagte der Arzt trocken. »Wißt Ihr, Bruder, Arsen ist ein hinterhältiges, tödliches Gift – zumal rotes Arsen. Sein einziger Nachteil ist, daß diese tödliche Substanz nach dem Tode offenbar wird, weil sie die Verwesung verhindert.« Er klopfte auf den Sarg. »Ich habe solche Fälle schon öfter gesehen. Der feine rote Staub, die nicht einsetzende Verwesung – das alles deutet darauf hin, daß die arme Frau über einen beträchtlichen Zeitraum hinweg rotes Arsen verabreicht bekommen hat.«
»Und was jetzt?« fragte Athelstan. Er deutete auf den Leichnam. »Da liegt unser Beweis.«
»Ich werde auf meinen Eid nehmen, was wir hier gesehen haben«, sagte der Arzt, »und Sir John und Ihr ebenfalls. Das wird jeden Richter zufriedenstellen.«
»Wenn das so ist«, sagte Athelstan und schlug ein Kreuz über dem Leichnam, »dann möge sie ruhen in Frieden – jetzt, da Gottes Gerechtigkeit und der Wille des Königs geschehen werden.«
Zusammen mit Cranston verschloß er den Sarg wieder, und die Arbeiter begruben ihn erneut. Nachdem sie sich bei dem schläfrigen Pfarrer Odo und bei Master de Troyes bedankt hatten, wanderten Cranston und Athelstan langsam durch die Ropery zur Bridge Street hinunter. Die Seiler in diesem Viertel, die mit Zelten, Bindfaden, Hanf und Flachs handelten, hatten ihre Stän-

de abgeräumt. Ein Straßenmusiker spielte den Dudelsack, und eine betrunkene Hure hüpfte dazu in einem wahnwitzigen Tanz herum. Die Bettler, die echten wie die berufsmäßigen, krochen aus ihren Verstecken und streckten die Hände nach Almosen aus, während eine kleine alte Frau mit verschlissener Segeltuchtasche geschäftig die Müllhaufen durchwühlte.

Die Schenken waren voll von Händlern, die das Ende der Arbeitswoche feierten, aber nach dem gespenstischen Friedhof und dem Bösen, das er dort gesehen hatte, war Athelstan müde und deprimiert. Aus einem Fenster über sich hörte er ein Baby schreien, und eine junge Frau fing an, ein Schlaflied zu singen; sanft und süß klang es in der warmen Abendluft.

»Wir sind von Sünde umgeben, Sir John«, bemerkte Athelstan düster. »Wohin wir auch schauen, sehen wir allenthalben die Augen von Raubtieren, wie im finstersten Walde.«

Cranston rülpste, streckte sich und schlug dem Bruder auf die Schulter.

»Aye, Bruder, aber die bösen Kerle können auch unsere Augen sehen. Kopf hoch, Bruder. Der Mord liegt uns allen im Blut. Du hast es selbst gesagt: die Inghams, die blutige Geschichte im Rathaus, und jetzt die Hobdens. Aber das Leben besteht nicht nur daraus. Hör doch, wie die Mutter für ihr Kind singt. Oder wie die Freunde dort in der Schenke miteinander lachen. Was du brauchst, Bruder, sind ein Becher Rotwein und ein gutes Weib.« Cranston grinste. »Oder vielleicht, in deinem Fall, ein ganz schlechtes!«

Athelstan erwiderte das Lächeln, wurde dann aber wieder ernst. »Was fangen wir mit den Hobdens an? Wir können nicht beweisen, daß sie Sarah ermordet haben.«

»Oh, um Himmels willen, Bruder, du denkst nicht mehr klar. Ich kann durchaus beweisen, daß sie es getan haben. Dieses Biest Eleanor hat doch in meiner Gegenwart zugegeben, daß sie die kranke Frau versorgt hat. Wer sonst wäre an sie herangekommen? Weißt du, was ich glaube, mein guter Mönch?« Cranston nahm noch einen Schluck aus seinem Weinschlauch. »Walter Hobden ist ein Schlappschwanz, dem diese entzückende Eleanor über den Weg lief und der sich in sie verliebte. Die beiden steckten die Köpfe zusammen. Walter fing an, seiner armen Frau ein paar Gran Arsen zu verabreichen. Sie wurde krank, und die liebste Eleanor wurde ins Haus geholt, um sie zu pflegen. Die Vergiftung geht Schritt für Schritt weiter.«

»Hätte ein Arzt nichts bemerkt?«

»Eigentlich nicht. Zunehmende Magenkrämpfe, Kraftlosigkeit ... außerdem können die meisten Ärzte ihren eigenen Arsch nicht von ihrem Ellbogen unterscheiden!« Cranston kratzte sich die rote Glatze. »Das große Geheimnis, Bruder, ist: Wieso wußte das Mädchen davon? Sie wußte nicht nur, daß ihre Mutter vergiftet wurde, sondern sie kannte sogar das Gift, das dazu benutzt wurde. Hat sie nicht gesagt, ihre Mutter habe es ihr im Traum erzählt?«

Athelstan nickte; ihn fröstelte in der kalten Brise, die vom Fluß heraufwehte.

»Glaubst du das?« drängte Cranston.

»Sir John, jeden Morgen nehme ich ein Stück Brot und verwandele es dem Glauben gemäß in den auferstandenen Leib Christi. Das glaube ich. Ein Kind wurde geboren in Bethlehem, das Mensch und Gott zugleich ist, und das glaube ich. Dieses Kind wächst zum Manne heran, der gekreuzigt wird und glorreich von den Toten aufersteht, und auch das glaube ich.« Athelstan schaute den Coroner an. »Und man lehrt mich, daß der Geist Gottes weht, wo er will, und daß Gottes Gerechtigkeit geschehen wird. Und wenn ich all das glauben kann, Mylord Coroner, dann kann ich auch die Geschichte der jungen Elizabeth glauben. Der menschliche Geist ist ein feinsinniges Ding, Sir John. Vielleicht hatte sie einen Verdacht, und damit war die Saat gelegt.« Athelstan blies die Wangen auf. »Weiß der Himmel, was dann geschah. Ihr ganzes Leben drehte sich um die Tatsache, daß ihre Mutter vergiftet worden war, und so verbündete sie sich mit der alten Amme. Vielleicht verstand diese ja auch etwas von Arzneien. Egal wie, sie dachten sich ein kleines Spiel aus, um den willensschwachen Walter zum Bekenntnis oder wenigstens zur Reue zu zwingen. Aber was fangen wir jetzt an, Sir John?«

»Oh, ich lasse sie ein paar Tage in ihrem eigenen Saft schmoren. Unterdessen werde ich das Mädchen bei den Minoritinnen besuchen.«

»Danke, Sir John. Und dann?«

»Wie gesagt: Dann gehe ich nach Hause und erlasse auf meinen Eid einen Haftbefehl gegen Walter und Eleanor Hobden. Meine Konstabler können ihn zustellen, und ehe sie viel älter sind, werden die Hobdens vor den königlichen Richtern in Westminster stehen.«

Athelstan dankte ihm noch einmal und versprach dem Coroner, das ganze Beweismaterial zu den Rathausmorden gründlich zu studieren. Dann trennten sie sich; Cranston ging zu den Minoritinnen, und Athelstan hinunter zur London Bridge.

»Ite missa est.« Segnend streckte Athelstan die Hand aus; die Sonntagsmesse war zu Ende. Er lächelte, als seine Pfarrkinder, die doch kaum Latein konnten, zurückbrüllten: *»Deo gratias!«*

Athelstan stieg die Altarstufen hinunter, beugte das Knie und folgte Crim in die Sakristei. Dann kam er wieder heraus und schüttelte seinen Gemeindemitgliedern die Hände, als sie gingen. Watkin, der Mistsammler, und Pike, der Grabenbauer, blieben da, wie er sie vor der Messe gebeten hatte. Er verabschiedete Ranulf, den Rattenfänger, der immer noch strahlte, weil er Cranston geholfen hatte, Pemel, die Flamin, Ursula und ihre Sau, Tab, den Kesselflicker und die Kurtisane Cecily, die prachtvoll aussah in ihrem weizengelben Kleid.

»Du hast dich anständig benommen?« fragte Athelstan sie.

»Selbstverständlich, Pater!«
Also geschehen doch Wunder in Southwark, dachte er. Als letzter ging Jacob Arveld, der Deutsche, mit seiner hübschen Frau und seiner Kinderschar. Der Deutsche war ein fleißiger Pergamenthändler, der sich schon nach kurzer Zeit in einem schönen dreigeschossigen Haus mit Garten hinter dem Stadtpalast des Bischofs von Westminster eingerichtet hatte, allerdings immer noch Schwierigkeiten mit der Sprache hatte.
»Das waren hübsche Worte«, versicherte er Athelstan jetzt. »Eine sehr genaue Predigt. Ich danke Euch vom Herzen meines Grundes.«
»Meinst du nicht, vom Grunde deines Herzens?«
»Von da auch, Pater.«
Athelstan lächelte und sah zu, wie seine Gemeinde sich in der Gasse vor einem kleinen Stand versammelte, wo Tab, der Kesselflicker, Ale und Süßigkeiten verkaufte. Er ging durch die Kirche zurück in die Sakristei, wo ihn Watkin mit seiner furchterregenden Frau und Pike, der Grabenbauer, mit seiner gleichermaßen beeindruckenden Gattin erwarteten.
O Herr, betete Athelstan, bitte laß es friedlich abgehen. Er warf Pike, mit dem er sich vor der Messe heimlich getroffen hatte, einen kurzen Blick zu. Der Grabenbauer, der sich in des Priesters Schuld sah, hatte rasch zugestimmt, daß die Verlobung seines Sohnes mit der Tochter Watkins die beste Lösung sei. Dann hatte er aufmerksam zugehört, als Athelstan ihm eingeschärft hatte, was er sagen solle, wenn sie mit Watkin zusammenkämen.
»Nun, hier sind wir, Pater.« Watkin scharrte mit den großen, schmutzigen Stiefeln. »Ich weiß, weshalb Ihr uns sprechen wollt, wenn wir auch anscheinend als letzte gemerkt haben, daß unsere Tochter in Pikes Bengel verschossen ist.«
»Ein junger Mann«, widersprach Pikes Frau.
»Mir gefällt das überhaupt nicht«, meldete sich Pike zu Wort.

»Ich sehe in dieser Verlobung keine Zukunft. Mein Sohn sollte sich weiter umschauen.«
»Was ist denn an meiner Tochter auszusetzen?« zischte Watkins Frau. »Meinst du, dein Sohn ist zu gut für sie?«
Athelstan lächelte bei sich, schwieg und sah zu, wie Watkin und seine Frau Pike erbittert angriffen. Danach gab es kaum noch Probleme. Erst entschuldigte Pike sich widerstrebend, und dann willigte er – anscheinend ebenso widerstrebend – ein, den Streit beizulegen; sein Sohn würde Watkins Tochter am ersten Sonntag nach Ostern heiraten. Alle gingen hinüber ins Pfarrhaus, um zur Feier des Tages einen Becher Wein zu trinken. Watkin stolzierte ins Haus wie ein erfolgreicher Rechtsanwalt vors Hofgericht. Er hatte den Namen seiner Familie gepriesen und den Ruf seiner Tochter verteidigt; er hatte seinen großen Rivalen, Pike den Grabenbauer, zur Räson gebracht und überredet, seinen Vorschlag anzunehmen. Athelstan schenkte den Wein ein, ohne Pike in die Augen zu schauen, und während sie auf das junge Paar tranken, betete er stumm, Watkin möge nie herausfinden, wie er überlistet worden war.
Als sie gegangen waren, nahm Athelstan ein kleines Frühstück zu sich und ging dann zurück in die verlassene Kirche, um sein Brevier zu beten. Danach räumte er den Küchentisch ab und legte sein Schreibzeug zurecht: Federkiel, Tintenhorn, Bimsstein und eine Rolle neues Pergament, die Cranston ihm geschenkt hatte. Als er damit fertig war, setzte er sich und schrieb alles auf, was er und Cranston über Ira Dei erfahren hatten und wie Mountjoy erstochen, Fitzroy vergiftet und Sturmcy in Billingsgate plötzlich und gewaltsam zu Tode gebracht worden war. Die Zeit verging. Athelstan legte eine Pause ein und aß ein wenig Suppe, Dörrfleisch und Brot. Er ging zum Beten in die Kirche und spazierte dann auf dem Friedhof umher und dachte über das nach, was er geschrieben hatte. Er zeichnete einen neuen Plan vom Garten des Rathauses und eine Sitzordnung des

Banketts, bei dem Fitzroy gestorben war. Ab und zu fiel ihm noch etwas ein, das er dann säuberlich einfügte.
Als es dämmerte, glaubte Athelstan, alles aufgeschrieben zu haben, und er begann, seine Notizen aufmerksam zu studieren. Lächelnd dachte er daran, wie seine Mutter in einem alten Umhang einen losen Faden gesucht und wie sie ihn, wenn sie ihn gefunden hatte, sorgfältig herausgezupft und die kostbare Wolle aufgeribbelt hatte. Aber hier fand sich nirgends ein loser Faden.
»Kaltblütiger Mord«, murmelte er bei sich. »Kein Verbrechen aus Leidenschaft, keine ungestüme Geste, die den Mörder verraten könnte.« Seine Liste enthielt nicht weniger als acht mögliche Schuldige, und wer Ira Dei war, blieb weiterhin ein Geheimnis.
Athelstan stand auf und streckte sich; er zündete die Kerzen an und entfachte das Feuer, als Bonaventura durch das offene Fenster hereinglitt.
»Guten Abend, mein Prinz der Gassen.«
Der große Kater reckte sich vor dem Kamin, und seine rosarote Zunge blitzte hervor. Er schnurrte vor Behagen, als Athelstan einen Krug Milch aus der Speisekammer holte und seinen verbeulten Zinnapf damit füllte. Der Bruder hockte sich nieder und streichelte den einäugigen Kater zwischen den Ohren.
»Ich wünschte, ihr Tiere könntet sprechen«, sagte er leise. »Ich wünschte, ich wäre wie der große Franz von Assisi und hätte die Gabe, mit den kleinen Geschöpfen Gottes zu reden. Was für Geheimnisse siehst du, hm, Bonaventura? Wieviel Böses beobachtest du, wenn du in den Straßen und Gassen auf Jagd gehst?«
Bonaventura schleckte weiter seine Milch, und sein Schwanz zuckte vor Behagen hin und her. Athelstan erhob sich, nahm einen Schluck aus seinem Bierhumpen und widmete sich wieder seinem Problem. Es wurde dunkel; Eulen schrien draußen auf dem Friedhof, und der Bruder wurde immer gereizter. Er ging

die Treppe hinauf und holte die Schriftrolle mit den fünfzehn Jahre alten Ermittlungsprotokollen, die er von Cranston bekommen hatte und in der auch von Sturmey die Rede war. Unten setzte er sich hin, legte sein Lineal unter jede Zeile, um gründlicher zu lesen, und studierte das Dokument aufmerksam.
»O Herr, hilf mir«, betete er. »Bitte, nur einen losen Faden!« Er las und las, und dann fand er etwas, in einer Ecke am Rande des Manuskripts, wo der Schreiber eine kleine Anmerkung hingeschrieben hatte. »O Herr, Du bist unser Erretter!« flüsterte er. »O ja, natürlich!«
Der Ordensbruder löschte die Kerze, stapfte die Treppe hinauf, legte sich auf sein Bett und starrte an die Decke. An einem so schönen Sommerabend, zumal an einem Sonntag, wäre er gewöhnlich auf seinem Kirchturm gewesen, um die Sterne zu betrachten und mit Bonaventura über die Theorien Roger Bacons zu debattieren. Aber er mußte gestehen, daß das Studium des menschlichen Herzens noch faszinierender war. Er begann, eine logische Erklärung zu konstruieren, die am Ende hoffentlich den Mörder ans Licht Gottes treiben würde. Im Geiste durchkämmte er alle Möglichkeiten, bis ihm die Lider schwer wurden. Er versank in einen unruhigen Schlaf, und immer wieder plagte ihn ein Alptraum, in dem er im Mondschein im Garten des Rathauses saß.
Er saß da, wo Mountjoy gesessen hatte, und sah, wie der Mörder sich hinter den Zaunpfählen bewegte. Er wollte aufstehen, merkte aber, daß er angebunden war und sich nicht rühren konnte. Er wußte, daß der Mörder zuschlagen würde. Dann drehte Athelstan sich um, weil er jemanden neben sich spürte, und erblickte die grauen Gesichter und rotgeränderten Augen einer Reihe von Leichen: Mountjoy, Fitzroy und Sarah Hobden. Auf einer Stange mitten im Garten aber stak der abgeschlagene Kopf des französischen Piraten Jacques le Roux. Die Leichen drängten sich mit aufgerissenen Mündern um ihn; Athelstan wollte

sie wegschieben, wagte aber nicht, den Mörder, der hinter dem Zaun lauerte, aus den Augen zu lassen.
Endlich erwachte er, schweißgebadet und stöhnend. Er atmete tief durch, um sein pochendes Herz zu beruhigen, und schaute aus dem Fenster. Der Himmel war bereits rötlich, und so stand er auf, wusch sich, zog sich an und ging dann hinunter in die Küche, um etwas zu essen.
Nach einer Weile verblaßten die Schrecken der Nacht; er saß mit Bonaventura auf dem Schoß vor dem neu entfachten Feuer und wiegte sich sanft auf dem Stuhl. Schließlich wandte er sich wieder dem Schreiben zu, langsam erst, doch dann immer energischer und schneller, und er verfaßte das, was er seine Anklageschrift gegen den Mörder nannte.
Draußen erwachten die Vögel, sie schwirrten umher und sangen; die Sonne stieg höher und wurde kräftiger. Athelstan legte die Feder aus der Hand und ging hinüber in die Kirche, um die Messe zu lesen. Niemand kam. Crim platzte mit verquollenen Augen zur Tür herein, als er fertig war, entschuldigte sich lautstark und berichtete, daß die beiden Familien Watkin und Pike am vergangenen Abend die bevorstehende Verlobung gefeiert hätten. Athelstan versicherte ihm, daß alles in Ordnung sei, nahm einen Penny aus seiner Börse und führte Crim hinaus in den Vorraum der Kirche.
»Du kennst den Lord Coroner, Crim?«
»Den alten Pferdezermalmer?«
»Na, Crim!«
»Ja, Pater, ich kenne den Lord Coroner, und ich weiß, wo er wohnt.«
»Nun, dann geh zu ihm und richte ihm aus, daß ich im ›Heiligen Lamm Gottes‹ auf ihn warte.« Athelstan machte eine Pause. »Ja, sobald der Markt beginnt. Sag ihm außerdem, er soll Lord Gaunt und die anderen Edlen bitten, uns gegen Mittag im Rathaus zu erwarten.« Er drückte dem Jungen den Penny in die schmutzige

Hand und ließ sich die Nachricht dreimal wiederholen. Crim tat es gehorsam und schloß dabei konzentriert die Augen. Dann rannte er wie ein Hase durch die Gasse davon.
Athelstan ging in die Kirche zurück und hockte sich am Fuße einer Säule nieder. Er würde froh sein, wenn diese Sache erledigt wäre. Hoffentlich hatte er recht. Er hatte gewisse Beweise, aber nicht genug; das käme erst, wenn alle im Rathaus versammelt wären, auch wenn er dann würde gestehen müssen, daß die Identität des Ira Dei ein Geheimnis war, das ihm weiterhin verschlossen blieb.
Athelstan schaute sich in der Kirche um. Allmählich mußte er wirklich wieder seine vernachlässigten Gemeindegeschäfte in die Hand nehmen. Huddle hatte das Bild über dem Taufbrunnen nicht fertiggemalt und Cecily schon seit Tagen die Kirche nicht geputzt. Athelstan schloß die Augen. Wenn er doch jemanden überreden könnte, buntes Glas für eines der Fenster zu bezahlen, für ein strahlendes Bild wie die in den von reichen Patronen geförderten Kirchen in London, eine Geschichte aus dem Leben Jesu oder vielleicht auch des hl. Erconwald, in vielen Einzelheiten abgebildet, so daß er sich in seinen Predigten darauf beziehen konnte.
Seine Gedanken schweiften ab. Hoffentlich war Elizabeth Hobden bei den Minoritinnen sicher – und ob Cranston wohl den Haftbefehl gegen ihren Vater und ihre Stiefmutter ausgestellt hatte? Seufzend stand Athelstan auf, kehrte ins Pfarrhaus zurück, räumte den Tisch ab, packte die Schreibutensilien in die Ledertasche und ging in den Stall, um den ziemlich mißmutigen Philomel zu satteln.
Vorbei an den niedrigen Hütten, in denen viele seiner Pfarrkinder wohnten, ritt er zur London Bridge hinunter. Er widerstand der Versuchung, Ursulas massige Sau über den Haufen zu reiten, die sich mit flatternden Ohren schwerfällig die Straße heraufschleppte; wahrscheinlich war sie schnurstracks unter-

wegs zu seinem Garten. An einer kleinen Aleschenke hielt Athelstan an; Cecily saß dort mit keck übereinandergeschlagenen Beinen und war in ein Gespräch mit Pike, dem Grabenbauer, vertieft. Athelstan gab den beiden die Kirchenschlüssel.
»Cecily«, sagte er in bittendem Ton, »die Kirche muß einmal gründlich geputzt werden, und ich habe dich dafür bezahlt.«
Die kindlichen blauen Augen des Mädchens füllten sich mit Tränen. »O Pater, es tut mir leid, aber ...«
»Cecily war beschäftigt«, unterbrach Pike. »Mit Alberto.«
»Mit wem?«
»Mit einem Matrosen von einer Genueser Kogge, die in Dowgate lag.« Pikes Grinsen wurde breiter. »Jetzt ist er weg, Cecily ist wieder bei uns, und die Kirche ist bald sauber.«
Athelstan lächelte. »Hat er dir gefallen, Cecily?«
»O ja, Pater. Er hat versprochen, in zwei Monaten zurückzukommen.«
Athelstan nickte und trieb Philomel voran. Aye, dachte er. Die arme Cecily. Cranston würde sagen: »Alberto kommt zurück, wenn Ursulas Sau Flügel kriegt.« Er tätschelte Philomels Hals. »Wir sind die Armen, Philomel«, sagte er leise. »Vergiß das nie. Und wenn Wünsche Pferde wären, dann könnten Bettler reiten.«
»Führt Ihr Selbstgespräche, Pater?«
Athelstan blickte auf. Er hatte die Priorei von St. Mary Overy hinter sich gelassen und war auf der breiten Straße, die zur Brücke hinunterführte. Um ihn stießen und drängten sich die Leute, und er sah nicht, wer gesprochen hatte.
»Pater, ich bin's.«
Athelstan schaute hinunter. Fast verborgen unter Philomels Maul stand Burdon, der Torhauswächter.
»Nein, Master Burdon, ich habe gebetet«, log er.
Das Männchen kam näher. »Wo ist Sir John? Oh, sagt's mir nicht – er sitzt berauscht in irgendeiner Schenke in der Stadt. Was ist mit meinen Köpfen?«

»Was soll mit ihnen sein?« fragte Athelstan. »Sind wieder welche verschwunden?«
»Nein.« Der kleine Mann reckte die Schultern. »Aber die, die weg sind, sollten zurückkommen.«
»Na, ich werde Sir John Bescheid sagen.«
»Gut. Und sagt ihm, er soll bald vorbeikommen. Meine Frau erwartet wieder ein Kind.«
Athelstan winkte und trieb Philomel weiter. Burdon sollte sein überraschtes Grinsen nicht sehen; es war sicher eines der großen Geheimnisse Gottes, wie so ein kleiner Mann der stolze Vater eines ganzen Kirchenchors von Kindern sein konnte.
Auf der London Bridge drängten sich Fuhrwerke und Packpferde, und Athelstan mußte geduldig warten; er nahm sich vor, nicht durch die Lücken auf den tobenden Fluß hinunterzuschauen. Endlich war er drüben und ritt die Bridge Street und die Lombard Street hinauf in die verkehrsreiche Cheapside.
Erfüllt von den Freuden des Sommers, hatte Sir John die Nachricht von Crim empfangen und saß im »Heiligen Lamm Gottes«, wo er geschäftig einen Teller Aale mit frischgebackenem Brot verzehrte. Er wirkte frisch und ausgeruht und hätte Athelstan in seiner Umarmung beinahe zerquetscht.
»Ich hab's schon einmal gesagt«, dröhnte der Coroner, »und ich sage es wieder: Für einen Mönch bist du gar nicht so übel!« Er hielt Athelstan auf Armeslänge von sich. »Trink einen Roten!«
»Nein, Sir John.«
»Du hast den Mörder entlarvt?« flüsterte Cranston.
»Habt Ihr die Nachricht zum Rathaus geschickt?«
Cranston nickte.
»Dann setzt Euch, Sir John, und ich will Euch erzählen, was ich denke.«
Der Coroner trank, während Athelstan ihm seine Gedanken

darlegte. Er stellte ein paar Fragen; dann saß er da, hielt seinen Humpen mit beiden Händen umschlungen und starrte in die Cheapside hinaus.
»Bist du sicher, Bruder?« fragte er schließlich.
»Nicht ganz, aber es ist die einzig logische Erklärung.«
»Woher wissen wir, daß die Person, die du nennst, nicht Ira Dei ist?«
»Ich bezweifle es, Sir John, aber möglich wäre es.«
»Aber könnte jemand so mit einem Dolch umgehen? Nein, nein.« Cranston wedelte mit der Hand. »Andererseits, es könnte natürlich gehen. Komm, geh mit mir zu Simon, dem Waffenschmied. Unsere Kameraden im Rathaus erwarten uns erst um die Mittagsstunde, oder?«
Athelstan nickte. Cranston wuchtete seinen mächtigen Wanst hoch und stapfte breitbeinig hinaus in die Cheapside und die Friday Street hinauf. Dort standen die Häuser dicht beieinander; Ladenschilder, die an Stangen hingen, baumelten gefährlich dicht über den Köpfen der Menschen. Cranston blieb unter dem bunten Bild einer Sturmhaube und eines Paars Eisenhandschuhe stehen.
»Reden wir ein paar Worte mit dem alten Simon.«
Trotz der schmalen Fassade war die Werkstatt im Innern des Hauses groß und höhlenartig. Im Garten dahinter befand sich eine kleine Schmiede, in der schwitzende Gesellen Metallstücke aus dem tosenden Feuer zogen und auf Ambosse legten, um sie mit aller Kraft zurechtzuhämmern. Ein kleiner, rotgesichtiger Mann erschien wie aus dem Nichts. Mit seinen funkelnden, flinken Augen, dem schütteren Haar und den langen, spitzen Ohren erinnerte er Athelstan an einen Kobold.
»Sir John!« Die Augen des kleinen Mannes blitzten bei der Aussicht auf Profit, als er die Körpermassen des Coroners erblickte. »Ihr seid gekommen, um eine Rüstung zu kaufen?«

Der kleine Mann befeuchtete sich die Lippen, während er im Geiste schon ausrechnete, was es kosten würde, einen so dicken Bauch mit Kettenhemd und Harnisch zu schützen. Eine Zeitlang neckte Cranston ihn, aber dann schlug er dem kleinen Kerl so heftig auf die Schulter, daß er ihn fast in den Boden gerammt hätte.

»Unsinn, Simon, und das weißt du. Die Tage des Kampfes sind für mich vorüber. Das hier ist Athelstan, mein Schreiber.« Leichthin wedelte er mit einer fetten Hand. »Und er hat eine Theorie. Erkläre!«

Athelstan gehorchte. Simon hörte zu, zog eine Grimasse und zuckte die Achseln. »Natürlich.«

Er ging in den hinteren Teil der Werkstatt und öffnete – verwickelt in eine hitzige Debatte mit Cranston über Dolche, Hirschfänger, italienische Stilette, Langbogen und große und kleine Armbrüste – eine große Truhe. Ein Lehrjunge wurde hereingerufen und mußte durch eine Demonstration beweisen, daß Simon recht hatte.

Eine Stunde später wanderten Cranston, Athelstan und der kleine Waffenschmied, der einen Ledersack über der Schulter trug, zurück in die Cheapside und geradewegs zum Rathaus. Athelstan machte bei einem Bäcker halt und kaufte einen Leinenbeutel mit Marzipan und *doucettes*. Dann mußten sie noch einmal stehenbleiben, weil Büttel eine Reihe von Übeltätern und Sträflingen aus den Gefängnissen in Newgate und Fleet ihrer Strafe zuführten.

Es war die übliche niedergeschlagene Prozession von Gaunern, Dieben und Nachtvögeln. Aber dann kam ein Karren, dem zwei Dudelsackspieler vorausgingen, die ein munteres, flottes Liedchen spielten. Der Pferdekarren war mit allerlei grausigen Gegenständen übersät und verbreitete einen Kloakengestank, der die Leute auf der Straße empört aufschreien ließ. Hinten auf dem Karren standen die beiden Reliquienhändler, die Cranston

am Vortag verhaftet hatte. Ihre Gesichter waren blutig, ihre zerzausten Haare von allerlei Unrat verschmiert, und die Menge bewarf sie weiter mit Kot und Abfällen.
Cranston grinste, Athelstan aber durchfuhr schmerzliches Mitleid; man hatte den beiden Männern die Hose bis auf die Knöchel heruntergerissen, und ihre blanken Hintern waren wund und blutig, denn zwei Büttel peitschten sie mit dicken Ledergürteln. Hinter diesen Missetätern marschierte ein Beamter mit einer bunt bemalten Proklamation, die »die gräßlichen Verbrechen dieser beiden Betrüger« schilderte.
»Was passiert mit ihnen?« fragte Athelstan.
»Nicht das, was sie verdient hätten«, grollte Cranston. »Der Karren mit den sogenannten Reliquien fährt zur London Bridge, dort wird der städtische Henker alles verbrennen. Unsere beiden Hübschen werden danach nach Aldgate gepeitscht, losgebunden und aus der Stadt verbannt; werden sie noch einmal ertappt, verlieren sie einen Arm, und beim zweiten Mal ihr Leben.« Cranston blickte über die Menge hinweg, die Schimpfworte brüllte, als der Karren in der Mercery verschwand. »Das ist eine Lektion für die anderen – die sie morgen bestimmt schon wieder vergessen haben.«
Sie gingen weiter über die Cheapside, und der kleine Waffenschmied verwickelte Cranston von neuem in eine erbitterte Diskussion über die Überlegenheit mancher Waffen. Vor dem Rathaus mußten sie eine Weile warten, bis ein Ratsdiener sie in den Saal führte, in dem Gaunt saß, flankiert von Clifford und Hussey und den Gildemeistern. Der Regent ließ alle Etikette beiseite und lud sie nicht einmal ein, Platz zu nehmen. Verächtlich musterte er den kleinen Waffenschmied. Simon war derart überwältigt von der Gegenwart so erhabener Persönlichkeiten, daß er gar nicht aufhören konnte, sich zu bücken und zu verbeugen, bis Cranston ihm zuzischte, er solle bei der Tür warten und stillstehen.

»Ihr habt uns etwas zu berichten, Mylord Coroner?«
»Ja, Euer Gnaden.«
Gaunt spielte mit den Ledertroddeln an seinem teuren gesteppten Wams. Athelstan sah, daß der Regent sich auf einen Vormittag der Jagd in den Feldern und Sümpfen nördlich von Clerkenwell gefreut hatte. Hussey war diplomatisch wie stets, freundlich, aber still. Clifford rieb sich nachdenklich die verletzte Schulter, und die Gildeherren benahmen sich wie eine Meute Jagdhunde. Goodman, der Bürgermeister, trommelte auf dem Tisch, Sudbury und die übrigen schienen arrogant und verärgert, weil man sie von ihren morgendlichen Geschäften abgehalten hatte.
»Nun?« schnappte Goodman. »Wir sind vielbeschäftigte Männer, Sir John!«
»Das bin ich auch, Mylord Bürgermeister.«
»Ihr kommt eher, als wir dachten«, schnarrte Sudbury. »Habt Ihr unser Gold?«
Cranston schüttelte den Kopf.
»Habt Ihr Ira Dei verhaftet?«
»Nein.«
Gaunt beugte sich vor und lächelte falsch. »Warum in Gottes Namen sind wir dann hier, Sir John?«
»Vielleicht, um einen Mörder zu verhaften, Euer Gnaden. Alle Ausgänge des Rathauses sind zu sichern.«
Gaunt starrte ihn an, und ein Funken von Interesse erwachte in seinem Auge, als ihm klar wurde, daß dies keine gewöhnliche Versammlung war.
»Ihr habt also etwas entdeckt, wie?« sagte er leise. »Ihr und Euer kleiner Bruder?«
Die Atmosphäre im Rathaus änderte sich dramatisch. Die hatten uns als Versager abgetan, begriff Athelstan. Diese arroganten Falken meinten, der fette Coroner und sein verstaubter Ordensbruder seien zu dämlich, um die Wahrheit herauszufinden. Er

holte tief Luft, um seinen Ärger zu beherrschen. Gaunt lehnte sich zurück und spreizte die Hände.

»Sir John, in dieser Sache sind wir Eure Gefangenen.« Er warf einen wütenden Blick über die Schulter und brüllte einem Hauptmann der Garde an der Wand hinter sich zu: »Sichert das Rathaus! Niemand darf herein oder heraus, bis ich es sage!« Er sah Cranston an. »Was braucht Ihr sonst noch, Mylord Coroner?«

Statt dessen ergriff Athelstan das Wort. »Ich möchte, daß die Bankettafel so gedeckt wird wie an dem Abend, als Fitzroy starb.«

Gaunt nickte. »Und was noch?«

»Ich möchte, daß man Kissen und Polster dorthin legt, wo der Sheriff, Sir Gerard Mountjoy, gesessen hat. Und der Garten muß geräumt werden.«

Gaunt lächelte. »Und schließlich?«

»Ich wäre Euch dankbar, wenn Ihr alle hierbleiben wolltet, bis ich und Sir John fertig sind, Euer Gnaden.«

Protestgemurmel erhob sich, aber Gaunt schlug schweigengebietend mit der flachen Hand auf den Tisch. Er war rot im Gesicht.

»Vor wenigen Tagen«, schrie er, »kam ich in dieses Rathaus, um einen Freundschaftspakt mit der Stadt zu unterzeichnen. Der Tod der Herren Fitzroy, Mountjoy und Sturmey hat dem ein Ende gemacht. Ihr Herren, Ihr werdet nun warten, bis diese Sache erledigt ist.« Er deutete mit dem Finger auf Cranston. »Und Euch, Lord Coroner, gnade Gott, wenn Ihr meine Zeit verschwendet.«

Die Diener wurden herbeigerufen. Gaunt gab ihnen seine Anweisungen. Athelstan führte Cranston und den zitternden Waffenschmied die Treppe hinunter und hinaus in den kleinen überdachten Gang zwischen der Küche und dem Rathaus. Er versuchte, seine Erregung zu zügeln, als er durch die Lücken in

den Zaunpfählen spähte und sah, wie die Diener befehlsgemäß Kissen und Polster auf der Rasenbank aufbauten. Von seinem Platz aus konnte er durch die Zaunlücken deutlich sehen, daß sie sich da türmten, wo Sir Gerard ermordet worden war. Er wartete, bis die Diener ins Rathaus zurückgekehrt waren; dann lächelte er dem Waffenschmied zu.
»So, Simon, jetzt habt Ihr Gelegenheit, zu beweisen, daß unsere Theorie stimmt.«
Der Waffenschmied stellte seinen Sack auf den Boden und nahm eine kleine Armbrust heraus. Die Rinne, in die man den Bolzen einlegte, war eigens verbreitert worden. Als nächstes förderte er einen langen Dolch zutage, ähnlich dem, der in Mountjoys Brust gesteckt hatte. Behutsam legte er ihn in die verbreiterte Bolzenrinne und spannte langsam die starke Armbrustsehne.
»Sehr gut«, sagte Athelstan leise. »Und jetzt, Simon, versucht, den Dolch mit der Armbrust mitten in das oberste Kissen zu schießen, in das mit den grünen Fransen.«
Fluchend und grummelnd hob Simon die Armbrust und schoß den Dolch ab; der flog davon wie ein Stein von einer Schleuder, aber der Waffenschmied hatte nicht gut gezielt. Der Dolch blieb im Holzzaun stecken, er hatte die Kissen knapp verfehlt. Keuchend und schnaufend hastete Cranston hinüber, brachte ihn zurück und ermahnte Simon, die Hände ruhig zu halten, sonst würden sie alle drei die nächste Woche in Newgate verbringen. Wieder stemmte der Waffenschmied die Armbrust auf den Boden und kurbelte die Sehne zurück. Der lange Dolch wurde in die Bolzenrinne gelegt. Er zielte sorgfältig, und diesmal schnellte der Dolch richtig davon, bohrte sich tief in das Kissen und nagelte es an den Holzzaun dahinter. Cranston krähte triumphierend und klatschte in die Hände wie ein Kind.
»Es klappt!« rief er. »Es klappt!«
Er stürzte ins Rathaus und kam kurz darauf mit Gaunt und seinen Gefährten aus dem Ratszimmer zurück. Athelstan und

der Waffenschmied, der die Armbrust wieder in den Sack gesteckt hatte, standen am Gartentor und betrachteten das Polster.
»Was soll dieser Unsinn?« schrie Goodman. »Ihr bringt uns her, Cranston, um uns ein Kissen mit einem Dolch darin zu zeigen?«
Gaunt indessen stieß das Gartentor auf und ging hinein; er packte den Dolch und drehte ihn behutsam heraus. Eine kleine Wolke von Staub und Gänsefedern erhob sich.
»Ihr habt ihn nicht hineingestoßen, Cranston?«
»Nein, Euer Gnaden«, antwortete der Coroner. »Der Dolch wurde mit einer Armbrust durch eine Lücke im Zaun geschossen.«
»Geht das denn?« rief Denny.
»O ja, das geht!« Sudbury lächelte den Bürgermeister honigsüß an. »Meint Ihr nicht auch, Sir Christopher? Ihr gehört doch der Bogenmachergilde an.«
Der Bürgermeister war blaß; Cranstons Bekanntmachung hatte ihn offensichtlich ziemlich erschüttert.
»Nun?« Gaunt funkelte ihn an.
»Euer Gnaden, das ist ganz einfach«, murmelte der Mann. »Der Dolch gleicht demjenigen, mit dem der Sheriff getötet wurde; er hat keinen Griffschutz, und man kann ihn mit einer Armbrust abschießen, wenn man die Bolzenrinne verbreitert und vertieft. Die Armbrust ist ein verstärkter Bogen, und der Dolch wird zum Pfeil.«
»Ihr müßt wissen –« fiel ihm Simon, der Waffenschmied, ins Wort. Dann fiel ihm ein, wo er war, und er schlug sich die Hand vor den Mund.
»Los, Simon«, drängte Cranston leise. »Schießt den Dolch noch einmal ab!«
Simon eilte davon. Man sah ihn hinter dem Zaun in dem überdachten Gang, man hörte die Sehne schwirren, und wieder sauste der Dolch in die Polster.
»Da seht Ihr's.« Cranston streckte die Hände aus. »Stellt Euch

vor, Ihr guten Herren, wie Sir Gerard Mountjoy in der Nachmittagssonne sitzt und in seinem Privatgarten seinen Wein und die Gesellschaft seiner Hunde genießt.« Er sah Denny an. »Ihr habt ihn dort gesehen. Im Rathaus ist es still; alles döst oder ruht in der Nachmittagshitze, aber unser Mörder schleicht sich durch den überdachten Gang heran. Unter seinem Umhang hat er eine Armbrust wie diese hier oder einen ähnlichen Bogen, den er extra dafür gekauft hat. Die Lücke im Zaun ist breit genug. Der Mörder zielt, und Sir Gerard ist auf der Stelle tot, denn der Dolch hat sein Herz durchbohrt, ohne daß der Mörder den Garten betreten und an den Hunden vorbei mußte. Er schleicht davon. Vermutlich«, fuhr Cranston fort, »hatte er vorher geübt, und so war die Mordtat im Handumdrehen ausgeführt. Die Hunde bekamen kaum etwas mit, und Sir Gerard war auf der Stelle tot.« Er nickte, als Athelstan ihn beim Ärmel faßte und ihm etwas ins Ohr flüsterte.

»Und Fitzroy?« fragte Gaunt.

Cranston wartete, bis Athelstan durch die Rathaustür verschwunden war.

»Oh, der Mord an Fitzroy war noch raffinierter. Dazu müssen wir in den Raum zurück, in dem er starb. Aber der Mörder, der Mountjoy tötete, benutzte für den Mord an Sturmey die gleiche Methode. Der erbarmungswürdige Schlosser wurde aus Gründen, die ich später erläutern werde, nach Billingsgate zum Kai gelockt. Er wartete auf jemanden. Er ging auf und ab und fragte sich ängstlich, wann der Mann, der ihn erpreßte, wohl kommen würde. Aber der Mörder war schon da und hielt sich zwischen den Ständen oder hinter einem der Lagerhäuser versteckt. Wieder wurde die Armbrust erhoben, der Dolch aufgelegt. Eben stand Sturmey noch am Kai, im nächsten Augenblick saß der Dolch tief in seiner Brust und ließ ihn in den Fluß stürzen. Das erklärt, warum niemand jemanden auch nur in Rufweite des Ermordeten gesehen hat.«

Gaunt starrte den Coroner an, und seine Finger vollführten einen Trommelwirbel auf dem breiten, ledernen Jagdgürtel um seine schmale Taille.
»Mylord Coroner, der Bankettsaal ist bereit. Euer Schreiber, Bruder Athelstan, ist schon hinaufgegangen. Ich nehme an, er erwartet uns. Wie Mountjoy und Sturmey zu Tode gekommen sind, habt Ihr uns erklärt.« Er wollte weiterreden, sah aber Cranstons warnenden Blick, wandte sich ab, wühlte in seiner Börse und warf dem Waffenschmied, der in den Garten zurückgekommen war, eine Goldmünze zu.
»Die hast du dir verdient, Mann. Bleib hier, bis diese Sache erledigt ist. Und wenn du nachher gehst, halte deine Zunge im Zaum, denn sonst werde ich dafür sorgen, daß du die Zunge mitsamt dem Kopf verlierst!«
Überwältigt von einer Mischung aus Dankbarkeit und Angst, fiel Simon auf die Knie. Cranston führte die anderen zurück ins Rathaus.

14

Athelstan erwartete sie im Bankettsaal. Der Aufwärter hatte die Tafel so gedeckt, wie sie am Abend des Mordes an Fitzroy gewesen war; an jedem Platz stand ein silberner Teller. Auf Athelstans Wunsch nahmen Gaunt, Hussey und die übrigen ihre Plätze ein. Eine Zeitlang herrschte Gemurmel und Gemurre, aber die Lektion, die Cranston ihnen im Garten erteilt hatte, erfüllte alle mit banger Erwartung.
Athelstan setzte sich auf Fitzroys Platz und lächelte Goodman zu seiner Linken und Denny zur Rechten zu. Er wartete, bis das Gemurmel erstarb, während Cranston sich an Lord Clifford wandte, der an der Tür stand.
»Mylord, Ihr könnt Bruder Athelstans Platz einnehmen.« Cranston wandte sich ab. »Ich weiß, daß Ihr nicht da wart, als Fitzroy starb.«
Der junge Edelmann, der nervös mit dem Griff seines Dolches spielte, gehorchte stumm. Noch einmal schaute sich Athelstan im Raum um; zwei der Gildeherren waren bereits in seine kleine Falle gegangen. Gaunt schlug mit der Faust auf den Tisch und verlangte, daß es weitergehe. Athelstan stand auf.
»Euer Gnaden, an dem Abend, da Fitzroy starb, befanden wir uns mitten in einem prächtigen Bankett, nicht wahr?«
»Vorzüglich beobachtet«, versetzte Gaunt spitz.
»Nein, Euer Gnaden, das ist wichtig. Sagt mir«, fuhr Athelstan beharrlich fort, »war das Bankett schon beendet?«
Gaunt rutschte auf seinem Platz hin und her. »Natürlich nicht. Der Hauptgang war serviert worden, und die Köche bereiteten

den Nachtisch zu, als Fitzroy dem Fest ein makabres Ende machte.«

»Ja«, sagte Athelstan. »Das hatte ich vergessen – bis zu dem Tag, da ich eine kandierte Pflaume aß. Ich geriet in Verlegenheit, weil Zucker und Honigsirup mir an Gaumen und Zähnen klebten und ich mir die Stücke aus dem Mund stochern mußte. Als ich danach meine Hände in einer Schüssel wusch, fiel mir ein, daß ich das letztemal soviel Zucker an den Händen gehabt hatte, als ich Fitzroy unmittelbar nach seinem Tod untersuchte. Ich fragte mich, warum der tote Gildeherr soviel Zucker im Mund hatte, obwohl der Nachtisch noch gar nicht aufgetragen worden war.« Er schaute sich in dem stillen Saal um. »Euer Gnaden, Ihr Herren, erinnert Euch, was an jenem Abend serviert wurde. Kann einer von Euch sich entsinnen, daß wir etwas bekommen haben, was dick mit Zucker oder Sirup überzogen war?«

»Fitzroy könnte so etwas gegessen haben, bevor er zum Bankett kam«, wehrte Hussey ab.

»Nein, nein«, antwortete Athelstan. »Wir haben bereits festgestellt, daß Fitzroy, wenn er ein solches Gift vorher zu sich genommen hätte, binnen einer Stunde gestorben wäre.« Athelstan lächelte, denn wieder war ein Gildemeister in seine Falle gegangen.

»Was meint Ihr damit?« blaffte Gaunt.

»Ich meine damit, Euer Gnaden, wir haben bereits festgestellt, daß Fitzroy das Gift nicht vor dem Bankett genommen hat. Wir haben außerdem festgestellt, daß nichts von dem, was er beim Bankett gegessen oder getrunken hat, vergiftet war. Und doch«, fuhr Athelstan fort, »wurde Fitzroy ohne Zweifel hier in diesem Raum vergiftet, weil er etwas aß, das niemand sonst aß.«

»Was denn?« rief Hussey und beugte sich vor. »Genug der Rätsel, Bruder!«

»Fitzroy wurde von jemandem vergiftet, der wußte, daß er ein Schleckermaul war. Jawohl, Fitzroy hatte eine große Vorliebe für Zuckerwerk. Manche bezeichneten ihn sogar als Vielfraß. Ich glaube, es geschah folgendermaßen: Jemand, der wußte, wo Fitzroy sitzen würde, legte irgendein Zuckerwerk, etwas sehr Süßes, neben seinen Silberteller, bevor das Bankett begann. Nur der dicke, klebrige Zucker verbarg die Tatsache, daß diese Köstlichkeit mit Gift getränkt war. Und dieser Zucker war es, was ich im Mund des Toten entdeckte. Und so, vermute ich, wurde Fitzroy getötet.«

»Unsinn!« rief Goodman, sein arrogantes Gesicht war jetzt totenbleich. »Hätte Fitzroy das nicht merkwürdig gefunden?«

»Nein«, sagte Athelstan. »Erstens war er ja zu einem Bankett gekommen. Vielleicht dachte er, ein Diener habe die Süßigkeit fallengelassen oder als besondere Aufmerksamkeit für ihn hingelegt. Und zweitens ...« Athelstan lächelte. »Ihr habt Euch alle hingesetzt. Vor jedem von Euch steht ein kleiner silberner Teller. Neben jeden habe ich, bevor Ihr hereinkamt, eine Süßigkeit gelegt. Wie viele von Euch haben sie inzwischen aufgegessen? Haben sie geistesabwesend in den Mund gesteckt?«

Denny, Goodman und Bremmer grinsten verlegen.

»Woher wißt Ihr, daß sie nicht vergiftet war?« bellte Cranston und genoß ihren verdatterten Gesichtsausdruck. Schwerfällig erhob er sich. »Aber Ihr habt getan, was jeder tun würde, der an einem Tisch sitzt und aufs Essen wartet. Ihr habt eine Leckerei gefunden und in den Mund gesteckt. Fitzroy war nicht anders. Ja, bei seinem Appetit konnte er wohl kaum widerstehen.«

»Ja, aber wer hat sie ihm hingelegt?«

Die Atmosphäre wurde eisig. Gaunts Frage hing wie ein Damoklesschwert über ihnen. Cranston deutete auf Lord Adam Clifford.

»Ihr, Sir, seid ein Verräter, ein Lügner und Mörder! Ich beschuldige Euch, in böser Absicht den Tod des Sir Thomas Fitzroy, des Peter Sturmey und des Sir Gerard Mountjoy herbeigeführt zu haben!«

Clifford sprang auf; seine Augen waren riesig und sein Gesicht rot vor Zorn. »Du fetter alter Trottel!« brüllte er. »Wie kannst du es wagen?«
Wie vom Donner gerührt lehnte sich Gaunt auf seinem Stuhl zurück; die Gildeherren starrten Cranston fassungslos an. Clifford kam drohend auf den Coroner zu, die Hand am Dolch. Sir John zog sein Schwert, aber Gaunts Gardehauptmann trat rasch zwischen die beiden Männer.
»Lord Clifford, ich schlage vor, Ihr setzt Euch wieder hin«, sagte der Soldat leise und sah sich über die Schulter nach seinem Herrn um. Gaunt hatte seine Fassung wiedergefunden und nickte stumm, ohne seinen jungen Adjutanten aus den Augen zu lassen.
»Setzt Euch, Adam«, sagte er leise. »Mylord Coroner, fahrt fort. Aber sollten sich Eure Anschuldigungen als falsch erweisen, so werdet Ihr Euch dafür verantworten müssen.«
»Ich werde mich vor Gott verantworten«, erwiderte Cranston und schaute in die Runde. »Jetzt will ich Euch eine Geschichte erzählen«, begann er, »von einem Königreich, in dem der König ein Kind ist und alle Macht bei seinem Onkel, dem Regenten, liegt. In Abwesenheit eines starken Herrschers entstehen Fraktionen, die sich um die Macht balgen. Die Adligen bei Hofe vertiefen sich in tödliche Rivalitäten, in der Stadt wetteifern mächtige Bürger um die Herrschaft. Das arbeitende Volk draußen auf dem Land murrt und führt verräterische Reden. Es bilden sich geheime Zirkel und Gruppen, die Aufstandspläne schmieden.«
»Seht Euch vor, Sir John!« zischte Gaunt.
Athelstan schloß die Augen und betete, daß Cranston nicht zu weit gehen möge.
»Wenn ich lüge«, antwortete Sir John, »soll mir jemand widersprechen.« Er sah die Gildeherren an, aber alle schwiegen – auch Clifford, dem jetzt die Schweißperlen übers Gesicht rannen.

»Ein Führer tritt auf den Plan«, fuhr Cranston fort. »Ein geheimnisvoller Mann, der sich Ira Dei nennt, der ›Zorn Gottes‹. Er führt die ›Große Gemeinschaft‹ des Reiches, einen geheimen Rat von Bauernführern. Sie wissen nicht, wer er ist, und auch sonst weiß es niemand. Er kommt und geht und sät die Saat der Zwietracht. Und nun verändern sich die Dinge. Seine Gnaden der Regent beschließt, einen Freundschaftsbund mit den führenden Kaufleuten der Stadt zu schließen. Ira Dei möchte dies vereiteln, und er sucht sich einen Verräter in der Umgebung des Regenten. Den findet er in Mylord Clifford, einem jungen Mann, der seine bescheidene Herkunft nicht vergessen hat, zumindest nicht die seiner Familie. Entweder aus Idealismus oder aus eigennützigem Gewinnstreben – oder aus beiden Gründen – willigt Clifford ein, als Agent des Ira Dei die Pläne Lord Gaunts zunichte zu machen.«
»Lüge!« schrie Clifford, aber das Zittern in seiner Stimme trug nicht dazu bei, seine Gefährten zu überzeugen. Mit versteinerten Mienen starrten sie ihn an.
»Mylord Cliffords Vater«, fuhr Cranston fort, »war Hauptmann bei den Bogenschützen, ein erfahrener Schütze, der sein Wissen an seinen Sohn Adam weitergab. An dem Nachmittag, als Sir Gerard Mountjoy stirbt, kommt Clifford mit einem Jagdbogen oder einer präparierten Armbrust und schleicht sich, als alle ruhen oder ihren Geschäften nachgehen, wie der Schatten des Todes in den Gang. Er schießt den Dolch ab, Mountjoy stirbt unter mysteriösen Umständen, und wir verstricken uns in das Rätsel, wie er wohl gestorben sein mag, statt uns damit zu beschäftigen, wer ihn warum ermordet hat.« Cranston erquickte sich mit einem großzügigen Schluck aus seinem Weinschlauch. »Am folgenden Abend schlägt der Mörder wieder zu.«
»Unmöglich!« rief Goodman. »Wißt Ihr denn nicht mehr, Sir John, daß Lord Clifford bei dem Bankett gefehlt hat?«
Cranston drückte den Stopfen fest in seinen Weinschlauch. »Ja,

er sagte, er habe anderswo Geschäfte, aber erst, nachdem er die vergiftete Leckerei neben Fitzroys Teller gelegt hatte.«
»Natürlich!« Gaunt sprang auf und deutete auf seinen Adjutanten. »Adam, Ihr wart für die Sitzordnung zuständig, und dann habt Ihr Euch entschuldigt und behauptet, Ihr hättet Geschäfte in der Stadt.« Gaunts Gesicht wurde fleckig vor Wut. »Ihr habt überaus hartnäckig darauf bestanden. Mylord Coroner hat recht: Nicht einmal ich wußte, wo jeder sitzen würde. Das blieb Euch überlassen, und Ihr habt es den Gästen gesagt.«
Auch der Bürgermeister sprang plötzlich auf. »Cranston!« rief er. »Ihr seid ein Dummkopf!«
»Sir Christopher«, schritt Athelstan behutsam ein, »erklärt Euch bitte.«
Der Bürgermeister trat in die Mitte des Saales, und ein selbstzufriedenes Lächeln leuchtete auf seinem Gesicht. »Seht Ihr das denn nicht, Mylord?« fragte er Gaunt. »Mountjoy wurde ermordet, Sturmey wurde ermordet, Fitzroy wurde ermordet. Aber den heimtückischen Überfall auf Mylord Clifford wollen wir doch nicht vergessen!«
»O nein«, sagte Athelstan. »Den wollen wir nicht vergessen. Schrammen und Blutergüsse. Nichts besonders Ernstes. Das weiß Lord Clifford sicher selbst.«
Goodman biß sich auf die Unterlippe, als ihm bewußt wurde, wie töricht sein Ausbruch gewesen war.
»Ihr meint ...?«
»Ich meine«, sagte Athelstan ruhig, »wenn man Lord Clifford in Gewahrsam nimmt und untersucht, wird man feststellen, daß seine Blutergüsse und sogenannten Wunden nur oberflächlich sind.«
Goodman eilte zu seinem Platz zurück.
»Was für ein wunderbares Manöver«, fuhr Athelstan fort. »Aber überlegt doch: Wenn Ira Dei die Absicht gehabt hätte, Clifford zu töten, dann hätte er es getan.«

»Der Überfall war abgesprochen«, rief der Coroner Goodman zu. »Eine reine Ablenkung.« Er deutete mit dem Zeigefinger auf Clifford. »Ihr wißt es, Mylord. Wenn Ihr anderer Meinung seid, zieht das Hemd aus und zeigt uns diese schrecklichen Wunden.«

Stumm funkelte Clifford ihn an.

»Und Mylord Gaunt hat recht«, fuhr der Coroner fort. »Ihr wußtet, wo jeder von uns an jenem Abend sitzen würde.«

»Ich war nicht da«, murmelte Clifford.

»Lügner!« bellte Cranston.

Clifford schüttelte den Kopf, aber seine Augen verrieten ihn.

»Ein raffinierter Plan«, sagte Cranston. »Als Fitzroy starb, wart Ihr also nicht da. Aber wie, Mylord Clifford, konntet Ihr auch fehlgehen? Wenn Fitzroy sich woanders hingesetzt hätte, dann hätte vielleicht ein anderer die Süßigkeit gegessen. Begreift Ihr nicht?« Cranston grinste die Gildemeister boshaft an. »Es ging nicht darum, daß ausgerechnet Mountjoy und Fitzroy starben, solange nur überhaupt welche von Euch zu Tode kamen, ermordet unter geheimnisvollen Umständen; dies würde genug Chaos und Verwirrung hervorrufen, um alle Pläne des Regenten zunichte zu machen.«

»Und das Gold? Und Sturmeys Tod?« Nicholas Hussey ergriff das Wort, während der Regent sich vorbeugte und den Verräter am anderen Ende des Tisches anfunkelte.

»Oh, das Gold«, knurrte Cranston. »Natürlich, das hat die Sache dann vollends besiegelt, nicht wahr? Leider hatten Mylord Bürgermeister und der verstorbene Sheriff sich für Peter Sturmey entschieden, einen berühmten Schlosser, der eine neue, mit sechs Schlössern gesicherte Truhe bauen sollte. Aber was Ihr, Sir Christopher, entweder vergessen oder nicht gewußt hattet, war, daß unser Meister Sturmey ein Doppelleben führte. Er liebte Knaben. Vor fünfzehn Jahren war er, wie mancher Große in dieser Stadt, in einen Skandal verwickelt gewesen. Gegen

Sturmey gab es keine Beweise, aber ich bin sicher, er verfolgte seine heimlichen Leidenschaften von da an verstohlener und vorsichtiger.« Cranston verstummte und schaute den königlichen Lehrer an. »Sir Nicholas, ich glaube, Ihr gingt damals in St. Paul zur Schule?«

Hussey nickte, den Blick gesenkt, die untere Partie des Gesichts hinter den Händen verborgen. »Ich erinnere mich an den Skandal«, sagte er leise, »aber ich wußte nicht viel davon. Ich war damals noch ein Junge.«

»Ja«, sagte Sir John. »Ihr wart noch ein Junge, genau wie Ihr, Mylord Clifford, der Ihr als Page in einem mächtigen Londoner Haus wart – bei Sir Raymond Bragley, der damals Sheriff von London war. Wie sich Mylord Bürgermeister erinnern wird, ermittelte Bragley damals in dem Skandal, und Ihr, Mylord Clifford, müßt die wichtigen Botschaften gut gekannt haben, die Ihr in der ganzen Stadt befördert habt. Vermutlich wußtet Ihr von Sturmeys geheimen Lastern und auch, daß er ihnen immer noch frönte. Wer weiß? Vielleicht hat er sich sogar an Euch herangemacht – und so konntet Ihr ihn erpressen: Entweder er machte Euch einen zweiten Satz Schlüssel, oder er würde die Höchststrafe für Sodomie erleiden, den Tod auf dem Scheiterhaufen in Smithfield.«

Clifford starrte auf den Tisch und spreizte die Hände. Er leistete keinen Widerstand, als Gaunt dem Gardehauptmann zunickte und dieser ihm den Dolch aus der Scheide zog.

»Selbstverständlich mußte Sturmey sterben«, fuhr Cranston fort. »Deshalb locktet Ihr ihn hinunter nach Billingsgate, wo er am Kai auf Euch wartete. Ein vorzügliches Ziel, auf das Ihr aus einer dunklen Gasse schießen konntet.« Cranston zuckte die Achseln. »Was kann ich noch sagen?«

Clifford fuhr auf und hob den Kopf. »Ihr könntet zur Abwechslung einmal einen Beweis erbringen! Das alles sind Vermutungen, Hypothesen, Ihr habt nicht den Fetzen eines Beweises, um einen königlichen Richter zu überzeugen. Jeder könnte Mountjoy ermordet haben. Jeder könnte eine vergiftete Süßigkeit neben Fitzroys Teller gelegt haben. Und was Sturmey angeht – ja, ich erinnere mich an den Fall, aber Ihr habt seine geheime Werkstatt selbst gesehen! Jeder könnte ihn gezwungen haben, dort hineinzugehen und sechs Schlüssel zu machen.«

Cranston trommelte mit den Fingern auf den Tisch und bemühte sich, seine Panik zu verbergen. Unter buschigen Augenbrauen hinweg schaute er Athelstan an, der immer noch ganz gefaßt aussah.

»Lord Clifford hat recht«, bekräftigte der Bürgermeister. »Ich stimme Euch ja zu, Sir John, aber habt Ihr einen handfesten Beweis dafür, daß Clifford den Dolch abgeschossen und die Leckerei neben den Teller gelegt hat?«

»Den haben wir«, sagte Athelstan. »Wir haben das Gold. Eine derartige Menge kostbarer Barren kann man nicht so leicht durch die Stadt transportieren oder auf dem freien Markt verkaufen.« Er sah den Regenten an. »Euer Gnaden, wenn Ihr Eure Soldaten zu Mylord Cliffords Haus schickt, dann, so meine ich, werdet Ihr das Beweismaterial finden. Ihr müßt nach einem Jagdbogen oder eher noch nach einer eigens präparierten Armbrust suchen. Nach Dolchen von der Art, wie sie gegen Mountjoy und Sturmey verwendet wurden. Und vor allem nach den sechs Goldbarren, die Mylord Clifford so geschickt aus der Truhe entwendet hat. Der Diebstahl blieb unbemerkt. Niemand würde auch nur im Traum darauf kommen, daß jemand einen zweiten Satz Schlüssel haben könnte; sollte der Raub also entdeckt werden, dann würde man dem armen Sturmey die Schuld geben. Das Dumme mit dem Gold ist nur: Was fängt man damit an, wenn man es einmal an sich genommen hat? Man kann es nur irgendwo sicher verstecken.«

Athelstan ging zu Clifford und blieb vor ihm stehen. »Warum?« fragte er.

Der junge Mann starrte ihn an.
»In der Logik«, fuhr der Ordensbruder fort, »und in der Mathematik ist die Suche nach einem gemeinsamen Faktor der erste Grundsatz. Ihr wart in Sturmeys Skandal verwickelt. Ihr hattet die nötige Geschicklichkeit, um Mountjoy zu töten. Nur Ihr kanntet die Sitzordnung an dem Abend, als Fitzroy starb.« Athelstan stählte seine Züge, denn was nun kam, war reine Spiegelfechterei. »Und schließlich: Ira Dei selbst hat Euch verraten.«
Clifford erschrak. »Wie das?«
Dann stöhnte er auf, als er begriff, was für einen schrecklichen Fehler er begangen hatte.
Gaunt schnippte mit den Fingern und befahl dem Gardehauptmann: »Nimm dir zehn Bogenschützen und stell Cliffords Haus auf den Kopf. Sperr seine Diener ein! Wenn nötig, foltere sie!«
»Das ist nicht nötig.« Bleich wie ein Gespenst richtete Clifford sich auf. »Was hat es noch für einen Sinn?« murmelte er. »Das Spiel ist gespielt, und jetzt ist es vorbei.« Er leckte sich die Lippen. »Mylord Gaunt, Ihr mögt mich für einen Verräter halten, aber ich bin es nicht mehr als jeder andere hier im Raum. Ein paar Kaufleute, die die Armen ausquetschen wie einen feuchten Lappen. Brave Männer, die sonntags in die Kirche stolzieren und montags alle denkbaren schmutzigen Sünden begehen. Wölfe im Schafspelz!«
»Und was ist mit mir?« unterbrach ihn Gaunt. »Ich habe Euch vertraut.«
»Mylord Regent, Ihr vertraut niemandem. Und seht Ihr nicht das Unwetter, das sich zusammenbraut?« Er stieß mit dem Finger nach Gaunt. »Geht nicht auf die Jagd, Mylord. Reitet statt dessen durch die dreckigen Gassen von Southwark oder in die Dörfer in South Essex. Die Menschen werden Euch nachschauen, wenn Ihr vorüberreitet, und in ihren Augen wird die Wut lodern. Das Unwetter kommt!« Clifford machte eine schwungvolle

Handbewegung. »Dieses ganze Kartenhaus wird einstürzen, ausgebrannt vom Keller bis zum Dachboden!« Er wischte sich den Speichel aus dem Mundwinkel. »Um Himmels willen!« schrie er Gaunt an. »Glaubt Ihr, ich sei der einzige? Ist Euch nicht klar, daß hier im Saal Leute sind, die bereits wissen, wie sie ihre Segel zu setzen haben, wenn der Sturm kommt?« Hingerissen von seiner eigenen Raserei, hielt Clifford inne.
Athelstan sah sich rasch um und schaute in die verschlagenen, heimlichtuerischen Gesichter der Gildeherren. Clifford war ein Mörder, aber er hatte recht. Gaunt wäre ein Narr, wenn er einem von ihnen Vertrauen schenken wollte.
»Ihr seid ein Verräter!« kreischte Goodman und sprang auf. »Ein Verräter und ein Schurke! Ein heimtückischer Mörder!«
»Ach, um Gottes willen!« brüllte Clifford, sprang ebenfalls auf und schüttelte die Hand eines Soldaten ab. »Mountjoy war ein raffgieriger Dämon, Fitzroy ein korrupter Vielfraß. Und was Sturmey betrifft – den habt Ihr ausgesucht, Mylord Bürgermeister, nicht ich.«
»Führt ihn ab!« befahl Gaunt.
Clifford drehte sich um und spuckte in Richtung des Regenten. »›Als Adam grub und Eva spann‹«, schrie er, »›wo war da der Edelmann?‹ Denkt daran, Mylord, wenn sie Euren Palast beim Savoy niederbrennen!«
»Halt!« Goodman hatte seine Fassung als erster wiedergewonnen und plusterte sich jetzt in rechtschaffenem Zorn auf. »Woher wissen wir, daß dieser Mann nicht Ira Dei ist?«
Clifford warf den Kopf in den Nacken und lachte. »Du dummer Hanswurst«, zischte er heiser. »Bist du wirklich so dämlich? Ich bin nicht Ira Dei. Aber vielleicht sitzt er trotzdem hier in diesem Raum?«
Gaunt wiederholte seinen Befehl. Soldaten führten Clifford hastig hinaus, und andere machten sich marschbereit, um Cliffords Haus von unten bis oben zu durchsuchen.

Cranston und Athelstan lehnten sich zurück und schauten zu, wie die Gildeherren, glücklich über die Aussicht, Gerechtigkeit zu erfahren, und noch glücklicher, weil sie wahrscheinlich ihr Gold zurückbekommen würden, einander darin überboten, Clifford zu verdammen und dem Regenten ihre Loyalität zu beteuern. John von Gaunt spielte mit, aber Athelstan sah, daß Cliffords Worte ins Schwarze getroffen hatten: Die Offenbarung, daß er einen Verräter gefördert hatte, war sehr schmerzhaft gewesen. Gaunt, der kaum seinem eigenen Schatten vertraute, war jetzt noch zurückgezogener und mißtrauischer. Er saß auf seinem Stuhl und empfing schweigend den Beifall seiner Kaufmannsfürsten. Er schien gar nicht zu bemerken, wie Athelstan und Cranston sich verabschiedeten und das Rathaus auf leisen Sohlen verließen.

»Gott sei Dank, das ist vorbei!« schnaufte Cranston. »Wir hatten sehr wenig Beweise, Bruder.« Er warf einen Seitenblick auf den ernsten Ordensbruder. »Du hast ihn sauber in die Falle gehen lassen.«

»Nein, Sir John, er ist sich selbst in die Falle gegangen. Er war der gemeinsame Faktor bei all diesen Todesfällen.« Athelstan verzog das Gesicht. »Und ihn zu überführen – das war eine bekannte Methode, Mylord Coroner, die mein alter Lehrer, Pater Paul, oft benutzt hat; er behauptete, er habe sie von der Inquisition gelernt.« Athelstan streckte die Glieder. »Es ist eine Tatsache, Sir John, daß ein Mann, der in Wut gerät, weder das Rasen seiner Gedanken noch das Plappern seiner Zunge zügeln kann.«

Sie überquerten die geschäftige Cheapside; nach der Spannung im Rathaus allerdings erschien ihnen der Marktplatz still und heiter, und Cranston machte sich kaum die Mühe, wie üblich mit Falkenaugen nach seinen sogenannten »Freunden aus der Unterwelt« Ausschau zu halten.

»Komm, Athelstan. Selbst der Herrgott würde jetzt sagen, daß

ich einen Becher Roten verdient habe – und mein Schreiber einen Humpen Ale.«
Sie betraten den von gastlicher Fröhlichkeit erfüllten Schankraum des »Heiligen Lamm Gottes«, und eine Zeitlang tranken sie nur und sannen über das Drama nach, dessen Zeugen sie geworden waren.
»Woher wissen wir, daß er nicht Ira Dei ist?« fragte Cranston schließlich.
»Oh, ich glaube, da hat er die Wahrheit gesagt.« Athelstan schüttelte den Kopf. »Weiß Gott, Sir John, er hat recht. Da braut sich ein Unwetter zusammen, und wenn es losbricht, wird diese Stadt nie wieder so sein wie früher.«

Drei Tage später verließ Athelstan den Tower, und als er das Gedränge um Billingsgate und die Bridge Street sah, beschloß er, mit dem Boot vom Wollkai auf dem Fluß nach Southwark zu fahren. Die Sonne ging unter wie eine Feuerkugel und tauchte den Fluß in blitzendes Rot, während er sich durch die Gassen seinen Weg hinunter zum Kai bahnte. Er war müde und wollte nach Hause zu seiner Kirche, aber zugleich war ihm unbehaglich, denn er war sicher, daß ihm jemand folgte. Ab und zu spähte er durch eine Gasse, sah den Fluß funkeln, hörte von fern die Rufe der Bootsleute und widerstand dem Drang zu rennen. Er mußte nur immer weitergehen, und die gewundenen, verschlungenen Gassen würden ihn zum Wollkai hinunterbringen. Endlich erblickte er die Treppe, an der die Bootsleute auf Kundschaft warteten. Er wollte schon schneller gehen, als plötzlich eine dunkle Gestalt aus einem Hauseingang trat, verhüllt und maskiert. Athelstan sah einen Dolch blinken und blieb stehen.
»Was willst du?« Er hatte Mühe, mit fester Stimme zu sprechen. »Ich bin ein armer Priester, ich habe kein Geld.«
»Wohl wahr, Bruder Athelstan.« Die Antwort kam mit verstellter, gedämpfter Stimme. »Arm in vieler Hinsicht, aber in man-

cher auch reich. Du hast den Schuldigen im Rathaus also gefunden? Und morgen stirbt Mylord Clifford auf dem Tower Hill.«
Athelstan stützte sich auf den Knüppel, den er bei sich trug.
»Und du mußt Ira Dei sein.«
»Oder sein Bote.«
»Nein.« Athelstan schüttelte den Kopf. »Ich bin sicher, du bist selbst gekommen, um mit mir zu reden.« Er spähte über die Schulter des Mannes zum Wollkai.
»Nein, tu das nicht«, befahl die gedämpfte Stimme leise. »Ruf nicht um Hilfe, Bruder. Ich tue dir nichts.«
»Warum stellst du dann nicht deine Frage?« versetzte er.
»Wie lautet sie denn?«
»Ob ich weiß, wer du bist! Und die Antwort lautet: Nein. Ich will es auch nicht wissen; es kümmert mich nicht!«
Die verhüllte Gestalt trat einen Schritt zurück. »Du bist ein guter Pfaffe, Athelstan. Du liebst die Armen. Du bist ein Hirte, der an seine Herde denkt, und nicht nur an die Felle. Bald wird um uns herum ein Unwetter losbrechen, aber solange du dich nicht einmischst, wird dir nichts geschehen.«
»Ich habe auch eine Frage.«
»Stelle sie.«
»Clifford hat in deinem Auftrag gemordet?«
»Ja.«
»Und es gibt Leute bei Hofe und im Rathaus, die in deinem Sold stehen?«
»Du hast gesagt, du hättest nur eine Frage.«
Athelstan zuckte die Achseln. »Dein Publikum ist eben gebannt von dir.«
»Dreh dich um, Bruder.«
Athelstan wollte sich weigern, sah aber wenig Sinn darin, und so gehorchte er.
»Um deine Frage zu beantworten, Bruder: Der Verrat ist wie eine Weinranke. Er hat viele Zweige.«

Athelstan stand bewegungslos da und straffte die Schultern. Als er sich schließlich umdrehte, war die Gasse leer.
Der Bruder ging hinunter zum Wollkai, mietete sich ein Boot und lehnte sich im Heck zurück, als der grauhaarige, zahnlose Bootsmann ihn mit stählernen Armen kraftvoll zum anderen Ufer ruderte. Athelstan bezahlte und wanderte durch die Dämmerung heim nach St. Erconwald.
Im Haus und im Stall war alles still. Jemand hatte Philomels Trog gefüllt, und das alte Schlachtroß mampfte, als sei dies seine erste und seine letzte Mahlzeit. Athelstan ging nach vorn zur Kirche und sah erschrocken, daß die Tür angelehnt stand. Er stieß sie ganz auf, schlich auf Zehenspitzen hinein und spähte in die Dunkelheit.
»Wer ist da?« rief er.
Seine Worte klangen hohl und leer. Athelstan packte seinen Knüppel fester und ging durch das dunkle Kirchenschiff zum Lettner.
»Wer ist da?« rief er. »Dies ist das Haus Gottes!«
»Um Himmels willen, Mönch, du hast mich erschreckt!«
Athelstan fuhr herum und sah undeutlich die kräftige Gestalt Sir Johns, der an einen Säulensockel gelehnt dasaß, den wunderbaren Weinschlauch in den Armen.
»Sir John, Ihr sorgt noch dafür, daß ich graue Haare bekomme!«
»Du wirst sie alle verlieren, Bruder, und es wird dich einen Dreck stören, genau wie mich!« Cranston klopfte neben sich auf den Boden. »Komm her, setz dich. Wo warst du?«
Athelstan ließ sich neben seinem dicken Freund niedersinken.
»Willst du einen Schluck Wein?«
»Sir John, dies ist eine Kirche!«
»Ich habe mit dem Herrgott geredet; er hat nichts dagegen.«
»Wenn das so ist, Sir John ...« Athelstan griff nach dem Weinschlauch und nahm einen großzügigen Schluck. »Es stimmt

schon«, murmelte er. »Der Wein erfreut des Menschen Herz.« Er reichte den Schlauch zurück. »Sir John, ich habe Elizabeth Hobden bei den Minoritinnen besucht. Sie ist glücklich und zufrieden.«
»Ihr Vater und ihre Stiefmutter sind im Gefängnis in Marshalsea«, brummte Cranston. »Der Himmel weiß, was aus ihnen werden wird. Aber bis diese Dinge geregelt sind, bleibt das Mädchen unter der Vormundschaft des Gerichts. Und wo warst du noch?«
»In der Hölle, Sir John. Genauer gesagt, in den Verliesen des White Tower. Morgen bei Tagesanbruch wird Adam Clifford enthauptet. Er hat mich gebeten, ihm die Beichte abzunehmen.«
»Dich?«
»Ja, Sir John. Er sagte, beichten könne er nur bei mir.«
»Und was hat er gebeichtet?«
Athelstan schüttelte den Kopf. »Danach dürft Ihr mich nicht fragen, Sir John. Nicht einmal der Papst kann das Siegel des Beichtgeheimnisses brechen.«
»Aber wir haben den richtigen Mann verhaftet, ja?« fragte Cranston besorgt.
»O ja, Sir John.«
»Und tut es ihm leid?«
»Es tut ihm leid, daß er sterben muß. Aber er hat das Ganze als Spiel betrachtet, fast wie ein Turnier – eine Sache von Geschicklichkeit und Glück.«
»Und Ira Dei?«
Athelstan holte tief Luft; er hielt es für das Beste, Sir John nichts von seiner Begegnung am Wollkai zu erzählen.
»Komm schon, Bruder«, drängte Sir John. »Du mußt Clifford doch danach gefragt haben. Das fällt doch bestimmt nicht unter das Beichtgeheimnis.«
»Ja, ich habe ihn danach gefragt.« Athelstan packte das dicke Handgelenk seines Freundes. »Sir John«, flüsterte er, »bei Gott,

ich werde es Euch nur erzählen, wenn Ihr mir Euer Wort gebt, wenn Ihr schwört, es niemandem zu verraten.«

»Du hast mein Wort. Das genügt.«

»Nun, ich habe Clifford nach Ira Dei gefragt. Er hat sofort bestritten, irgend etwas zu wissen, und dann sagte er, seit seiner Verhaftung habe er über vieles nachgedacht. Was Ira Dei angehe, so sei er nicht sicher; er wolle jetzt seine letzte Beichte ablegen und werde bald vor Gott treten, und so wolle er seine Lage durch falsche Anschuldigungen nicht noch schlimmer machen, aber ...«

»Na?«

»Bei den wenigen Gelegenheiten, da er Ira Dei tatsächlich begegnet ist, war der Mann verhüllt und maskiert, und seine Stimme klang verstellt und gedämpft. Aber die Intonation bestimmter Worte, die Art, wie der Mann sprach, brachte Clifford zu der Überzeugung, daß Ira Dei kein anderer als Sir Nicholas Hussey sei.«

»Hussey!« rief Cranston.

»Nun, Sir John, Clifford hat nur einen Verdacht geäußert. Aber er wird sterben, und er hat keinen persönlichen Vorteil mehr davon; warum sollte er also lügen?«

Sir John lehnte sich zurück und stieß einen leisen Pfiff aus. »Wenn Hussey unser Mann ist«, meinte er, »dann heißt das, daß auch der junge König in die Sache verwickelt ist. Was für ein Spiel spielen sie da? Sich mit den Feinden des Regenten zu verbünden ist eine Sache – aber sie tatsächlich anzuführen?«

»Das dachte ich auch, Sir John; aber es deutet alles darauf hin.« Athelstan zählte die einzelnen Punkte an den Fingern ab. »Erstens, es wird einen Aufstand geben. Zweitens, dieser Aufstand wird sich gegen den Sitz der Macht richten, also gegen den Regenten. Drittens, Sir John, wenn Ihr ein wildgewordenes Pferd zügeln wollt, was tut Ihr dann? Hängt Ihr Euch ans Zaumzeug, oder versucht Ihr, im Sattel zu bleiben?«

Cranston nickte. »Natürlich, Hussey sitzt im Sattel. Jaja«, fuhr er aufgeregt fort. »Der Regent hat die Probleme nicht verursacht, aber wenn die Revolte kommt, wird Hussey dafür sorgen, daß Gaunt derjenige ist, der dafür verantwortlich gemacht wird. Richard dagegen wird die Rolle des unschuldigen jungen Königs spielen, der sich keines Verbrechens schuldig gemacht hat und seinen bösen Onkel nicht im Zaum halten konnte.«
»Genau, Mylord Coroner. Die Revolte wird vergehen. Gaunt wird vielleicht dahinfahren, die Rebellenführer werden verschwinden. Aber die Krone wird überleben.«
Cranston nahm noch einen Schluck aus seinem Weinschlauch und lachte säuerlich. »Bewahre uns, o Herr«, flüsterte er, »vor den Lügen der Fürsten. Ich werde es niemandem sagen, Bruder. Aber ich werde ein scharfes und wachsames Auge auf Sir Nicholas Hussey haben!«
»Nun, es ist vorbei, Sir John.« Athelstan drehte sich um und spürten den kalten Säulenstein an seiner heißen Wange.
»Vorbei ist es nie, Bruder. Erinnerst du dich an Rosamund Ingham? Nun, sie hat im Fleet-Gefängnis Selbstmord begangen. Auf irgendeine Weise wurde ein wenig von dem Pulver, das sie dem armen Oliver vorenthalten hatte, zu ihr hineingeschmuggelt. Sie ist dem Henkersstrick entronnen. Und dabei war alles umsonst. Ich war bei Inghams Testamentseröffnung.«
»Und?«
»Er hat fast jeden Penny mir hinterlassen, und seiner Frau nur eine jämmerliche Kleinigkeit. Sein Haus, die bewegliche Habe, Gold und Silber – alles bekommt der arme John.« Cranston wischte sich die Tränen ab. »Bei Gott, ich würde alles zurückgeben, wenn ich nur noch einmal Olivers Gesicht sehen könnte.«
»Und was werdet Ihr mit dem Geld anfangen, Sir John?«
»Na, zum Beispiel diese gottverlassene Bude hier ein bißchen aufhellen.« Er stieß Athelstan in die Rippen. »Ein hübsches

Fenster aus Buntglas, he? Eine passende Erinnerung an den alten Oliver!«
»Sir John, das wäre ein prächtiges Geschenk!«
Cranston kam taumelnd auf die Beine und streckte sich. »Und du, Bruder, was fängst du jetzt an? Wohlgemerkt« – er pustete die Wangen auf – »wir haben noch mehr Morde: Ein Schankwirt in einer Taverne in der Carter Lane ist in einem Faß Malmsey ersäuft worden. Eine junge Ehefrau in der Shoe Lane in Farrington hat man aus einem Karpfenteich gefischt. Und was noch schlimmer ist …«
»Ja, Sir John?«
»Mein Schwager Ralph wird nächste Woche über uns kommen. Herrgott, das Spatzenhirn wird schnattern wie ein streitsüchtiges Eichhörnchen!«
Athelstan grinste. »Da seid Ihr auf Euch selbst gestellt, Sir John. Meine Pfarrgemeinde und ich machen eine Wallfahrt zum Grabe des hl. Swithun in Winchester.«
Cranston kratzte sich am Kopf. »Bruder, du machst Witze?«
»Nein, Coroner.«
Cranston half Athelstan hoch. »Komm, Bruder, wir trinken einen Becher auf den alten Oliver, noch ein letztes Mal, und ärgern den diebischen Halunken, dem die Schenke zum ›Gescheckten‹ gehört.«
Cranston hatte ziemliche Schlagseite, und so schob Athelstan seinen Arm unter den des Coroner und führte ihn langsam aus der Kirche. Plötzlich blieb Cranston stehen.
»Habe ich dir das eigentlich schon erzählt, Bruder?«
»Was denn, Sir John?«
»Ich war eigentlich immer schon ein inniger Verehrer des hl. Swithun …«